iL Tedesco - Der Deutsche

von Chiara Ravenna

Roman

Il Tedesco - Der Deutsche

Chiara Ravenna

Roman

4. Auflage 2016
Coverfoto: © pitrs - Fotolia.com
Gestaltung: Alexander Kopainski (Kopainski Artwork)

Herausgeber: CKAL, Via Domenica Morelli 137, 80121 Neapel

Chiara Ravenna im Internet:
Twitter: @iLadyi
Blog: ladyitaly.com
Email: chiara-ravenna@libero.it
FB: facebook.com/Chiara.Ravenna.Italien

Für Alessandra

Prolog

Als der Zug an diesem brennend heißen Augustmorgen in die kleine Bahnstation von Bellaria einfuhr und sich die Räder kreischend in die Gleise stemmten, stand ein junges Mädchen verzaubert am Fenster eines der Waggons und blickte fasziniert in die ihr unbekannte Landschaft. Sie spürte nichts mehr von der stickigen Hitze im Abteil, vergaß ihren Hunger, die Müdigkeit und die Strapazen der langen Reise. Sie blickte in die sanften Hügel der Emilia Romagna und konnte sich nicht erklären, was gerade in ihr vorging. Es war ein Gefühl wie Liebe, Liebe für etwas, das sie noch nicht kannte, aber etwas, das ihr sofort vertraut schien.
Meine Mutter hat mir oft davon erzählt. Von ihrem ersten Tag in Italien, von ihren Gefühlen, und oft stelle ich sie mir vor, wie sie als junge Frau da an diesem Fenster steht, in die Hügel starrt und noch nicht weiß, dass dieser erste Urlaub ihres Lebens Auswirkungen auf mehrere Generationen haben wird.

Ich muss daran denken, jetzt gerade, als sich die Geschichte zu wiederholen scheint, viele Jahrzehnte später. Nur, diesmal bin ich es, die zum ersten Mal in ein fremdes Land reist. Ich war nie zuvor in Deutschland, obwohl ich die Sprache spreche. Und ich habe Angst davor, das Land zu besuchen, in dem ein Teil meiner Wurzeln liegt. Meine Mutter lehrte mich die Sprache, als einzigem ihrer vier Kinder. Es war ihre Art, mit Deutschland Frieden zu schließen. Der Heimat, die sie nie wieder betreten hat. Anders als damals ist es für mich jedoch kein Urlaub.

Aber ich greife vor. Geboren wurde ich in der Emilia Romagna. Wir bauen Wein und Oliven an, auf unserem Hof. Aus meinen drei großen Brüdern sind gute Kaufleute geworden, sie hatten nie großes Interesse an harter Landarbeit. Ich jedoch, ich liebte es schon als kleines Mädchen. Ich zerlegte zusammen mit Papa die Traktoren, half bei der Weinernte und erledigte morgens vor der Schule die Stallarbeit. Wenn es für mich als Kind nichts zu tun gab, war ich am nahe gelegenen Meer und schwamm und fischte dort stundenlang. Es war immer klar, mich würde man niemals in ein Büro sperren können. Ich brauchte die körperliche Arbeit und den Kontakt zur Erde. Und auch, wenn Papa gerne einen seiner Söhne als Nachfolger für das Weingut gehabt hätte, akzeptierte er früh, dass ich es wohl sein würde, die eines Tages den Hof übernahm.
Bis ich dreizehn Jahre alt war, war alles einfach nur wunderschön und unbeschwert. Dann passierte die "Sache", über die niemand sprach und die mir viele Jahre meiner sorgenfreien Jugend nahm. Meine Familie scheute den Skandal und ich war zu jung, um eigene Entscheidungen zu treffen. Niemand außerhalb des engsten Familienkreises wurde eingeweiht, und ich verbrachte ein Jahr bei Verwandten auf Sizilien. Als ich zurückkehrte dauerte es lange, mich wieder einzufinden. Ich musste selbst meinen Freunden gegenüber, die von der Familie ausgedachte Geschichte aufrechterhalten und es bereitete mir große Gewissensbisse, sie zu belügen. Aber mit den Jahren gewöhnte ich mich daran, und irgendwann kam der letzte Schultag, und ich hatte plötzlich einen langen Sommer vor mir.

KAPITEL 1

1.

Ich wache auf, weil ich laute Stimmen höre und blinzle in die Sonne, die mir voll ins Gesicht strahlt und bin, wie immer morgens, ohne jede Orientierung. Mein Blick fällt auf Stefano, der noch schläft, und als sich der Nebel in meinem Kopf zu lichten beginnt, versetze ich ihm einen harten Schlag auf die Schulter. Er schaut mich entgeistert an, aber ich bin schon aus dem Bett gesprungen und schmeiße ihm seine Kleider ins Gesicht. Wir müssen letzte Nacht eingeschlafen sein, und wenn mein Vater ihn hier morgens in meinem Bett findet, ist die Hölle los. Ich schicke ihn über die Hintertreppe aus dem Haus und stelle mich unter die Dusche.
Von meinem Schlafzimmer aus sehe ich in die sanft ansteigenden Hügel der Emilia Romagna mit ihren vielen verstreuten Natursteinhäusern und den Weinbergen - und als mir bewusst wird, dass ich mit der Schule fertig bin und ein ganzer Sommer noch vor mir liegt, könnte ich heulen vor Glück.

Ich gehe nach unten in die Küche und Papa sitzt mit einem Mann am Tisch den ich vom Sehen her kenne, ein Agente Immobiliare, ein Makler, aus Ravenna und sie reden laut aufeinander ein und beachten mich nicht. Erst als ich Papa küsse, murmeln beide ein »Guten Morgen« und setzen ihr Gespräch etwas leiser fort. Ich gehe zum Gasherd und schenke mir aus der Caffettiera einen Espresso ein und lehne mich mit dem Rücken an die Arbeitsplatte.

Mein Vater lacht gerade höhnisch.
»Du bist ein Dummkopf, äh, niemand zahlt für so einen alten Haufen Steine, die du Haus nennst, Geld«, sagt er und lehnt sich zurück.
»Vittorio, du hast ja keine Ahnung, die Deutschen kaufen diese alten Häuser wie verrückt, erst haben sie am Gardasee gekauft, dann in der Toskana, und jetzt kommen sie zu uns. Gib mir dein Haus, was willst du noch damit?«
»Okay«, und mein Vater zieht dieses »okay« so richtig in die Länge, »dann bring mir einen Käufer, der mir fünfzigtausend dafür zahlt.«
»Vittorio, du spinnst«, sagt der andere, »fünfzigtausend Euro?« Er lehnt sich zurück und taxiert meinen Vater. »Niemand, außer dir, wäre so dumm, das Haus für fünfzigtausend herzugeben.«
Das saß, mein Vater schnellte nach vorne, und ich kenne diesen Blick, wenn er merkt, ui, da lässt sich etwas teuer verkaufen. »Was meinst du mit dumm, äh, wie viel bekomme ich dafür?«
Lange schauen sie sich in die Augen, keiner spricht, mein caffè wird kalt, dann beugt sich der andere ganz weit vor und sagt triumphierend: »Ich bringe dir Käufer, die zahlen mindestens einhunderttausend! Euro!« Nun ist ja Euro auf Italienisch ohnehin schon lustig, wir sprechen es aus, wie man es schreibt, wir kennen kein »eu«, aber er zieht es richtig lang, »E_ U_ R_ OOO.«

Unser Land ist groß, wir besitzen unzählige Hektar, und ich weiß, dass wir drei oder vier von diesen alten Ruinen auf unserem Grund haben, wie unsere ganzen Nachbarn auch. Alte Höfe, die irgendwann aufgegeben wurden, weil das Baurecht für ein neues Haus an anderer Stelle benötigt wurde, weil die

Bewohner gestorben sind und die Kinder längst neue Häuser haben. Diese alten Natursteinhäuser, sie verfallen, werden als Scheunen, Futterlager oder gar nicht mehr benutzt. Ein paar wurden in den letzten Jahren restauriert, meist von Ausländern oder Römern, die sich ein Wochenendhaus daraus gemacht haben, die die alten Mauern wieder aufbauen, die alten Eichenbalken wieder richten und die Dächer neu decken. Ich liebe diese Häuser, aber dass man dafür soviel Geld bekommen sollte, war mir neu.

Ich werde aus meinen Gedanken gerissen, denn mein Vater setzt wieder an: »Und wie stellst du dir das vor, äh, ich gebe dir mein Haus und dann? Was machst du dann, wer soll aus Deutschland kommen und von meinem Haus wissen?«
»Vittorio, ich biete es in Deutschland an, und dann kommen die Deutschen und kaufen es.«
»Du? Pah!«, sagt mein Vater »Du bietest es an, und dann kommen Deutsche? Wer bist du, kannst du deutsch, äh? Oder englisch? Oder irgendwas, außer deinem Dialekt? Wie willst du das machen, sag's mir?«
Der andere lächelt, wie ein Jäger, der weiß, dass er die Beute hat. Er lehnt sich zurück, lächelt, streicht sich über den gewaltigen Bauch, lächelt und sagt: »Nein, Vittorio, ich kann kein deutsch.« Er lächelt meinen Vater an, der starrt zurück. Und plötzlich fängt mein Vater auch an zu lächeln, und dann - in Zeitlupe - drehen beide den Kopf ganz langsam in meine Richtung, und der Mann sagt: »Nein, Vittorio, ich nicht, aber Chiara, sie ist doch eine halbe Deutsche, o no?«

Das Gespräch hatte großen Eindruck auf meinen Vater gemacht - und auf mich. Allerdings aus unterschiedlichen Gründen. Mein Vater witterte einen guten Verdienst. Ich machte mir mehr Gedanken, wie schön es wäre, diese alten Ruinen wieder zu neuem Leben zu erwecken. Schon als Kinder hatten wir gerne darin gespielt. Das war uns eigentlich streng verboten, denn es war gefährlich. Die Böden konnten jeden Moment durchbrechen, ein Teil des Dachs einstürzen, oder man traf auf Landstreicher, die dort die Nacht verbracht hatten. Aber der Reiz war größer als die Angst. Dieses unheimliche Gefühl, das einen jedesmal befiel, wenn man durch die dunklen Zimmer schlich, war atemberaubend.

2.

Ein paar Tage später war ich auf dem Weg zu einer Freundin. Es war erst Juni, aber die Sonne brannte schon jetzt sengend heiß. Bald würde wie immer das Wasser knapp werden. Die Nächte lang und voller Hitze sein und die Tage nur am Meer erträglich. Ich liebte den Sommer, diese unbeschwerte Zeit, das süße Nichtstun, weil es zu allem zu warm war. Ich fuhr die Serpentinenstraße aus den Hügeln heraus und freute mich am Meer, das ruhig und tiefblau bereits zu sehen war. Vor der nächsten Kurve tauchte eine alte Ruine auf. Ein mächtiges Herrenhaus, das, seit ich denken konnte, unbewohnt und halb verfallen hier stand. Vor dem Haus parkte ein Geländewagen und ein Mann stand daneben und schaute nachdenklich auf die Fassade. Ich war unbewusst vom Gas gegangen und ließ meinen

Wagen ausrollen. Er sah nett aus, um die fünfzig, Holzfällerhemd, grobe Arbeitsschuhe. Er sah auf und lächelte kurz aus seinem vom Wetter gegerbten Gesicht in meine Richtung.

Ich hatte das Dach offen, lächelte zurück.

»Buon dì«, grüßte ich.

»Salve«, lächelte er zurück, «kann ich dir helfen?«

»Ist das Ihr Haus?«

»Nein, ich vermesse es nur.«

Ich war ausgestiegen. «Vermessen?«, ich sah in fragend an.

»Ja, vermessen. Ich muss einen Plan herstellen«.

»Einen Plan, wozu?«

»Der neue Eigentümer möchte es restaurieren, dafür muss alles erfasst werden.«

Das interessierte mich.

»Darf ich zusehen?«, fragte ich spontan.

»Aber sicher«, wieder das gemütliche entspannte Lächeln.

Es wurden spannende Stunden für mich. Ich half ihm, das gesamte Haus von außen auszumessen, begleitete ihn nach drinnen. Er erklärte mir geduldig, worauf man alles achten musste, wie man erkannte, ob Risse in den Wänden gefährlich für das Haus waren, welches Material man wieder verwenden konnte, wie das Dach neu aufgesetzt werden würde, dass man in den oberen Stockwerken nur an Stellen treten dürfe, unter denen große Balken sind, um nicht einzubrechen. Wir bahnten uns Wege über die Reste des teils eingestürzten Dachs, um in alle Zimmer zu kommen. Nach vielen Stunden sah ich aus wie nach einem Kampfeinsatz. Ich hatte mir die Beine zerkratzt, blaue Flecken geholt, war dreckig, verschwitzt und hatte einige Nägel abgebrochen. Aber das war mir alles egal. Ich war glücklich und aufgedreht. Ich wusste in diesem Moment ganz genau, was ich werden wollte. Ein Geometer, so wie er. Früher waren das Landvermesser. Heute sind sie eine Mischung aus Architekt und Bautechniker. Diese alten Ruinen wieder bewohnbar zu machen, das stellte ich mir wundervoll vor.

3.

Der Sommer verging wie im Flug. Es waren lange Tage des Abschieds. Nachdem die Schule vorbei war, würden wir alle im Herbst eigene Wege gehen. Viele meiner Freunde hatten Eltern, die an der Küste Hotels oder Restaurants betrieben, viele gingen an Unis in Mailand oder Rom, oder suchten Arbeit in Bologna oder Modena. Ich hatte mir eine Wohnung in Ravenna gemietet, ein kleines Apartment, und freute mich, trotz all der Umbrüche, auf mein Studium. Als auch das letzte «fine d'estate« Fest (Sommerende-Party) gefeiert war, packte ich meine Sachen zuhause ein und fuhr in meine neue Wohnung nach Ravenna. Papa war nicht begeistert gewesen, aber Mama hatte wie immer ein Machtwort gesprochen und gemeint, es sei gut für mich, nahe an der Uni zu wohnen.

Ich hatte auf unserem Hof ein schönes Zimmer gehabt, riesig, und wenn ich aus den Fenstern gesehen hatte, konnte ich in die Hügel blicken, die endlosen Weinberge, und, ganz am Horizont, die scharfen kantigen Ausläufer des Apennin sehen. Oder ich blickte in die andere Richtung, dann sah ich

in der Ferne den Horizont mit dem Meer verschmelzen.
Die Wohnung in Ravenna war winzig, halb so groß wie mein Zimmer. Es gab nur ein Fenster, wenn ich dort den Arm rausstreckte, hatte ich das Gefühl, ich könne die Hauswand gegenüber berühren. Als ich es angemietet hatte, erschien mir alles so aufregend, eine eigene Wohnung zu haben, selbstständig zu sein, so dass ich auf nichts geachtet hatte. Das Bad konnte man nur betreten, wenn man einen großen Schritt über das Klo machte, der Putz bröckelte überall ab und die Böden waren alt und kaputt. Ich starrte stundenlang auf meine nicht ausgepackten Koffer und versuchte, mir die Situation schön zu reden. Es war ein großes Haus. Von allen Seiten waren Geräusche zu hören. Laute Fernseher, Paare die sich anbrüllten, Kinder die schrien, Gepolter, Geschepper. Ich hielt mir die Ohren zu, aber die Geräusche waren nicht nur zu hören, man spürte sie auch, alles wackelte und knirschte und plötzlich wurde mir klar, dass das nicht die Geräusche waren, sondern ein leichtes Erdbeben. Und ich war im fünften Stock eines Hochhauses! Ich bekam Panik. Nun bebt die Erde bei uns fast regelmäßig immer mal wieder ein wenig. Aber ich hatte als Kind auch schon viele Nächte im Freien verbracht, wenn wir bei stärkeren Beben aus dem Haus gelaufen waren und dann, aus Angst vor Nachbeben, auch draußen geblieben waren. Es reichte mir. Ich nahm meine Sachen, mied den Lift, hetzte die Stockwerke nach unten und erst als ich auf der Straße stand und wieder etwas Himmel sehen konnte, beruhigte sich mein Puls, und ich lehnte mich erschöpft an die Hausmauer. Es wurde langsam Abend, als ich endlich auf die so naheliegende Lösung kam. Unser

Strandhaus. Wir besaßen ein kleines Haus, direkt am Strand. Auch wenn wir nicht weit ans Meer hatten, so pflegten wir doch die Tradition vieler italienischer Familien, jeden Sommer ein paar Tage im eigenen Strandhaus zu verbringen. Meistens war zwar nur Mama mit uns Kindern dort gewesen, weil Papa lieber auf dem Hof nach dem Rechten gesehen hatte.

Ravenna selbst liegt so nah am Meer, dass es überhaupt kein Problem sein würde, das kurze Stück täglich an die Uni zu fahren. So zog ich dort ein, und als ich die Fenster im ersten Stock aufgestoßen hatte und direkt auf das unendlich weite Meer blickte, wusste ich, dass ich genau hierhin gehörte.

4.

Meine Studienzeit rauschte irgendwie an mir vorbei. Ich war ohnehin so verrückt nach Technik, dass ich alles in mir aufsog. Dazu lebte meine kleine Nichte jetzt mit mir im Strandhaus. Ich hatte Alessandra aufgezogen, weil mein Bruder mit seiner Frau in einer großen Hotelanlage Arbeit gefunden hatte, als sie noch ein Baby war. Wenn ich keine Vorlesungen hatte, mich um Alessandra kümmern musste, oder eine wichtige Prüfung anstand, verbrachte ich meine Zeit auf unserem Hof und half Papa wie gewohnt bei der Arbeit.

Als ich mein Diplom bekam, war die ganze Familie dabei. Unzählige Küsse und Umarmungen von allen möglichen Tanten, Onkels, Cousins, Großtanten und wem nicht noch alles prasselten auf mich ein und Papa hatte eine große Feier im Fischlokal meines

Onkels für mich organisiert. Ich liebe Familienfeste über alles. Wenn vierzig oder fünfzig fröhliche Italiener an einem Tisch beim Essen sitzen, diese Lautstärke, die Lebensfreude, all das, gibt mir Energie für viele Wochen. Es gab wie üblich unzählige Vorspeisen, warm und kalt, dann die diversen Nudelgerichte, danach Fisch vom Grill und über mehrere Stunden arbeitete man sich dann auf das Dessert zu. Nach dem letzten Hauptgericht ging ich nach draußen, um zu rauchen. Ich tat das aus Rücksicht auf Mama, die ihre Kinder nicht gerne dabei sieht. Es war ein warmer Tag, ich lehnte mich zufrieden an die Mauer des Lokals und blies den Rauch träge in den Nachmittagshimmel. Zuerst bemerkte ich den Wagen nicht, der gegenüber heranrollte. Es war eine große schwarze Limousine, hinten mit getönten Scheiben. Es war keine echte Stretchlimousine, aber dennoch für hier ungewöhnlich. Ich schaute nur halb interessiert nach drüben, als die hintere Scheibe nach unten glitt. Der Passagier im Fond sah aus wie aus einem Mafiafilm. Ich konnte den Kragen seines schwarzen Anzugs sehen, das silbergraue lockige Haar, das Gesicht gegerbt und faltig, aristokratische Züge, eine imposante Hakennase, wie ein Sizilianer, ging mir dabei kurz durch den Kopf. Seine große Sonnenbrille war tiefschwarz und ließ die Augen nicht erkennen. Er blickte kurz nach unten, so, als würde er auf eine Notiz oder ein Foto blicken, und sah mir dann voll ins Gesicht. Obwohl seine Augen hinter den schwarzen Gläsern nicht zu sehen waren, lief mir ein leichtes Frösteln über den Rücken. Ich spürte eine Bewegung neben mir, drehte den Kopf zur Seite. Es war Papa, der neben mich getreten war. Er sah mit offenem Mund auf die andere Straßenseite, alles Blut war aus seinem

Gesicht gewichen. Ich folgte seinem Blick, aber die Stelle, an der eben noch die Limousine gestanden hatte, war leer.
»Papa, alles in Ordnung?«, fragte ich ihn besorgt.
»Ja, alles bestens«, kam nicht ganz glaubwürdig zurück.
»Kanntest du den Mann?«
»Nein. Nein, ich kannte ihn nicht. Er … er sah nur jemandem ähnlich.«

Stefano verbrachte die Nacht nach der Feier bei mir im Strandhaus und wir schmiedeten Pläne für die Zukunft. Wir waren schon immer ein Paar und es war nur eine Frage der Zeit, bis wir heiraten würden. Wir liebten uns lange und zärtlich in dieser Nacht und als er irgendwann eingeschlafen war und ich mich immer noch im Bett hin und her warf, stand ich irgendwann auf und schlich nach draußen und lief an den Strand zu meinem Leuchtturm. Ich lehnte mich an seine beruhigend dicken Mauern, die so unerschütterlich hier jedem Sturm und Wetter trotzen. Die Nacht war sternenklar und man konnte endlos weit auf das Meer blicken. Es waberte träge und tiefschwarz, als ob es schlafen würde, und ich zählte wie immer automatisch alle Lichter der Fischerboote, die weit draußen ihr nächtliches Jagdglück versuchten.
Ich hatte also die Schule fertig, mein Studium geschafft, war quasi verlobt. Ich würde noch ein wenig als Geometra arbeiten, dann Stefano heiraten, Kinder bekommen und unseren Hof übernehmen. Irgendwie klang das alles so einfach, fast belanglos, aber auch schön. Ich hätte mir das Leben schwerer vorgestellt, schwieriger, mit viel mehr Komplikationen und Aufregungen. Aber es war okay so, und

ich war zufrieden damit. Und diese kleine Stimme, die ganz tief in mir drinnen hämisch lachte, die ignorierte ich einfach und ging zurück nach Hause, ins Bett, zu Stefano.

5.

Das Ende dieser Belanglosigkeiten, über die ich noch ein paar Tage zuvor am Leuchtturm nachgedacht hatte, kam schon kurze Zeit später.

Meine Erinnerung setzt mit furchtbar grellem Neonlicht ein. Es ist ein Bild, das ich seitdem wie eingebrannt in mir trage. Eine Frau auf einer Liege, Menschen, die hektisch um sie herumlaufen, ihr Schläuche anlegen, Nadeln in sie stechen, aufgeregte Kommandos schreien, bis plötzlich alle zurückweichen, bis auf einen, der ihr zwei Metallteile auf die Brust hält, ein lautes Surren, ein Schlag, der Körper der Frau auf der Liege, der sich aufbäumt, wieder in sich zusammenfällt, das Ganze noch mal von vorne und plötzlich erinnere ich mich an einen Schmerz, einen so unglaublichen Schmerz, als ob der ganze Körper explodiert, und das Bild verschwimmt, und ich verschmelze mit der Frau auf der Liege.
Danach schwimme ich im Meer, sehr tief, es ist dunkel. Ich bin wie ein Fisch, ich atme das Wasser! Ich sauge es ein und aus, als hätte ich Kiemen. Es ist unglaublich, nur, dass es immer dunkler wird, und ich den Himmel über der Wasseroberfläche nicht mehr erkennen kann. Etwas später sehe ich zia (= Tante) Roberta auf mich zuschwimmen. Sie ist alt, sehr alt, weit über neunzig, und eigentlich schwimmt sie gar nicht gerne und ich will lächeln, aber es klappt

nicht, und sie sieht mich nur an und nickt gütig, und es wirkt, als warte sie auf etwas. Ich habe viele dieser Träume, und immer haben sie mit Wasser zu tun, und irgendwann erkenne ich, dass ich ganz sicher keine Kiemen habe und Sauerstoff brauche, und ich bekomme Panik und ringe nach Luft und schreie dabei, und als ich die Augen öffne, sitze ich in einem Bett, und das Neonlicht ist grell, und ich muss mich übergeben, weil ich einen Schlauch im Hals habe, den ich zu hastig herausreiße. Während ich zitternd und keuchend im Bett sitze, kommen zwei Krankenschwestern und ein Arzt, und sie fummeln an dem Tropf herum, der in die Nadel in meinem Arm mündet, und reden beruhigend auf mich ein, und ich atme ganz konzentriert, immer tief ein und wieder aus, und das mache ich so lange bis ich ganz sicher bin, dass es Luft ist, die ich atme und kein Meerwasser.

Niemand hat es bis heute geschafft, aus meinem Unterbewusstsein herauszuholen, was genau passiert ist. Ich war so dumm, alleine zu tauchen, wie schon so oft zuvor. Ich weiß auch noch, dass ich am alten Wrack war, aber was dort passiert ist, warum ich nicht mehr hochgekommen bin, all das liegt in der Dunkelheit des Meeres. Irgendjemand hat mich am Strand gefunden, mehr tot als lebendig und bis auf das Bild im Krankenhaus, als ich mich selbst beobachtet hatte, und die wirren Träume im Koma, setzt meine Erinnerung erst wieder ein, als ich mir diesen Schlauch aus dem Hals gerissen habe.

Vielleicht hätte ich wieder tauchen sollen, aber ich konnte mich nicht mehr dazu durchringen. Ich kann schwimmen, Boot fahren, wie früher. Ich liebe das

Meer wie vor diesem Unfall, aber ich möchte nie mehr durch etwas anderes Luft holen müssen, als durch meinen Mund.

KAPITEL 2

1.

Vittorio, mein Vater, war der jüngste von drei Brüdern. Für ihn war kein Platz auf unserem Hof, selbst als einer seiner beiden Brüder ums Leben kam, war klar, dass er irgendwann würde gehen müssen. Meine Großeltern jedoch hatten bereits vorgesorgt. Das Weingut war damals eines der bekanntesten in der Emilia-Romagna, es war über viele Generationen aufgebaut worden. Irgendein früherer Adeliger hatte Namen und Familienwappen eingebracht und die Familie war angesehen und bekannt für ihren hervorragenden Wein. Vittorio war quasi schon im Laufstall verlobt worden, wie damals üblich, eine strategische Allianz mit einer anderen großen Familie, die für Hof und Tochter einen würdigen Ehemann benötigten. So wuchs mein Vater, frei von Sorgen, mit einer gesicherten Zukunft auf. Wenn ich heute die wenigen Fotos aus der damaligen Zeit anschaue, muss ich immer lächeln. Er war ein bildschöner Mann, stark, tiefschwarzes, gelocktes Haar, das markante stolze Gesicht eines Sizilianers, das die Gene unserer Vorfahren geformt hatten.

In dem Sommer, als meine Mutter ihren ersten Urlaub in Italien verbrachte, hatte Vittorio Arbeit in einem Strandbad angenommen. Nicht weil er das Geld brauchte, sondern, weil er so einen Grund hatte, die heißen Monate am Meer zu verbringen. Die Touristinnen waren begeistert von den feurigen Italienern und die einheimischen jungen Männer fasziniert von den blonden hellhäutigen Frauen aus Deutschland.

Meine Eltern lernten sich am Strand kennen. Meine Mutter erzählt heute noch, wie blöd sie diesen Macho damals fand, während mein Vater behauptet, sie sei die größte Zicke von allen gewesen.

Vittorio hatte seinen festen Tagesablauf. Morgens kehrte er die Wege vom Sand frei, den der Wind nachts dort hinterlassen hatte. Dann wurden alle Sonnenschirme aufgespannt, die Liegen ordentlich ausgerichtet, der Kiosk aufgeschlossen, die Ruderboote, die man leihen konnte, überprüft und was sonst noch an Kleinigkeiten anfiel. Danach trafen sich die jungen Männer auf eine Zigarette und begutachteten die jungen ausländischen Urlauberinnen.
An einem Morgen war die Familie meiner Mutter besonders früh am Strand. Meine Mutter würdigte meinen Vater, wie jeden Tag, keines Blickes. Der Strandplatz wurde eingerichtet, die Bücher und die Verpflegung ausgebreitet und dann ein kleiner Spaziergang mit den Füßen im Wasser gemacht. Vittorio beobachte das Szenario jeden Morgen mit unbeteiligtem Blick. Dieses Mal war der Ablauf jedoch anders. Meine Mutter, die sich gerade im seichten Wasser nach einer Muschel bücken wollte, schrie plötzlich auf, griff an ihr Bein, taumelte und wurde gerade noch von ihrem Vater aufgefangen. Vittorio wusste natürlich sofort, dass solche Schmerzen nur von einer Qualle stammen können, und während er noch etwas unschlüssig herumstand, wurde Bärbel schon von ihrem Vater hastig zur Strandliege gebracht. Dort öffnete er eine Flasche

Wasser und wollte das Bein abspülen. Vittorio schrie wie verrückt, hastete zur Liege und schlug Bärbels Vater im letzten Moment die Wasserflasche aus der Hand. Quallen tun höllisch weh. Es gibt nur eines, was den Schmerz noch mehr steigert, und das ist Süßwasser. Bärbels Vater fauchte Vittorio natürlich auf Deutsch an und Vittorio schrie auf Italienisch zurück und dann sprintete er hoch zum Kiosk und kam mit einer Flasche Essig wieder. Er drängte sich durch die Ansammlung von Touristen, die mittlerweile um Bärbel herumstanden, die sich wimmernd ihr Bein hielt. Vittorio redete beruhigend auf sie ein, nahm trockenen Sand um die Nesseln und den Schleim der Qualle abzusaugen und spülte die Verletzung dann mit Essig ab. Bärbels Vater hatte begriffen, dass Vittorio wusste, was er da tat, und ließ ihn gewähren. Vittorio massierte das Bein der aufregenden Deutschen ein wenig länger als wirklich nötig mit dem Essig und irgendwann trafen sich die Blicke der Zwei. Ich sehe sie vor mir, meine Mutter, trotz Schmerz und Verletzung graziös auf der Liege, meinen Vater, der Held mit den schwarzen Locken, der ihr Bein hält, die Blicke ineinander versunken, die Welt angehalten. Dieser eine Blick, das sagen beide heute noch, machte ihnen klar, dass es nie wieder einen anderen in ihren Leben würde geben können.

Für meine italienischen Großeltern war Vittorios Romanze eine Sommer Liaison, für die sie sich nicht weiter interessierten. Für meine deutschen Großeltern war es eine ernstzunehmende Gefahr, ihre, nach damaligem Recht, noch minderjährige Tochter mit "diesem Ausländer" zu sehen. Ihr wurde kurzum der Umgang untersagt und Vittorio mit ein paar Lire als Dank für die Hilfe abgefertigt.

Aber die beiden trafen sich heimlich und verbrachten die warmen Augustnächte am damals noch einsamen Strand. Auch ich habe schon so manche Nacht am Strand verbracht, der Geruch des Meeres, der unglaublich plastische Sternenhimmel, das sanfte Geräusch der Wellen, die an den Strand schwappen. Es gibt wenige Orte, die einen so verzaubern können. Und irgendwann, in einer dieser Nächte, war wohl nicht mehr allzu viel Überredung nötig.

Als Bärbel mit ihren Eltern zurück nach Deutschland reiste, hatte sie meinen großen Bruder bereits im Bauch.
Meine Mutter spricht bis heute nicht viel darüber, was damals in Deutschland passiert ist. Ich habe meine Großeltern dort auch nie kennengelernt. Mein Großvater muss getobt haben. Zwanzig Jahre alt, keine Ausbildung, schwanger von einem Ausländer. Auf der anderen Seite meine Mutter, die schlicht sagte, sie liebe diesen Mann und wolle ihn heiraten.
Vittorio in Italien hatte seinen Eltern noch nichts von der Schwangerschaft erzählt. Er zog sich zurück, schrieb sich mit meiner Mutter - was schwierig gewesen sein muss, Gefühle auszudrücken, wenn man nicht die gleiche Sprache spricht und wusste nicht, was er tun sollte.
Mein Großvater hat dann den beiden die Entscheidung abgenommen. Irgendwann fiel der Satz »Du bist nicht mehr meine Tochter«, und meine Mutter packte ihren Koffer und verließ Deutschland, um zu Vittorio zu fahren. So landete sie wieder an der kleinen Bahnstation von Bellaria. Es war Herbst, die Stürme vom Meer brachten Kälte und Regen, die Leichtigkeit des Sommers war verflogen. Die beiden

standen stundenlang am Bahnhof, hielten sich aneinander fest und irgendwann rafften sie sich auf, um zu Vittorios Eltern zu gehen.

2.

Vittorio und Bärbel waren überzeugt, dass es eine vernünftige Lösung geben musste. Sie liebten sich, sie erwarteten ein Kind. Der Hof war groß und reich genug, auch wenn Vittorio als jüngerem Sohn nur ein Erbteil zustand, sie würden sich gemeinsam etwas aufbauen. Mit dieser Zuversicht kamen sie zu seinen Eltern. Meine Mutter hat mir erzählt, dass mein deutscher Großvater gegen meinen italienischen fast noch als sanftmütig bezeichnet werden kann. Vittorios Vater rastete völlig aus, er drohte, seinen Sohn zu erschießen, beschimpfte meine Mutter als Hure, die nur an sein Geld wolle und stellte Vittorio schließlich vor die Wahl. Diese Deutsche fortzuschicken, oder selbst zu verschwinden. In diesem Moment wurde mein Vater vom Jungen zum Mann. Sein Blick wurde hart, sein Körper nahm diese stolze Haltung an, ich beobachte das heute noch oft an ihm, wenn er sich ungerecht behandelt fühlt. Er ließ sich seinen Erbteil auszahlen. Und er wollte weg, weit weg. Und so schleppten die Zwei ihr Gepäck zum Bahnhof und machten sich auf die lange Fahrt, ganz in den Süden, nach Sizilien, zu den Wurzeln unserer Familie, um dort neu anzufangen.

Kapitel 3

1.

Meine ersten Arbeitsjahre als Geometra waren einfach wundervoll. Wir hatten ein kleines Büro eröffnet, bekamen immer wieder ein paar alte Ruinen angeboten, die wir verkaufen sollten. Paolo besorgte die Käufer, zwar kaum Deutsche, so wie versprochen, sondern meist Römer, die ein Ferienhaus nahe am Meer suchten. Ich verbrachte kaum Zeit in der Firma, meist war ich unterwegs, kletterte in den alten Häusern herum, machte die Besichtigungen mit Käufern und zeichnete die Pläne für die Baugenehmigung und die spätere Restaurierung.

Ich war in unserem alten Strandhaus geblieben, zusammen mit meiner Nichte und wir genossen die Zeit im Sommer, so nah am Strand zu leben. Im Herbst, wenn die Touristen langsam wegblieben, hatten meine Freunde wieder mehr Zeit und statt am Strand zu sein fuhren wir nachts in die Clubs nach Rimini.

Ich hatte es einige Tage ein bisschen übertrieben mit dem Ausgehen, und an einem Abend waren wir, völlig verrückt, bis nach Ancona gefahren und ich war erst um vier Uhr ins Bett gekommen.
Der nächste Morgen war grau in grau, und der Ausflug nach Ancona hatte sich als wirrer Traum in meinem Kopf festgesetzt, als ich aufwachte. Meine innere Uhr weckt mich jeden Tag zuverlässig um sechs. Das ist schön, wenn ich der Sonne zusehen

kann, wie sie aus dem Meer klettert, an diesem Tag verfluchte ich erst einmal alles.

Ich hatte eine Liste von Paolo bekommen, mit drei Häusern, die ich mir ansehen sollte, und er nervte mich seit Tagen damit, ob ich endlich dort gewesen wäre. Also zwang ich mich unter die Dusche, verzichtete wie immer aufs Frühstück und nahm die Superstrada in Richtung Ancona. Normalerweise sieht man von der Autobahn das Meer, heute war es zu trüb dazu, oder mein Gehirn noch zu vernebelt. Bei San Mauro bog ich ab in Richtung Hügel. Ich wollte zuerst nach Savignano, das schon etwas höher liegt. Ich mag diesen Ort sehr, es gibt eine so romantische Fußgängerzone, die auf der großen Piazza endet. Ich setzte mich dort in die Bar und bestellte mir einen Espresso und ein Hörnchen, als zweites Frühstück. Zum Zeitvertreib fing ich mit dem Besitzer eine Diskussion über das grässliche Wetter an, und weil er behauptete, es würde Regen geben, sagte ich das Gegenteil, und drei alte Männer mischten sich begeistert in unsere Diskussion ein. Sie freuten sich über die Abwechslung und gewannen so ein wenig Zeit bis die nächste Runde Wein für den viel zu frühen aperitivo bestellt werden musste.

Hinter dem Ort stieg die Straße sofort steil an und ich schraubte mich die Serpentinen hoch in die Hügel der Emilia Romagna. Ich suchte die erste Abzweigung und als ich sah, dass die letzten Kilometer zum ersten Haus geteert waren, ahnte ich schon, dass das nichts sein würde. Zu den alten Ruinen, die wirklich gut liegen, führen keine Teerstraßen. Und richtig, als ich an der Adresse ankam, sah ich als Erstes Rollläden! Absolut daneben, das Haus war ein klassisches Betonhaus aus den Siebzigern, völlig uninteressant. Ich stieg gar nicht erst aus, fütterte das Navi mit der nächsten Adresse und fuhr gleich weiter.

Es gibt drei Arten von Straßen bei uns in den Hügeln, einmal die geteerten Straßen, die meist voller Schlaglöcher sind, dann die strade bianche, die weißen Straßen, das sind gekieste Wege, die ebenfalls von den Gemeinden gepflegt werden. Diese Straßen durchziehen das Hinterland wie kleine Adern und verbinden meist auch noch den abgelegensten Hof. Sie sind aus weißem Kies, da Teer im Sommer bei uns viel zu weich wird, wenn die Sonne draufknallt und die schweren Traktoren die Teerstraßen in kürzester Zeit zerstören. Die dritte Art sind die Privatstraßen, die zu ganz abgelegenen Häusern führen, sie sind meist bessere Feldwege.

Das Navi hatte schon lange aufgegeben, und ich fuhr eine Straße zum dritten Mal auf und ab, als ich endlich die beschriebene Abzweigung entdeckte. Sie führte in einem Hohlweg steil nach oben. Nach der ersten Kurve endete die feste Kiesdecke bereits und der Weg war nur noch mit losem Split bedeckt. Das ist tückisch. Unter der dünnen Kiesdecke lauert Fango, so heißt dieser Lehm bei uns, der in Verbindung mit Regen zu Schmierseife wird, fast tonartig, eine feste, wasserundurchlässige Schicht, in die es kein Reifenprofil schafft einzudringen. Daher haben wir in den Weinbergen auch meist Raupenfahrzeuge im Einsatz, ein Traktor kommt nicht weit. Ich legte die Geländeuntersetzung ein und streichelte das Gaspedal. Wenn das Auto stehen bleibt, kommt man nicht mehr wieder los. Die großen Geländereifen schoben die Kiesschicht locker beiseite und schlitterten auf der Lehmschicht langsam nach oben. Nach der nächsten Kurve öffnete sich der Hohlweg zur Hangseite, es ging circa einhundertfünfzig Meter steil nach unten, links ragten schroffe Felsen aus der Wand. Der Blick war atemberaubend, die Wolken hingen so tief, dass der Blick ins Tal verwehrt war, aber einige der Hügelspitzen ragten aus den Wolken heraus und boten ein wundervolles Schauspiel. Der schwere Wagen rutschte immer wieder zur Seite weg und ich versuchte, ihn, fast im Standgas, alleine kriechen zu lassen. In Gedanken kalkulierte ich bereits die Kosten, dieses Stück Straße wieder befahrbar zu machen und übersah den großen Brocken, der etwas aus dem Boden stand und fuhr halb über ihn drüber, woraufhin das Auto begann, parallel zur Straße Richtung Abhang zu gleiten. Ich nahm das Gas ganz weg, stellte die Vorderräder quer und hoffte, dass der Wagen rechtzeitig anhielt, während der Hang in Zeitlupe auf mich zukam. Ich schnalle mich prinzipiell nie an beim Fahren und ich dachte in diesem Moment, dass ich das vielleicht wirklich einmal ändern sollte, als der Wagen endlich knapp vor der Hangkante zum Stehen kam. Ich zog die Handbremse bis zum Anschlag, wartete bis mein Puls runter ging und das Adrenalin etwas verflog. Dann stieg ich aus, ganz langsam, Zentimeter für Zentimeter. Dieser Fango ist unglaublich. Ein Kind wäre in der Lage, ein Zweitonnen-Auto alleine von der Stelle zu schieben. Der Wagen hing hinten rechts an einem Felsbrocken fest. Was für ein Scheißtag! Ich zog kurz in Erwägung, meiner schlechten Laune Luft zu machen und gegen die Karre zu treten, aber ich hatte Angst, dass ich sie damit den Hang runter schieben könnte. Ich würde das Auto nie über den

Felsen fahren können, ohne zu riskieren, den Hang herabzustürzen, rückwärts konnte ich nicht fahren, weil ich dann ins Rutschen kommen würde und Hilfe zu holen war unmöglich, weil in den Bergen kein Handyempfang war. Ich ging die Straße ein Stück weiter und sah in einiger Entfernung das Haus, das ich suchte. Ich funkelte es böse an und rauchte die nächste Zigarette. Ich würde mich rauswinschen müssen, aber es gab nirgends etwas, wo ich das Seil festmachen konnte. Also musste ich einen Anker eingraben. Ich habe schon oft Anker vergraben und mit Seilwinden gearbeitet, wir brauchen das häufig in den Weinbergen, an besonders steilen Stellen, aber alleine und bei dem harten Lehmboden war es eine Strafe. Ich kam mit dem kleinen Notspaten kaum in den Boden hinein und wurde so wütend, dass ich irgendwann den großen Wagenheber aus dem Auto holte und den Anker damit in den Boden drosch. Mir war klar, dass ich ihn damit ruinierte, aber ich hatte eh nicht vor, das Ding nochmal auszugraben.

Mit der Winde war es relativ einfach, nach oben zu kommen, kritisch ist der erste Moment, wenn sich der Reifen wehrt, über den Felsen zu kommen, aber als er gerade so drüber geschlüpft war und wieder zur Seite rutschen wollte, arbeitete die Winde richtig gut und zog mich und den Wagen vorwärts.

Als ich beim Haus ankam, sah ich aus wie ein Schwein, komplett voll Schlamm, verschwitzt, die Haare wirr im Gesicht und eine Stelle an meiner Hand blutete.

Das Haus war eine Offenbarung. Ein klassisches altes Herrenhaus, zwei Stockwerke, dazu ein Seitenflügel, der irgendwann angebaut worden war. Es stand auf einer Anhöhe, ganz alleine, vom Stil her schätzte ich

es auf Minimum einhundertfünfzig Jahre, wahrscheinlich sogar älter. Die Fenster waren längst heraus gefault, es gab nur noch die leeren Öffnungen, sein Dach war gut zur Hälfte eingestürzt, die Fassade von Rissen durchzogen. Aber es strahlte eine Eleganz aus, wie eine alte Dame, die einmal unglaublich schön gewesen sein musste.
Als Erstes sah ich mir die Risse genauer an. Man sieht an ihnen gut, ob der Boden ungleichmäßig abgesackt ist und die Fundamente stabilisiert werden müssen, aber das Haus stand hier oben auf Fels, das sollte kein Problem sein. Auch Erdbebenschäden konnte ich auf den ersten Blick nicht sehen, der Dachkranz war gut erhalten, und das, obwohl keine Verspannungen eingebaut waren. Das Haus war über die Jahre so eingewachsen, dass man nicht mehr ganz außen herumlaufen konnte.
Ich nahm meine Taschenlampe und ein Klemmbrett und betrat das Haus. Schon in der Halle bekam ich Gänsehaut, es war kühl drinnen und mir lief ganz kurz ein Schauer über den Rücken. Nach links und rechts gingen Türen ab, ich hielt mich zuerst nach links, in die ehemaligen Ställe. Bis auf die gemauerten Futterbecken war nichts mehr vorhanden. Die meisten Bauernhäuser sind so aufgeteilt. Im Erdgeschoss sind die Ställe gewesen, oben wurde gewohnt. In Italien müssen Wohnräume per Gesetz eine Mindesthöhe von 2,70 Meter haben, daher muss man die alten niedrigen Ställe nach unten ausgraben, um so die Raumhöhe zu erreichen. Auf der anderen Seite der Halle fand ich mehrere Kammern, ungewöhnlich leer, normalerweise sind in den alten Häusern immer Spuren von Menschen, die hier irgendwann mal ein paar Tage Unterschlupf gefunden haben.

Die alte Steintreppe, die nach oben führte, war gut erhalten, und im oberen Stockwerk gab es schöne alte Terrakottaböden. Die Fußböden wurden früher ganz einfach gebaut, auf großen Eichenbalken, die im Abstand von einigen Metern von Außenmauer zu Außenmauer gehen, wurden dünnere Holzlatten gelegt. In diese Lattung wurden dann die Terrakotta-Steine gedeckt. Fertig. Zweckmäßig, billig und nach den vielen Jahren saugefährlich. Denn die Latten werden morsch, und der Boden bricht dann ein wie nichts. Man muss versuchen, sich im Erdgeschoss die ungefähre Lage der großen Balken einzuprägen, nur auf ihnen kann man im oberen Stockwerk sicher laufen. Ich muss oft schmunzeln, wenn ausländische Kunden von uns die Adressen der Ruinen möchten, um die Häuser "erstmal alleine" anzusehen. Abgesehen davon, dass diese Häuser gar keine Adressen mehr haben, es ist lebensgefährlich, sich darin unbedarft zu bewegen.

Das Haus war riesig, die Treppe endete in einem großen Raum mit altem offenen Kamin, eher einer Feuerstelle. Das Dach war hier völlig eingebrochen und ich konnte in den diesigen Himmel über mir blicken. Vom Kamin selbst war nichts mehr übrig, aber die Ziegel an der Wand waren über die Jahrzehnte rußgeschwärzt, so tief in den Stein eingegraben, dass kein Regen sie je mehr sauber bekommen hatte. Fünf Türen gingen von hier ab, es war absolut still. Ich bekam wieder Gänsehaut, diesmal so stark, dass mir fast die Haut vom Körper gezogen wurde. Ich kenne dieses Gefühl schon, ich habe es oft in diesen Häusern. Diese alten Mauern sind wie große Speicher. Ich weiß, das klingt verrückt, aber ich habe immer wieder darauf geachtet, es liegt nie an

mir, was ich gerade empfinde, in manchen Häusern werde ich traurig, in einigen bekomme ich Angst und manchmal könnte ich geradezu lostanzen.
Ich ging langsam in den ersten Raum und hoffte, dass ich den Balken unter mir auch richtig im Gedächtnis hatte, kleine Schritte, immer erst vorsichtig tastend. Hinter der Türe war das erste Zimmer auch leer, der Putz abgebröselt, die alten Dachbalken völlig zerfressen. Der zweite Raum war ebenfalls leer, abgesehen von ein paar alten Zeitungen, die in einer Ecke lagen, ganz vergilbt, alte Schrift, ich blätterte sie durch und suchte nach einem Datum und konnte es nicht glauben, sie waren von 1964.

Auf der anderen Seite der Diele waren noch drei Türen, zwei davon konnte ich nicht erreichen, der Boden war eingebrochen und es war zu gefährlich, alleine und ungesichert drüberzusteigen. Die letzte Türe. Meine Gänsehaut kam wieder, ganz stark jetzt, mir wurde richtig kalt, und dann stand ich im Zimmer.
Es war komplett eingerichtet, ein einfacher Kleiderschrank, ein Bett, zwei Heiligenbilder, auf dem Nachttisch eine Marienstatue mit einem Rosenkranz. Das Bett war gemacht, die Bettdecke hing in Fetzen herunter, das Kopfkissen, sicher einmal blütenweiß, war nur noch grau und staubig. Auf dem Kopfkissen lag eine kleine Spitzendecke, darauf ein kleines Kreuz, ordentlich hingebettet. Ich kenne solche Zimmer, ich finde sie immer wieder. Der Letzte, der hier gewohnt hatte, war in diesem Zimmer verstorben. Und die Kinder räumen irgendwann das Haus aus, aber sie bringen es nicht über sich, das Sterbezimmer zu entrümpeln, also machen sie das Bett, legen ein Kreuz auf das Kissen und kommen meist

nie wieder her. Ich stand lange da und versuchte mir vorzustellen, wer hier gelebt hatte, und als ich anfing, traurig zu werden, bekreuzigte ich mich und verließ das Zimmer. Ich wollte nach draußen, an die Luft, ans Licht, zurück ins Leben.

2.

Ich fuhr auf dem Heimweg noch kurz am Büro vorbei.
»Ciao, Claudia, liegt etwas gegen mich vor?«
Wortlos schob sie mir drei Stapel Notizzettel über den Tresen. Ich funkelte sie böse an.
»Für mich?«
»Si, für dich.«
»Was ist das?«, ich blickte misstrauisch auf die Stapel.
»Kundenanfragen. Behördenrückfragen. Privatkram.« Jedes Wort war ein Pistolenschuss, bis auf das letzte, das war schon fast eine Kanone.
Ich nahm die Zettel, ging zu meinem Schreibtisch, legte alles bis auf die privaten Anrufe ganz an den Rand und als Claudia sich kurz zum Drucker umdrehte, schob ich alles über die Kante des Schreibtisches, direkt in den Papierkorb.
Ich zündete mir eine Zigarette an, was natürlich verboten war, ignorierte ihren giftigen Blick und, als sie aufs Klo ging, nutzte ich die Gelegenheit, das Büro zu verlassen.

Ich hatte noch keine Lust, nach Hause zu gehen und so schaute ich noch bei Paolo in der Bar vorbei, um einen Espresso zu trinken, oder vielleicht auch schon ein kleines Glas Wein. Und ich versuchte zu ignorieren, dass ich, seit Stefano bei uns im Strandhaus

eingezogen war, immer noch gerne ein bisschen länger weg blieb, bevor ich heimging. Nicht, dass ich ihn nicht mehr liebte, im Gegenteil, aber er hatte in der letzten Zeit begonnen, Fragen zu stellen, was ich tagsüber gemacht habe, wen ich getroffen habe, mit wem ich telefonierte, und ein paar Mal hatte ich mir eingebildet, er hätte sogar mein Handy nach Nachrichten durchsucht. Ich hing diesen Gedanken nach, als ich plötzlich angesprochen wurde.
»Entschuldigen Sie, Signora?«
»Ja?«, ich drehte mich halb herum.
»Sie sind aus der Immobilienagentur?«
Claudia. Sie hatte also einem Kunden gesagt, ich sei in der Bar.
»Ja!«, eine Spur zu unfreundlich war mir das herausgerutscht. Aber er ließ sich nichts anmerken. Ein kleiner, leicht gebeugter Mann, sicher über siebzig. Er trug eine ordentliche Hose, einen teuren Designergürtel. Und dazu ein weißes T-Shirt unter einem abgewetzten Sakko. Meine Gedanken galoppierten wie immer in hundert verschiedene Richtungen und ich vergaß ganz, dass ich eigentlich mit ihm im Gespräch war, bis er weitersprach.
»Ich habe ein Haus, das sie sich mal ansehen sollten. Ein großes Haus.«
»Ja, nun, klar, gerne«, stotterte ich noch völlig abwesend. »Wo ist es denn?«
»Hier«, er hielt mir einen abgerissenen Zettel hin.
Ich versuchte die krakelige Schrift zu entziffern, es sah aus wie Enrice, oder Enrica und dazu eine Handynummer. Als ich aufsah, war das Männchen verschwunden und ich blickte mit offenem Mund auf die Türe, die noch etwas hin und her schwang.

Der Name war Enrico. Stefano fand das für mich heraus. Als ich nämlich nach Hause kam, war er schon da und begann sein übliches Fragespiel, wen ich getroffen hätte, wo ich gewesen wäre und vieles mehr. Den Mann aus der Bar erwähnte ich nicht weiter und warf den Zettel zusammen mit meinen Schlüsseln und dem Handy auf den Esstisch.
Ich hatte mir ein Glas Wein eingeschenkt und sprach gerade mit Alessandra über ihren Schultag, während auf dem Herd das Abendessen kochte, als Stefano in die Küche schoss. Den Zettel hielt er anklagend in die Höhe und fauchte mich an.
»Wer ist das?«
»Keine Ahnung«, ich zuckte mit den Schultern.
»Chiara!«
Irgendwie wollte mich heute scheinbar jeder mit irgendwelchen Zetteln nerven.
»Ich weiß es nicht!« funkelte ich zurück.
»Triffst Du Dich mit ihm?«
»Ja, vermutlich, er hat ein Haus zu verkaufen.«
»Ha!«
»Stefano, ich habe den Zettel vorhin von einem Mann bekommen, der …«
»Was für ein Mann?«, schnitt er mir das Wort ab.
»In der Bar, da war dieser Mann, der …«
»Du triffst Männer in der Bar?«
Ich gab es auf. Unsere Abende verliefen in letzter Zeit immer häufiger so. Seine Eifersucht wurde immer schlimmer und ich reagierte zunehmend schnippischer darauf.
Er stapfte wütend ins Zimmer nebenan und wählte die Nummer auf dem Zettel. Ich sah durch die halb offene Türe, wie sein Gesicht immer röter wurde, dann drehte er sich wortlos um und ich hörte nur noch die Haustüre wuchtig ins Schloss schlagen.

3.

Enrico, die Handynummer auf dem Zettel, war circa siebzig Jahre alt.
Ich traf ihn in einer Bar am Meer. Er hatte am Telefon sehr geheimnisvoll getan. Eine "Immobiliensache", mehr könne er am Telefon nicht sagen. Der Treffpunkt ist nur ein paar Orte weiter von mir entfernt. Wie sich später herausstellte, darf ich den genauen Ort aber nicht nennen. Sagen wir, es war irgendwo zwischen Lido di Dante und Bellaria, an der Adriaküste.
Wir hatten uns sehr früh am Morgen verabredet, die Bar war noch komplett leer, bis auf einen Gast. Enrico. Er trug eine moderne Sporthose, ein buntes T-Shirt. Sein Gesicht war vom Wind, der Sonne, dem Salz und vom Leben in tiefe Falten gelegt. Wie ein alter Lederkoffer, der stolz die Schrammen und Spuren vieler Abenteuer zur Schau trägt. Er hatte eine dieser Riesenbrillen auf, wie sie alte Männer in Mafiafilmen tragen, diese überdimensionalen Horngestelle mit den leicht getönten Gläsern. Ich ließ meinen Blick kurz zur Bar schweifen, auch hier war niemand zu sehen. Enrico schmunzelte, stand auf und sagte mit dieser leisen, krächzenden Stimme, die Marlon Brando berühmt gemacht hat: «Wir sind allein, ich habe Pietro spazieren geschickt.«
Er ging dabei wie ganz selbstverständlich hinter die Bar und bereitete mir an der Maschine einen Espresso. Die ganze Szene verwirrte mich, aber ich nahm die Tasse und setzte mich zu ihm an den Tisch. Er schob mir ein Päckchen Zigaretten zu, zündete sich selbst eine an. Okay, wir waren alleine hier, und

ich grinste kurz in Richtung des Schildes an der Wand, das in jedem öffentlichen Gebäude vorgeschrieben ist. Neben der durchgestrichenen Zigarette steht auch der gesamte Gesetzestext mit allen Strafen, die auf die Nichteinhaltung drohen. Ich bin sicher, noch kein Italiener hat sich das je durchgelesen.
Enrico taxierte mich lange, seine Augen waren jung und klar, schließlich nickte er, drückte seine Zigarette aus und sagte:
»Wie geht es deinem Vater?« wieder diese tiefe leise Stimme.
»Äh, gut.«
»Man hat mir gesagt, ich solle mich an euch wenden.«
»Äh, okay?« Ich verstand nur Bahnhof.
»Ich habe da vielleicht was für euch ...«
Er nippte an seinem caffè, beugte sich nach vorne und begann zu erzählen.

Als Enrico sechs Jahre alt ist lebt er mit seinen Eltern in Norditalien, im Land, in der Nähe von Reggio Emilia. Sein Vater arbeitet bei der Post und das Gehalt reicht gerade so, die Familie über die Runden zu bringen. Sie besitzen kein Auto, Enrico trägt die alten Sachen seiner größeren Geschwister und die Familie lebt in einer kleinen Wohnung in einem schäbigen Haus, das schon vor dem Krieg nicht mehr schön war. Die Sommer hier in der Po-Ebene sind heiß und feucht, die Wohnung stickig und, wenn das Thermometer über Monate auf über dreißig Grad steigt, ist es fast nicht auszuhalten. Die Sommerferien, die in Italien drei Monate dauern, sind endlos und die Familie kann sich keinen Urlaub leisten.
Doch es gibt eine Einrichtung, die für diese Familien geschaffen wurde. Der Staat und auch einige große

Firmen haben an den Stränden direkt am Meer Kindererholungsheime gebaut. Hier können Kinder aus dem ganzen Land einen Teil ihrer Sommerferien verbringen, wenn sie aus Familien stammen, deren Einkommen nicht für einen Urlaub reicht.
Der Sommer, in dem Enrico gerade zu Beginn der Ferien sechs Jahre alt geworden war, ist einer der heißesten seit Jahren. Aber Enrico hat Glück, er darf ans Meer. Und so steht er eines Morgens im Juli aufgeregt am Bahnhof. Er war noch nie von seiner Familie getrennt, er hat Angst, aber er ist auch neugierig, endlich einmal das Meer zu sehen, an dem er noch nie zuvor war.

Diese Ferienheime sind riesige Gebäude, die zum Teil mehreren hundert Kindern Platz bieten. Damals war das Land am Meer noch billig, es gab wenige Hotels und Platz spielte keine Rolle. Wo heute Hotels, dicht gedrängt, die Küsten Italiens verschandeln, hatten diese Häuser riesige Grundstücke für sich allein.

Enrico erlebt den schönsten Sommer seines jungen Lebens. Morgens, von der Sonne geweckt, verbringt er lange heiße Tage mit vielen anderen Kindern am Strand. Die Erzieher, junge Studenten, die sich etwas dazuverdienen, haben wenig Interesse an Regeln und Aufsicht, sie sind selbst viel zu sehr damit beschäftigt, ihren Sommer am Meer zu genießen, die Kommilitoninnen zu beeindrucken und sich nachts heimlich gemeinsam im Meer und am Strand zu vergnügen.

Enrico ist in einem großen Heim gelandet, über drei Etagen erbaut, mit gewaltigem Garten, der viel Raum bietet, für Fußballspielen, sich zu verstecken und

allerlei anderer Dinge, die Kinder in dem Alter so tun. Die Betreuer haben eigene Zimmer, die Kinder sind in gemeinschaftlichen Schlafräumen untergebracht. Regeln gibt es, wie gesagt, fast keine. Bis auf eine, die wird den Kindern immer wieder eingehämmert. Keiner darf den dritten Stock betreten. Die Treppe endet im zweiten. Der Aufgang in den dritten Stock ist zugemauert. Auch von außen ist nichts zu sehen, alle Rollläden sind verschlossen. Unter den Jungs gibt es die wildesten Spekulationen, was im dritten Stock zu finden wäre. Von Vampiren wird gemauschelt, Geistern, heimlichen Gefangenen, Goldschätzen, Waffenlagern. Keine Theorie ist zu absurd, als dass sie nicht sofort als wahrscheinlich und wahr angesehen wird.
Enrico lässt das keine Ruhe, immer wieder schleicht er an der zugemauerten Wand umher, prüft sie fachkundig auf geheime Mechanismen, klopft sie ab, drückt minutenlang sein Ohr darauf, überlegt, plant, verwirft verschiedene Möglichkeiten, irgendwie hinter das Geheimnis zu kommen. Drei Tage vor dem Ende seiner Ferien spielen sie Verstecken im Garten. Und als er besonders tief im hinteren Teil des Grundstücks ins Gebüsch vordringt, findet er eine alte Holzklappe. Sie ist unverschlossen und als er sie öffnet, gibt sie den Blick auf eine Kellertreppe frei. Er steigt hinab und tastet sich durch den Raum, denn er vermutet, von hier ins Erdgeschoss zu kommen und so die anderen auszutricksen. Die Treppe, die nach oben führt, ist düster, er versucht mitzuzählen, wo er sich befindet und verliert schnell den Überblick. Das Treppenhaus hat schmale Fenster, jedoch sind alle Jalousien heruntergelassen, so dass nur wenig Tageslicht durch die Ritzen fällt. Der Boden ist schmutzig und in den schräg durch die Lamellen

fallenden Sonnenstrahlen tanzen kleine Staubkörner wie winzige Diamanten in der Luft. In jeder Etage will er zurück in die bekannten Räume, aber es gibt nirgends eine Türe, bis, ja, bis er plötzlich ganz oben angelangt ist. Sein Herz beginnt zu rasen, denn ihm wird plötzlich klar, dass er in der dritten Etage sein muss. Die Türe ist nur angelehnt, er stößt sie mit dem Fuß auf, lauscht, und hört … nichts.

Ein langer Gang, düster, schmutzig, von den Wänden blättert der Putz, der Boden übersät mit Abfall. Der Grundriss ist identisch mit der Etage darunter, er betritt den ersten Schlafsaal rechts, er ist eingerichtet wie unten, circa vierzig Betten, noch bezogen, die Decken verstaubt, einige zerschlissen. Er bildet sich plötzlich ein, Stimmen zu hören, eine Bewegung am Ende des Zimmers zu sehen. Seine anfängliche Beklemmung wird zu Panik. Er läuft aus dem Zimmer in Richtung Treppe. Was er vergisst ist, dass er von der anderen Seite hier hochgekommen war, somit ist der Grundriss, den er in den letzten Wochen verinnerlicht hatte, seitenverkehrt. Statt zurück zu der Treppe zu laufen, die er hochgekommen war, entfernt er sich immer mehr. Als er schließlich die Treppe erreicht, ist es die, die von unten zugemauert ist. Das bemerkt er aber erst, als er sie schon hinuntergelaufen ist und plötzlich auf der anderen Seite der Mauer steht. Sein Herz hämmert, er dreht sich um, lehnt sich mit dem Rücken gegen die Wand und sieht hinauf. Er ist sich jetzt sicher, dass er Stimmen hört, Schritte wahrnimmt. Auf allen vieren krabbelt er die Treppe wieder hinauf, lugt über den obersten Absatz.
Er kann nichts erkennen, es ist zu düster, die Sonne ist schon zu tief, alles ist nur noch schemenhaft

wahrzunehmen. Wie in Trance torkelt er den langen Gang zurück. Die letzte Türe noch zu seiner Rechten, dann hat er die alte Treppe erreicht. Ein Geräusch, er bleibt stehen, dreht den Kopf langsam hin und blickt in das Zimmer. Er weiß nicht, wie lange er dort hineinschaut. Er kann sich nicht mehr bewegen. Bis plötzlich irgendetwas in seinem Kopf Klick macht. Da rennt er schreiend die Treppe hinunter, schrammt sich im Keller das Bein an einem alten Schrank und steht irgendwann wieder im Freien an der alten Falltüre.

Er brach plötzlich ab, ich schaute auf die Zigarette in meiner Hand, sie war längst ungeraucht runtergebrannt und ich warf sie achtlos in den Aschenbecher.
»Was hast du gesehen, Enrico?«, ich duzte ihn einfach.
Er schüttelte nur den Kopf, atmete tief durch, seufzte, zündete sich eine weitere Zigarette an.
»Ich wollte gar nicht so viel darüber erzählen.«
»Warum erzählst du mir überhaupt davon?«
Er lehnte sich zurück und lächelte.
»Ich habe mich damals verliebt. In das Meer. Sobald ich volljährig war, kam ich zurück. Die Ferienheime wurden mit der Zeit geschlossen, der Staat musste sparen, und wie überall spart er zuerst an denen, die sich am wenigsten wehren können, den Kindern.«
»Warst du nochmals dort?«, ich fragte es, obwohl ich die Antwort kannte.
»No!«
»Was hast du damals gesehen?«
Wieder Kopfschütteln.
»Ich gehe oft daran vorbei, aber ich war nie mehr drin.«

»Warum erzählst du mir das alles?«

Und dann wurde es interessant. Die Heime wurden alle nach und nach geschlossen. Natürlich dachte man damals, das wäre nur vorübergehend. Also lies man die Rollläden runter, vernagelte die Türen und stellte den Strom ab.
Aber niemand hatte mehr ein Interesse daran, diese Häuser wieder in Betrieb zu nehmen. Schnell war alles veraltet, zu runtergekommen, die Sanierung viel zu teuer. Die Zeit, die Stürme am Meer, das Salz in der Luft. Alles Gift für Häuser. So fing man an, die Fenster teilweise zuzumauern, um die Substanz noch irgendwie zu retten. Aber, das alles brachte nichts, die Häuser verfielen immer mehr. Und so sitzt der Staat auf alten riesigen Grundstücken in allerbester Lage, direkt am Meer. Unglaubliche Immobilienwerte. Und Enrico hatte einen Kontakt geknüpft. Eines dieser alten Ferienheime stünde zum Verkauf. Unter der Hand, die Comune würde diesen Besitz gerne versilbern. Und Enrico kannte die richtigen Leute, um zuzuschlagen, bevor eine öffentliche Ausschreibung gemacht würde.
«Kann ich es anschauen?«, ich erhob mich schon halb bei der Frage.
»Sicher!«, er bewegte sich nicht.
Ich ließ mich wieder zurücksinken. «Wann?«
Er nickte quer über die Straße, auf ein riesiges altes Gebäude. Daher also diese Bar als Treffpunkt.
»Sieh's dir heute Abend an, alleine, es soll niemand mitbekommen, dass sich jemand dafür interessiert.«
»WAS hast du damals gesehen?«, versuchte ich es nochmals. Wobei, eigentlich glaubte ich die Antwort längst zu kennen.

Sein Lächeln erstarb, sein Blick drang tief in meine Augen, ein ganz kurzes Aufblitzen, als er fand, was er darin gesucht hatte.
»Sieh's Dir an.«
Ein Mann betrat die Bar, tat so, als würde er mich nicht bemerken und verschwand sofort im hinteren Zimmer. Wohl Pietro, der Besitzer. Und somit das Signal, aufzubrechen.

4.

Ich hatte mir die Besichtigung des alten Ferienheims für Freitagabend vorgenommen. Die ersten Italiener sind dann bereits für das traditionelle Wochenende am Meer eingetroffen und es wird laut und voll im Ort. Ich saß mit Freunden in einer Bar, die ich vorgeschlagen hatte, denn sie war relativ nah an dem alten Kinderheim. Ich war völlig unruhig, weil ich es kaum erwarten konnte, endlich das Haus genauer anzusehen. Noch war es hell, die Dämmerung kam langsam. Langsamer als sonst, wie ich fand. Ich hatte vorsorglich angekündigt, dass ich noch etwas zu erledigen hatte und als ich aufbrach, versprach ich, bald zurück zu sein.

Gegen zweiundzwanzig Uhr fuhr ich das kurze Stück aus dem belebten Teil des Orts hinaus. Die Strandbäder werden hier weniger, die Abstände etwas größer und als ich auf Höhe von Pietros Bar ankam, bog ich in eine Seitenstraße ein. Ich stellte die Vespa an einer dunklen Stelle ab und näherte mich dem alten Gebäude von der Rückseite. Es war bald Vollmond und er schien schon hell genug, um das gesamte Gelände in ein unwirkliches fahles Licht zu tauchen. Erst von der Rückseite wurde mir die gesamte Größe des Hauses so richtig bewusst. Der Hauptteil, der von zwei langen Seitenflügeln flankiert wird, die, vom Meer abgewandt, einen unglaublichen Innenhof bildeten. Die Jalousien waren heruntergelassen, teilweise aber mit der Zeit auch aus ihren oberen Verankerungen gerissen und hingen an manchen Fenstern schief in den verrosteten Führungen. Manche Fenster waren auch zugemauert, aber es war kein Muster zu erkennen, nachdem die Maurer dabei vorgegangen waren. Der morbide Charme dieser «großen alten Dame«, wie ich das Haus insgeheim ehrfürchtig nannte, war so beeindruckend, dass ich mich von dem Anblick kaum lösen konnte.

Ich überschlug in Gedanken die ungefähren Flächen, die man daraus für ein Hotel oder ein Apartmenthaus bilden könnte, und als ich diese Quadratmeter in Baukosten umrechnete, stockte mir der Atem.

Wie Enrico mir gesagt hatte, war der Zaun an einigen Stellen aufgerissen und ich betrat das Grundstück. War gerade noch das Rauschen der abendlichen Brandung zu hören gewesen, so war es hier absolut still. Zu still. Nichts war zu hören, und ich konnte erst nicht verstehen, was genau fehlte. Ich ging von hinten zum Hauptteil, dort ganz nach rechts und fand sofort die kleine Türe, wohl ein Seiteneingang. Drei bröckelnde Stufen führten zu ihm hinauf, und mir wurde klar, warum Enrico immer vom dritten Stock gesprochen hatte. Das Erdgeschoss war im Hochparterre, somit hatte er es gleich als erste Etage gezählt. Der Schlüssel lag an der versprochenen Stelle, rechts von der Treppe, unter einem Stein.

Ich bildete mir ein, ein Knacken hinter mir zu hören und drehte mich hastig um, aber es war nichts zu sehen. Und jetzt merkte ich endlich, was hier fehlte. Geräusche! Hier müsste es rascheln, knacken, wispern, wuseln. Das war ein Paradies für alle möglichen Tiere. Und es war ungewöhnlich, dass scheinbar keine da waren.
Die kleine Türe führte direkt in die ehemalige Küche. Ich hatte keinen Platz gehabt, meine MagLite einzupacken und war nur mit einer winzigen LED-Lampe ausgerüstet. Die alten Öfen schimmerten matt im Schein der Lampe, alles was aus Holz gewesen war, Schränke, Möbel, die Arbeitsflächen, waren nicht mehr da. Ich bewegte mich vorsichtig über den mit Abfall übersäten Boden durch den Speisesaal und landete schließlich in einem großen, endlos langen Flur. Unzählige Türen gingen zu beiden Seiten ab. Es roch unglaublich muffig und abgestanden hier drin. Zudem war es schwül und stickig und ich merkte, wie mir der Schweiß ausbrach. Es war totenstill im Haus und in mir kroch ein Gefühl der Beklemmung hoch.
Ich kannte dieses Gefühl, es beschleicht mich oft in alten, verlassenen Ruinen und ich kann es ganz gut ignorieren. Ich schaute nicht in die einzelnen Zimmer, letztlich würde man das Gebäude ohnehin komplett abreißen müssen, oder es zumindest völlig entkernen, daher war die momentane Aufteilung völlig bedeutungslos. Ich wollte nur überprüfen, ob meine Schätzung von außen ungefähr hinkam, was die Flächen anbelangte. Die Treppe, die in den zweiten Stock führte, übersah ich fast, weil hier ein Schuttberg auf den ersten Stufen abgeladen worden war. Ich trug kurze Hosen, ein Top und Sandalen, ein ganz tolles Outfit für so eine Aktion, aber ich kletterte

trotzdem darüber und rutschte auf der anderen Seite unsanft wieder herunter. Dabei kam der Haufen in Bewegung, und einige seitlich gelagerte Ziegel polterten herab und ich zog gerade noch die Füße weg, bevor sie zerquetscht wurden.
Wieder zurückzuklettern würde schwierig werden. Scherben, Latten mit Nägeln, zerbrochene, spitze Ziegel. Ich brauchte irgendetwas, um das aus dem Weg zu schaufeln.

Ich bin schon oft in solchen Situationen gewesen, das ist nichts, was mich aufregt, meine Neugier bringt mich regelmäßig in so einen Mist. Was mir eher zu schaffen machte, war die zunehmende Beklemmung, die sich immer mehr in mir breitmachte. Ich schwitzte, war völlig verdreckt und … ja, und ich hatte plötzlich eine Scheißangst. Ich stieg die Treppe nach oben und fand dort die zugemauerte Wand, von der Enrico mir erzählt hatte. Kurz tauchte das Bild in mir auf, wie der kleine Enrico hier an der Wand herumschlich, aufgeregt, um das Geheimnis der dritten Etage zu lüften. Und dann fiel mir noch etwas ein. Das andere Treppenhaus, von dem er erzählt hatte. Es war unwahrscheinlich, dass es ausschließlich in den obersten Stock führte, sicher hatte er damals die Zugänge in den einzelnen Etagen nur nicht gesehen. Ich spiegelte in Gedanken schnell den Grundriss und ging in die Richtung, aus der er damals gekommen sein musste, als er einen Stock höher war. Links und rechts zweigte Tür nach Tür vom Gang ab, manche standen offen, manche fehlten ganz. Die Luft hier war noch schlechter als unten und ich keuchte, um den Rest an Sauerstoff aus diesem Geruchsgemisch aus Abfall, Alter und Verfall herauszufiltern. Die Beklemmung wich langsam dem Ge-

fühl von Panik, die, wie mir klar war, völlig irrational und unangebracht war. Aber irgendetwas war hier und ich wußte von anderen Situationen, dass mir nicht mehr allzuviel Zeit blieb, in der ich diese Panik noch einigermaßen kontrollieren konnte.
Ich bog um zwei Ecken, vermied es, in die offenen Türen zu sehen, war mir sicher, dass ich hier und da etwas Leises murmeln hörte und dann war der Gang fast zu Ende und ich überschlug nochmals den Grundriss, glich ihn mit dem ab, was ich von außen gesehen hatte und was Enrico erzählt hatte. Es blieben zwei Türen, die in Frage kamen, in das andere Treppenhaus zu führen und ich versuchte, die erste zu öffnen, die aber verschlossen war und warf mich fast gegen die zweite, die sofort aufflog und mit einem lauten Knall gegen die Wand schlug. Das Treppenhaus! Ich war so erleichtert, dass ich kurz kichern musste, ignorierte ein vermeintliches Rascheln hinter mir, verwarf den schwachsinnigen Gedanken, nach oben in die dritte Etage zu gehen und hastete die Stufen nach unten. »Bitte nicht durch den Keller, bitte nicht durch den Keller«, war alles, was ich denken konnte, und ich zählte die Stufen und Absätze automatisch mit. Und weil ich nicht mehr sechs Jahre alt bin und Architektin, verzählte ich mich auch nicht so wie damals Enrico und machte rechtzeitig Halt, als ich im Erdgeschoss ankam. Ich leuchtete die Wände ab und sah sofort die Türe, die, wie ich vermutet hatte, in jedem Stockwerk war. Ein Schieberiegel hielt sie von innen zu, daher kam man von außen damals hier nicht rein, das Treppenhaus zu verlassen war aber kein Problem. Ich landete wieder in der alten Küche, sprintete durch den Raum, erreichte endlich die Türe und lehnte mich draußen schwer atmend an die Hauswand. Ich hätte getötet

für eine Zigarette, aber die lagen im Lokal und so blieb mir nur, die Türe zu verschließen und langsam und erschöpft zurück auf die Straße zu gehen.

Draußen drehte ich mich um und blickte zurück, ich versuchte zu errechnen, wo genau damals Enrico im obersten Stock vor der offenen Türe gestanden haben musste, wo das Zimmer war, in das er so lange blickte und das ihn so verstörte, dass er bis heute nicht darüber sprechen kann, was er damals sah. Ich folgte den Gebäudelinien mit den Augen, ging meinen Weg von eben in Gedanken nochmals durch, machte ein paar Schritte nach vorne, wieder zurück, wie ein Tänzer, der eine Choreographie einstudiert. Und schließlich war ich sicher, welches Zimmer es gewesen sein musste. Das Fenster war eine klaffende Wunde, das Rollo oben ausgerissen und halb herunter gesackt. Das Fensterglas fehlte, der Rahmen war geborsten. Ein dunkles, tiefschwarzes Loch. Wie ein Portal, ging mir durch den Kopf. Ich schaute nach oben, versuchte etwas zu erkennen, was mir auch gelang, aber es war nichts, was man mit den Augen sieht. Deswegen konnte Enrico es auch bis heute nicht beschreiben. Ich hatte mir das fast gedacht. Noch lange stand ich so da, unbewegt äußerlich, und irgendwann nickte ich zum Abschied, glücklich jetzt, und fuhr zurück zu meinen Freunden.

5.

Als ich zurück in die Bar kam, war ich zittrig und verschwitzt. Bevor ich an unseren Tisch ging, schlüpfte ich schnell auf die Toilette und versuchte, mich ein bisschen zu zivilisieren. Ich wusch mir den

Dreck von Armen und Beinen, schüttete mir immer wieder kaltes Wasser ins Gesicht und so war ich irgendwann zwar wieder leidlich sauber, sah mit total wirren Haaren aber aus, als käme ich gerade aus dem Bett. Mein Adrenalinspiegel sank auch langsam und ich schlenderte betont lässig zurück ins Lokal. Und lief Stefano in die Arme.

»Wo warst du?«, herrschte er mich an.

»Auf dem Klo.«

»Wo warst du heute Abend?«

Ich blickte zum Tisch, an dem meine Freunde saßen.

»Du warst über zwei Stunden weg und ich ich will verdammt noch mal wissen, wen du getroffen hast!«

»Ich habe mir ein Haus angesehen und …«

»Ein Haus angesehen, um die Zeit!« Es sollte höhnisch klingen, aber seine Stimme kippte fast vor Wut.

»Stefano, du erinnerst dich, Enrico. Das Haus habe ich mir angesehen, ich sollte es unauffällig …«

»Schau dich an. Du siehst nicht aus, wie jemand der ein Haus angesehen hat. Du siehst aus wie eine Schlampe.«

»Du kannst mich mal, du und deine beschissene Eifersucht«, schrie ich ihn an.

Ich kann es nicht leiden, wenn mich jemand so erniedrigt. Ein "blöde Kuh" oder "dumme Ziege" oder sonst was, das prallt an mir ab, aber "Schlampe" lässt mich umgehend ausflippen.

Ich drehte mich weg und ließ ihn einfach stehen und als er mich von hinten an der Schulter packte drehte ich mich zu ihm um und sah ihn einfach nur an. In meinem Blick lag in diesem Moment soviel Wut und Hass, dass er seine Hand erschrocken wegnahm.

Ich hatte keine Lust mehr auf meine Freunde und ich verließ die Bar, setzte mich auf meine Vespa und fuhr los. Ich hatte keinen Plan wohin, nur nicht nach Hause. Eine weitere Runde mit Stefano war das Letzte, was ich heute ertragen würde.

Als ich irgendwann sehr spät doch an meinem Haus ankam, sah ich erleichtert, dass seine Ducati nicht da war. Ich tastete mich im Dunklen in die Küche und schenkte mir ein Glas Weißwein ein. Kurz hielt ich das eiskalte Glas an meine Stirn und trank es dann in einem Zug leer. Wie immer, bevor ich schlafen ging, schaute ich nach Alessandra, lauschte kurz ihren Atemzügen und rollte mich dann im Bett zusammen. Wieder eine Nacht, in der ich kein Auge zu bekam und darüber grübelte, wie alles werden sollte.

6.

Am nächsten Morgen tappte ich völlig vernebelt in die Küche und befüllte automatisch die Caffettiera. Es ist für mich die wirklich einzige Art, genießbaren Espresso zu kochen. Wenn man sich nicht gerade eine Profimaschine für zehntausend Euro oder mehr nach Hause stellt, wie sie in Bars verwendet werden, kommt für mich nichts an den Geschmack heran. Ich mache solche kleinen Dinge immer hoch konzentriert, es ist ein wenig wie Meditation. Das Wasser exakt bis genau unter das Ventil einfüllen, das Kaffeepulver in das Sieb löffeln, dann sorgfältig fest pressen, das ist besonders wichtig. Ein wenig Pulver dann obendrauf - das erzeugt die Crema - und dann das Oberteil fest verschrauben. Die Gasflamme entzünden, auch das ist wichtig, ein Elektroherd versaut den Kaffee, und dann warten, bis das Gurgeln und Fauchen das Hochsteigen des Wasserdampfs ankündigt. Tagsüber trinke ich nur Espresso, morgens mache ich dazu noch etwas Milch heiß und mische mir so einen Cappuccino. Ich zündete mir gerade eine Zigarette dazu an, als es klingelte. Der Postbote brachte ein Einschreiben. Es war für Stefano, ein großes Kuvert, mit Siegeln, Stempeln und einem großen Vermerk "persönlich". Natürlich durfte ich es nicht annehmen, natürlich war das unserem Briefträger völlig egal und ich unterschrieb krakelig mit Stefanos Namen. Es war fies von mir, dass ich mich darüber so freute, aber ich konnte das Gefühl nicht unterdrücken. Der Brief war vom Militär. Das hieß, er würde für eine Weile nicht hier sein, denn er musste seinen Militärdienst antreten. Als er sich für ein freiwilliges Jahr gemeldet hatte, waren wir darüber in einen großen Streit geraten. Ich fand es unsinnig, das zu tun, aber in seiner Familie hatte der Dienst Tradition. Und im Nachhinein war ich froh, dass er es sich von mir nicht hatte ausreden lassen.

Die zweite gute Nachricht an diesem Tag kam per Telefon. Ein Deutscher, der bei uns ein Haus gekauft hatte, kam mit der Restaurierung nicht weiter. Er bat mich, das Haus anzusehen und ihm Vorschläge zu unterbreiten. Ich konnte mich gut an das Haus erinnern. Es lag wunderschön auf einem Hügel, ein ganzes Stück von hier entfernt. Ich würde über Nacht bleiben müssen. Und weil ich Stefano ohnehin aus dem Weg gehen wollte, sagte ich sofort zu, zog mich an, brachte Alessandra zu meinen Eltern auf den Hof und machte mich auf den Weg.

Das Kuvert für Stefano hatte ich schön mitten auf den Tisch gestellt, so dass er es nicht übersehen konnte. Ein bisschen wie ein Mittelfinger, lachte es da höhnisch in Richtung Eingangstüre.

7.

Ich kam am späten Vormittag in Castelplanio an. Die Besitzer des Hauses waren in Deutschland und ich hatte mir den Schlüssel beim Bäcker abgeholt, wo sie ihn für Notfälle hinterlegt hatten. Schon die Zufahrt war ein Abenteuer. Vom kleinen Ort bog ich auf eine Kiesstraße ab und kam irgendwann an eine Kreuzung, an der ein Hohlweg fast senkrecht den Hang hinunter ging. Selbst mit Geländeuntersetzung war der Wagen fast nicht zu bremsen und ich rumpelte über Schlaglöcher, umfuhr Felsbrocken und zerkratzte mir die Flanken des Jeeps mit seit Jahren nicht mehr zurückgeschnittenen Brombeerranken. Irgendwann lichtete sich der Weg und nach einem letzten steilen Stück stand ich vor dem Haus. Es war ein altes Herrenhaus. Ich umrundete es langsam und ließ es auf mich wirken. Die ehemalige Natursteinfassade war irgendwann verputzt worden, dann war der Putz wieder teilweise abgenommen worden, an manchen Stellen bröckelte er auch einfach ab. Die Dachpfannen waren in einem katastrophalen Zustand, viele davon schief, einige fehlten ganz. Die Fenster waren alt und nur einfach verglast, die Fensterläden ließen noch Reste von ehemals dunkler grüner Farbe erkennen, viele waren morsch.
Aber das waren nur kosmetische Probleme. Die Lage war bezaubernd. Das Haus stand alleine auf einem Hügel, der Blick überwältigend in alle Richtungen,

man konnte bis zum Meer sehen. Das gesamte Grundstück hatte circa achtzigtausend Quadratmeter, das meiste davon zwar undurchdringliche Wildnis, aber es gehörte immerhin alles den Hausbesitzern.

Ich ging nach drinnen. Auch hier war alles alt, verbraucht, lieblos. Das Haus war zwar bewohnbar, aber es gab keine Heizung, die Küche war völlig hinüber und die Bäder seit Jahrzehnten nicht renoviert. Die einzige Warmwasserquelle war ein Elektroboiler, der so verrostet war, dass ich niemandem empfohlen hätte, ihn nochmals anzuschalten. Im oberen Stockwerk hatten sich die Besitzer ein Zimmer schön hergerichtet, mit großem Landhausbett aus schwarzem Schmiedeeisen, frischen Farben an der Wand und sogar ein paar Bildern. Sie hatten mir erzählt, dass sie ein paar Mal hier Urlaub gemacht hatten, um zu überlegen, wie sie das Haus herrichten werden.
Es gab viel zu viele Zimmer, man würde einige Wände entfernen müssen, um dann alles vernünftig, aber behutsam, wieder neu aufzuteilen.

Ich saß abends lange auf der Terrasse, sah in der Ferne die funkelnden Lichter der kleinen Orte, lauschte der Natur und versank in Gedanken, bis es spät und finster war.
Im Haus bekam ich plötzlich ein beklemmendes Gefühl. Ich bin nicht ängstlich, aber logisch betrachtet war ich hier alleine, und niemand würde hier irgendwas mitbekommen. Es gab keinen Handyempfang, Telefon sowieso nicht. Ich blickte auf die Fenster im Erdgeschoss, keines davon war vergittert. Also ging ich nochmals nach draußen, um die

Fensterläden anzuklappen und schloss auch die Läden der Terrassentüren zu. Dann, von drinnen alle Fensterläden verriegeln, eine Heidenarbeit, es gab alleine im Erdgeschoss ca. sechzehn Fenster. »Gitter!«, notierte ich in Gedanken zur Liste der nötigen Renovierungsarbeiten.
Auf dem Weg nach oben ins Schlafzimmer verdrängte ich den Gedanken, dass ich eigentlich einmal in alle zwölf Zimmer sehen müsste, ob da nicht irgendein ungebetener Gast war.
Ich bin selbst in einem einsamen großen Landhaus aufgewachsen. Aber dort war man nie alleine. Es lebten mehrere Generationen von uns unter einem Dach, dazu noch einige unserer Arbeiter, die auch im riesigen Haus ihre Zimmer hatten. Dort war es nachts nie ganz still. Man hörte immer irgendjemanden, der sich im Bett hin und her warf, ein Quietschen hier, ein Schnarchen dort, eine Wasserspülung, oder ein verhaltenes Stöhnen, von Bewohnern, die sich gerade liebten.
Später dann, in meinem kleinen Haus am Meer, trug mich jede Nacht das Rauschen der Brandung in den Schlaf. Hier jedoch war: NICHTS! Es war absolut still, kein Auto zu hören, keine Geräusche, kein Knacken, einfach nur nichts. Und das machte mich fertig. Wenn man irgendetwas wahrnimmt, dann grübelt man, was es wohl ist, man geht alle Optionen durch, was das Geräusch verursacht haben könnte. Viel schlimmer ist es, wenn man absolut nichts hört, nicht das Geringste. Und dann liegt man da und denkt, egal was jetzt ist, du wirst es in dieser Stille hören. Und so lag ich da und hoffte, nicht plötzlich doch etwas zu hören und wurde fast verrückt dabei. Zum hundertsten Mal blickte ich auf mein Handy und verfluchte wieder die Anzeige "Kein Netz".

Schließlich stand ich noch einmal auf, ging nach unten, öffnete eine Flasche Wein und trank gierig das Glas leer. Dann öffnete ich eines der Fenster, stieß den Laden auf und zündete mir eine Zigarette an. Ich blies den Rauch immer ordentlich aus dem offenen Fenster, denn ich wusste nicht, ob die Besitzer Nichtraucher waren.
Der lange Tag forderte schließlich seinen Tribut und ich wurde plötzlich unglaublich müde. Das wollte ich ausnutzen, ich schleppte mich zurück ins Bett und schlief tatsächlich ein.
Ich träumte unruhig, von Menschen, die versuchten, die Eingangstüre mit Äxten einzuschlagen und irgendwann schoss ich senkrecht hoch, denn die Schläge waren nicht geträumt, das Hämmern war echt!
Im nächsten Moment tauchte ein Blitz das Zimmer kurz in gleißendes Licht, in der nächsten Sekunde folgte ohrenbetäubender Donner. Ein Gewitter. Ich sank erleichtert zurück. Ich knipste das Licht an, um zu sehen, wie spät es war, aber es ging nicht, der Strom war weg. Aber das war egal, das Gewitter war so laut, es übertönte alles und so rollte ich mich unter der Decke zusammen und schlief wie ein Baby.

Als ich am Morgen wieder nach unten in die Küche ging, blieb ich wie angewurzelt stehen. Ich konnte nicht glauben, was ich da sah. Nach der ganzen Panik, die ich hatte, nach all der Mühe, alle Läden zu schließen, war ich fassungslos. Das Fenster, das ich zum Rauchen geöffnet hatte, ich hatte vergessen, es wieder zu schließen. Es stand sperrangelweit offen!

Ich arbeitete den ganzen Tag ohne Pause, vermaß alles, machte Fotos, Notizen und Skizzen. Ich wollte fertig werden und keine weitere Nacht mehr hier alleine verbringen.

Aber dieser Ausflug hatte mir gut getan, mich wieder geerdet, das zu tun, was ich liebe, mit diesen alten Häusern zu arbeiten, ihnen zuzuhören, was sie an Geschichten erzählen und mir zu überlegen, wie man sie behutsam wieder hübsch macht. Die ganzen unangenehmen Gedanken über Stefano und unsere Zukunft waren verschwunden und ich spürte zum ersten Mal seit langem wieder diese Fröhlichkeit und Zuversicht, die ich so lange vermisst hatte.

Kapitel 4

1.

Bärbel und Vittorio, meine Eltern, hatten die Emilia Romagna im Herbst bei Sturm und Regen verlassen. Sizilien empfing sie mit mildem Spätsommerwetter und dem Duft des Südens. Für meine Mutter war es dennoch ein Schock. Sie hatte sich in das grüne Mittelitalien verliebt, die sanften Hügel, die weiten satten Felder, die endlosen Weinberge. Sizilien dagegen war schroff, karg, felsig und selbst jetzt im Herbst noch unglaublich heiß.

Die Wurzeln unsere Familie liegen auf Sizilien, erst meine Urgroßeltern sind eines Tages in die Emilia Romagna in die Nähe von Ravenna umgesiedelt, als dort die letzten Verwandten nicht mehr in der Lage waren, ihr Weingut selbst zu bestellen und es keine Erben mehr gab, die es hätten weiterführen können. Es muss damals Streit gegeben haben, wer sich auf in den Norden machen darf, denn jeder aus der Familie wollte gerne dorthin. Wie sich letztlich alles entschieden hat, weiß ich nicht. Es ist ein Tabuthema in meiner Familie, auch nur danach zu fragen. Damals bestand jedenfalls keinerlei Kontakt mehr zwischen dem Teil, der in den Norden gegangen war und denen, die im Süden geblieben waren. Vittorio jedoch war zuversichtlich, diesen Kontakt wieder aufzunehmen und sich hier mit meiner Mutter ein neues Leben aufbauen zu können.

Den ersten Dämpfer erhielten die beiden, als sie endlich völlig erschöpft den kleinen Ort erreichten, in dem die Verwandten ihre Höfe und Felder hatten. Es gab damals praktisch noch keine touristische Infrastruktur. Ein paar wenige Gasthäuser vermieteten Zimmer, aber Hotels oder Ferienanlagen waren hier noch völlig unbekannt. Und die beiden hatten ein Problem. Sie waren nicht verheiratet und meine Mutter dazu noch Ausländerin mit einem fremden Pass. Zwei Pensionen wiesen die beiden glattweg ab, erst in der dritten war man bereit, ihnen Zimmer zu vermieten, allerdings nur getrennt.

Vittorio hatte zwei große Pläne in seiner neuen Heimat. Er wollte Bärbel so schnell wie möglich heiraten und er wollte ein Haus und etwas Land kaufen, um einen neuen Hof aufzubauen. Der Plan zu heiraten klappte nicht, da Bärbel noch nicht volljährig war. Er stritt sich deswegen endlos mit dem zuständigen Beamten auf der Gemeinde, aber dieser erklärte ihm, ohne die Zustimmung der Eltern der Braut sei es schlicht unmöglich zu heiraten, und außerdem bräuchte sie als Ausländerin so viele Bescheinigungen und Papiere, dass sie mindestens zwei bis drei Jahre einplanen müssten, um diese alle zu besorgen, zu beglaubigen, einzureichen und was nicht noch alles. Nur, nicht verheiratet, mit einem unehelichen Kind, die Vorstellung so in einem kleinen Ort hier im Süden zu leben, das war für Vittorio unmöglich. Außerdem lief Bärbel Gefahr, irgendwann nach Deutschland geschickt zu werden, denn sie durfte weder arbeiten, noch sich unbegrenzt hier aufhalten.

Auch die Suche nach einem Haus und Ackerland war viel schwieriger als gedacht. Vittorio machte zwei entfernte Cousins ausfindig, die er aufsuchte. Keiner war besonders begeistert von ihm, der hier plötzlich aus dem vermeintlich reichen Norden auftauchte und nach all den Jahren Hilfe wollte. Und niemand in der Gegend war bereit, ihm Grund zu verkaufen oder auch nur zu verpachten, er lief überall gegen eine Wand aus Ablehnung.

Die Situation war unerträglich. Die beiden lebten in einer heruntergekommenen Pension, in getrennten Zimmern, es gab nichts zu tun und Vittorio war kurz davor, nochmals weiter zu ziehen, als er eines Abends eine seltsame Begegnung beim Abendessen hatte. Bärbel war bereits früh schlafen gegangen und Vittorio saß mit trüben Gedanken vor einem Krug Wein im dämmrigen Gastraum.
»Ciao«, wurde er von hinten angesprochen.
»Hm, ciao«, antwortete er und drehte sich etwas herum.
Ein Mann stand da, ein paar Jahre älter als er selbst. Er trug das Haar lang, mit ölig glänzenden, tiefschwarzen Locken, es rahmte sein scharf geschnittenes Gesicht ein, dazu die klassische sizilianische Nase. Er war gut gekleidet, mit dunklem Anzug.
»Darf ich mich setzen?«, fragte er meinen Vater.
»Si, warum nicht«, brummte Vittorio eine Spur zu unhöflich.
»Darf ich dich zu einem Grappa einladen?«, fragte er Vittorio.
»Ja, warum nicht«, wieder nur gemurmelt.
»Du hast ein Problem, habe ich gehört.« Keine Frage, eine Feststellung.
Vittorio horchte auf. »Ich?«

»Du!«, feixte der andere.
»Wer sind Sie?«
»Nenn mich Carlos.«
Vittorio fixierte Carlos minutenlang. Der hielt seinem Blick ungerührt stand.
»Welches Problem habe ich?«, fragte er schließlich.
»Du willst heiraten«, Carlos lehnte sich entspannt zurück.
»Woher zum Teufel wissen Sie das?«
»Pssst«, Carlos legte seinen Zeigefinger an die Lippen.
»Ich kann Dir dabei helfen.«

Und dann machte er Vittorio ein Angebot. Er würde ihm, gegen angemessene Bezahlung, neue Papiere für Bärbel besorgen. Sie würde damit ihre Staatsangehörigkeit und ihr Alter ändern. Es war ein ungeheuerlicher Vorschlag, mit einer Tragweite, derer sich Vittorio nicht annähernd bewusst wurde, so sehr er auch versuchte, sich diese Situation vorzustellen. Aber, es war auch die Lösung! Die Lösung für eine ganze Handvoll an Problemen, mit denen sie im Moment kämpften. Carlos hatte schließlich leichtes Spiel, ihn zu überzeugen. Und aus Bärbel mit ihrem unaussprechlichen deutschen Nachnamen wurde über Nacht Barbara Ravenna, knapp zweiundzwanzig Jahre alt, geboren in Südtirol, Italien.

Sobald sie die neuen Papiere hatten, packten sie ihre Sachen und reisten an die Küste. Dort mieteten sie sich in einem Hotel als verlobtes Paar ein, das hier seine Hochzeit feiern würde. Die Trauung selbst fand an einem völlig verregneten Tag im Dezember statt. Ein paar Gemeindemitarbeiter waren die Trauzeugen und in wenigen Minuten war alles vorüber und sie hielten die ersehnte Heiratsurkunde in Händen. Obwohl das Wetter fürchterlich war und sie völlig alleine, ohne ihre Familien, waren, war es der glücklichste Tag seit langem für die beiden. Vittorio legte abends seine Hand auf Bärbels Bauch, in dem schon die ersten Tritte des Babys zu spüren waren und versprach Bärbel, eine große Hochzeitsfeier nachzuholen.

2.

Sie waren nun vom Norden Siziliens an die Küste im Süden gereist. Eine Verwandte gab es noch, die Vittorio besuchen wollte. Sie lebte im Land, er hatte sie nie kennengelernt, aber gehört, dass sie innerhalb der Familie von jedem nur Tante Roberta genannt wurde. Und Tante Roberta galt als seltsam, eigensinnig und lebte angeblich halb in den Bergen der Insel als Einsiedlerin. Es rankten sich viele Geschichten um sie, die selbst bis in den Norden gedrungen waren. Angeblich hatte Vittorios Mutter immer noch ab und an Kontakt mit ihr gehalten. Auf jeden Fall war sie wohl eine Art Außenseiterin des weitverzweigten Clans, und das konnte Vittorio nur recht sein.

Wieder packten meine Eltern ihre Sachen und fuhren los, wieder in der Hoffnung, endlich ein Zuhause zu finden. Als volljährige Eheleute hatten sie nunmehr zumindest keine Probleme, ein Zimmer zu mieten. Vittorio war wegen der vielen Geschichten und Andeutungen auf alles gefasst, aber nicht darauf, dass jeder, den er nach Zia Roberta fragte, ihm freundlich und mit einem Lächeln Auskunft gab.

Sie lebte tatsächlich sehr einsam, ihr altes Haus stand auf einer Anhöhe, außerhalb des Ortes. Es war ein alter Hof, mit windschiefen Fensterläden, bröckeligem Putz und abblätternder Farbe an der Haustüre. Aber dennoch strahlte es eine Ruhe und Gutmütigkeit aus, die Vittorio und Bärbel sofort gefangen nahm.

Zia Roberta war in einem undefinierbaren Alter. Ihr Gesicht war wie gegerbtes, tiefbraunes Leder, ihre Hände wirkten zart, fast zerbrechlich, mit langen dünnen knöchrigen Fingern. Aber ihre Augen waren die einer jungen Frau, sie blitzten hellwach und wechselten fast ständig die Farbe. Und ihr Händedruck war der eines Holzfällers, der Vittorio fast die Hand brach, als er zu vorsichtig danach griff.

Und endlich wendete sich alles zum Guten. Zia Roberta interessierte sich nicht für Familienstreitigkeiten oder Notlügen, um heiraten zu können. Sie hörte sich die ganze Geschichte der beiden an, angefangen von ihrer ersten Begegnung am Strand mit dem Quallenbiss bis hin zu ihrer Heirat mit den gefälschten Papieren. Und sie half den beiden. Endlich konnte Vittorio ein Haus kaufen und den Rest seines Erbes in Land stecken. Er war wieder ein Bauer. Und das erfüllte ihn mit einer tiefen Befriedigung.

3.

Der erste Sohn kam zur Welt und meine Mutter wurde gleich darauf wieder schwanger. Sie hatte mit ihrem Leben in Deutschland abgeschlossen. Ein paar Mal hatte sie nach Hause geschrieben, aber nie kam eine Antwort und irgendwann gab sie es einfach auf.

Bei Vittorio vollzog sich dieser Schnitt langsamer. Aber letztlich verblasste auch seine Erinnerung an sein Zuhause immer mehr. Zu tief waren die Verletzungen, die sie ihm zugefügt hatten, als sein Vater ihn fortgeschickt hatte.

Vittorio war mit dem Anbau von Wein groß geworden, das war es, was er konnte, große Weine anbauen. Er arbeitete Tag und Nacht daran, die gekauften Felder zu kultivieren. Die Böden hier waren karg, aber die Sonne verwöhnte die Trauben dafür um so mehr. Mein Vater sagt heute noch, wenn du einen Wein aus Sizilien trinkst, trinkst du pure Sonne.
Er hatte das gekaufte Haus weiter angebaut und sich im Dorf gut eingelebt. Er hatte zwei Söhne und Nummer drei war unterwegs. Nicht einen Tag hatte er bereut, mit Bärbel fortgegangen zu sein. Bärbel sprach mittlerweile fließend italienisch und hatte sich auch sonst in eine echte italienische Mama verwandelt. Es war alles perfekt. Bis zu dem Tag, als ein großer schwarzer Wagen auf den Hof fuhr. Vittorio, der gerade mit irgendetwas beschäftigt war, sah verwundert auf. Solche Autos sah man hier nicht oft. Die Scheiben hinten hatten Vorhänge, so dass man nicht ins Innere sehen konnte. Der Wagen hielt, der Fahrer stieg aus, ein breitschultriger Kerl in dunklem Anzug. Er öffnete die hintere Türe, und aus dem Wagen stieg - Carlos.

Vittorio erstarrte. Er hatte versucht, die Begegnung mit Carlos vor vielen Jahren in der dämmrigen Wirtsstube aus seinem Gedächtnis zu streichen.

Kapitel 5

1.

Als ich von meiner Übernachtung in dem Haus der Deutschen zurückkam, verbrachte ich den Rest des Sonntags auf dem Hof meiner Eltern. Wie immer genoss ich es, hier zu arbeiten, die Tiere zu versorgen und auf den Feldern zu sein. Meine Brüder mochten Wein - im Glas. Ich dagegen liebte es, ihn herzustellen, die Trauben zu beobachten, wie sie die Saison über reiften, sie zu ernten und dann zu verarbeiten. Wein zu trinken, den du selbst gemacht hast, das ist etwas Wunderbares.

Ich war so gut gelaunt, dass ich mich sogar auf Stefano freute, als ich abends mit Alessandra zurück ins Strandhaus kam. Ich erzählte Stefano ausführlich von meinem Auftrag und zum ersten Mal seit langem hatte ich den Eindruck, dass er mir endlich wieder zuhörte und keine dummen Kommentare abgab.

Der nächste Tag war ein Feiertag und wir hatten uns mit Freunden zum aperitivo in einer Bar verabredet. Meine gute Laune war immer noch unverändert und so beschloss ich, zum Schrecken aller anderen, den aperitivo ausfallen zu lassen, um auf die Suche nach einem neuen Restaurant zu gehen. Meine Freunde hassen und lieben diese Vorhaben zugleich. Hassen, weil es passieren kann, dass ich auch nach drei Stunden sofort wieder aus dem x-ten Lokal gehe, weil mir etwas nicht gefällt, während alle schon fast am Verhungern sind. Lieben, weil ich ein untrügliches Gespür dafür habe, selbst in der verlassensten Gegend noch eine Perle von Restaurant aufzutun.

Die kritische Grenze in Italien ist circa gegen ein Uhr. Bis dahin sollte man wissen, wo man isst, denn ein vernünftiges Mittagessen benötigt nun mal mindestens zwei, eher knapp drei Stunden - und dann wird es einfach zu spät.

An diesem Tag ging die Uhr schon auf Richtung zwei zu, wir waren bestimmt schon an die hundert Kilometer kreuz und quer durch die Hügel gefahren, hatten bei zwei Restaurants nicht mal das Auto verlassen, eins hatte geschlossen, eins, das ich von früher kannte, war abgerissen worden und ein anderes war beim Betreten wegen der dreisprachigen Speisekarte sofort durchs Raster gefallen.

Dann, es war fast schon zu spät, und die Ersten von uns sahen sich schon an einem Piadina-Stand notdürftig eine minderwertige Stärkung einnehmen, sah ich aus dem Augenwinkel ein Schild. Ich trat voll auf die Bremse, knallte den Rückwärtsgang rein und las irgendwas mit "Rocca". Nun sind Schilder in Italien eine Wissenschaft für sich. Sie zeigen in alle möglichen Richtungen, sagen dir was von vier Kilometern und nach zwei Kilometern kommt das nächste Schild, auf dem es zum gleichen Ziel plötzlich noch sechs sein sollen. Restaurantschilder werden gerne irgendwo aufgestellt, dann aber nicht konsequent bis zum Ziel fortgesetzt und Entfernungsangaben stehen meist eh nicht drauf. Kurz, Restaurantschildern folge ich normalerweise nie. Diesmal schon, die Verzweiflung war bereits groß genug. Und so traute ich meinen Augen kaum, als nach einem Kilometer tatsächlich bereits das Ziel erreicht war. Zwar, wie sich später herausstellte, nicht das Lokal, auf das das Schild hingewiesen hatte, aber egal. Wir bekamen Essen.

Die Lage des Restaurants war atemberaubend, die Steilküsten des Coneros sind so traumhaft schön, man sitzt quasi direkt über dem Meer, hoch oben, und hat bei schönem Wetter einen unbeschreiblichen Panoramablick. Es war heiß, aber eine laue Brise hier in der Höhe machte es erträglich, dazu weiße Sonnensegel, die nur zusammen mit einem tiefblauen Meer richtig zur Geltung kommen. Ich nippte gerade an meinem Wein, als zwei Tische weiter eine Familie Platz nahm. Ich nenne sie mal "Nordeuropäer", ich will auch nicht frech sein, aber was dann folgte, war reif für ein Theaterstück.
Er, bulliger Manager-Typ, sie, eine Zarte, nein, eher eine Pilates-Yoga-Diät-Dürre, die Tochter, Anfang zwanzig, hübsch, der Freund dazu, schon die ersten Speckansätze, Sonnenbrille aus den Achtzigern, weißes Leinenhemd. Man merkte, die "Kinder" sind mit den Eltern zusammen im Urlaub, damit man den künftigen Schwiegersohn mal richtig kennenlernen kann.
Schwiegerpapa würde heute Schwiegersohn mal so ganz genau zeigen, wie das so läuft, mit ihm, am Meer, in einem guten Restaurant, und was seiner Tochter so zu bieten sein wird, wenn er sie denn heiraten dürfe.

Der Auftakt beginnt gleich mit dem ersten Fehler. Papa bestellt eine Flasche Wein. Der wird am Tisch entkorkt, ein Probierschluck eingeschenkt. Sie ahnen, was kommt. Das Glas wird geschwenkt, gekippt, ins Licht gehalten. Hochkonzentriert die Farbe analysiert, geschnuppert, dann, ein winziger Schluck. Der wird gegurgelt, hin und her gespült im Manager-Mund, gezuzelt, ich wartete fast darauf, dass er nun auch hochprofessionell wieder ausgespuckt würde, aber, endlich, doch heruntergeschluckt. Kurzer nachdenklicher Blick ... dann, das erlösende Nicken zum Kellner.

Nun muss man wissen, das war eine Flasche für vierzehn Euro. Das heißt, die kostet den Wirt im Einkauf, wenn er doof ist, vier Euro. Er ist aber nicht doof, also hat er nur zwei fünfzig dafür gezahlt. Wir reden also letztlich über Supermarktware im Wert von dort vielleicht fünf Euro, also besseren Kochwein.

Ich schenkte mir derweil etwas aus meinem Weinkrug nach. Denn natürlich bestellt man den Wein immer "sfuso", also offen, im Krug. Da kostet der halbe Liter drei bis vier Euro, ist vom Bauern aus der Gegend und entspricht vom Geschmack genau dem, was man zu einem guten Essen braucht.

Da ja Schwiegersöhnchen heute mal so richtig die mondäne weite Welt um die noch grünen Ohren gehauen werden sollte, gibts auch richtig mondänes Essen. Sie machten tatsächlich den nächsten Fehler und bestellten viermal kalte Vorspeise, als Vorspeise für die Vorspeise. In Italien ist es üblich, sich das Essen am Tisch zu teilen. Die Portionen sind auch entsprechend. Viermal Vorspeise reicht von der Menge locker für sechs Italiener, vier "Nordeuropäer" werden da an ihre Grenzen geführt. Als alle Platten, Teller, Schüsseln und Körbchen auf dem Tisch stehen, wird Mama etwas blass, denn sie

überschlägt schon mal, wie viele Monate weitere Diät sie dieses Essen kosten wird, um so ausgemergelt zu bleiben, wie sie jetzt ist. Papa schüttet sicherheitshalber gleich mal ein volles Glas Wein in sich rein, während Tochter zögernd - sehr schlau - erstmal Brot isst.
Aber, als sie tapfer alles in sich reingestopft haben, kommt die nächste Runde. Die Nudeln. Wer clever ist, teilt sich eine Portion als Vorspeise. Wer sich das nicht traut, nun, der leidet. Eine Portion Nudeln ist eine Portion Nudeln. Teilt man sich diese zu zweit, häuft der Koch meist eineinhalb Portionen in die Schale. Bestellt man zu viert vier Portionen, bekommt man etwa für acht Leute Nudeln. Viel Spaß. Schwiegersohn greift Schwiegervaters Taktik auf und schüttet nun auch ein Glas Wein nach dem anderen in sich rein, und so muss schon jetzt die zweite Flasche geordert werden.

Ich will jetzt gar nicht lästern, dass sie sich einfallslos viermal Spaghetti Vongole (mit Venusmuscheln) bestellt hatten, anstatt etwas durch zu variieren; nicht, dass Schwiegersöhnchen den Löffel, der hier eigentlich für die kalte Suppe liegt, die oft als Gruß aus der Küche gereicht wird, für seine Spaghetti benutzte. Aber, dass Schwiegerpapa das Fischmesser dazu nahm, um die Vongole aus der Schale zu puhlen, das ist dann doch jenseits all meiner Toleranzgrenzen.

Selbst ich wäre nach solchen Mengen pappsatt. Aber, der Hauptgang fehlt ja noch. Zwei Portionen frittierter Fisch türmen sich in der Schale fast bis zum Sonnendach, die Platte mit den zwei Portionen gemischten gegrillten Fischen bedeckt den halben

Tisch. Tochter ist inzwischen schon etwas grün im Gesicht, Schwiegermama greift auch immer öfter zum Weinglas, Schwiegerpapa versucht immer noch, mondän auszusehen, und Schwiegersöhnchen greift zur Guerilla-Taktik und verschwindet erstmal aufs Klo.

Die dritte Flasche Wein kommt. Wir haben 38 Grad, unter dem Sonnendach gefühlte 45 Grad. Papas blaues Hemd hat sich am Kragen längst in feuchtes Dunkelblau verfärbt, jeder versucht dem anderen noch ein Stück Essen auf den Teller zu schmuggeln.

«Un dolce?«, fragt der Kellner (ein Dessert).
Tapferes Nicken. Schwiegerpapa wird heute nicht klein beigeben. Wenn ich essen gehe, teilen wir uns meist die Desserts, so im Verhältnis ein Dessert für drei Personen. Hier werden, Sie ahnen es, vier geordert. Ich habe irgendwie den Eindruck, Schwiegersohn will gar kein Sohn dieser Familie mehr werden, Tochter überlegt, ob sie sich gleich in den Weinkübel übergeben soll, oder doch etwas diskreter in die Büsche, und Mama ist vom Wein schon so im Delirium, dass sie eh nichts mehr mitbekommt.
Der Kellner bringt nach den Desserts die Flaschen mit den Likören an den Tisch. Hier gab es Limoncello (Zitronenlikör) und eine Flasche Orangenlikör. Kostenlose Drinks? Nein, Schwiegerpapa schüttelt energisch den Kopf und bestellt eine Runde Grappa für alle. «Barolo!«, weist er den Kellner weltmännisch an.
Nun, dazu würde jetzt der übliche Espresso gut passen. Aber, auch jetzt ahnen Sie, was kommt. So ein schäbiger Schluck caffè? Nicht doch! Wir bestehen

auf die Menge einer guten Tasse Kaffee und so ordern alle eine Tasse Cappuccino. Ich bin an anderer Stelle oft genug darauf eingegangen, warum das ein "no go" ist, ich schenke mir das daher jetzt einfach. Nur so viel: ein Cappuccino ist ein Frühstückskaffee, der satt macht. Wenn man also schon satt ist, sollte man lieber zum Espresso greifen ...

In der ganzen Zeit, in der diese Vier all das gegessen hatten, habe ich mir mit meiner Nichte eine Portion Nudeln geteilt und danach eine gegrillte Fischplatte. Sie hatte ein Dessert, von dem ich mitgegessen habe, und den Orangenlikör haben wir in homöopathischer Dosis für den Geschmack genossen. Natürlich, bei offiziellen Essen bekommt man auch diese Mengen, die unsere Tischnachbarn hatten. Aber dann nehmen wir uns auch vier bis fünf Stunden Zeit und machen viele Pausen. Denn beim Essen gilt das gleiche wie beim Sex: nicht der hat gewonnen, der als Erster fertig ist.

Als wir die in die Felsen gehauenen Stufen hinab zum Meer stiegen, saßen die Vier recht teilnahmslos am Tisch. Als wir später zurück zum Parkplatz kamen, sah ich den Riesen-Audi. Er stand in der prallen Sonne, alle Türen geöffnet. Schwiegerpapa mit glasigem Blick hinter dem Steuer, Schwiegermama hing halb im, halb aus dem Auto, die Tochter hielt sich eine Flasche Wasser an die Stirn und der künftige Schwiegersohn ... keine Spur von ihm.

2.

Der Sommer kam unaufhaltsam, es wurde immer wärmer. Stefano war fast nie mehr zuhause. Er wollte noch alles Mögliche erledigen, bevor er seinen Militärdienst antreten musste. Noch hatte sein Vater ihm die Firma nicht übergeben, aber Stefano spielte schon jetzt gerne den Padrone, ohne den nichts lief und der sich überall einmischen musste. Er reiste quer durchs Land und besuchte Niederlassungen und Produktionsstätten, während ich mich auf einen ruhigen Sommer freute. Als ich später in Deutschland war, haben meine Kollegen und Freunde dort immer lachend gesagt, Chiara schaltet in den "Südländermodus", sobald das Wetter heiß und sonnig wurde. Und ja, wir sind so gestrickt, wir leben in einem heißen Land, wir lieben es warm, aber wir sind darauf trainiert, der Hitze auszuweichen. Klar, ein Urlauber findet eine Woche mit dreißig Grad am Strand toll. Ein langer Sommer mit mehreren Monaten mit teilweise fast vierzig Grad ist dagegen heftig, man braucht dazu gute Überlebensstrategien. So nenne ich das zumindest. Und damit komme ich immer gut über die Runden. Meine Regel Nummer eins lautet: keine Hektik, denn wer will schon dauernd völlig verschwitzt mit Schweißrändern unter den Armen rumlaufen. Kommt am Strand auch nicht so gut an. Ja, der Strand, das ist auch Teil der Strategie. Ich verbringe jede freie Minute dort. Und die richtige Nahrung. Heiße Tage sind der perfekte Anlass für leckeren Fisch vom Grill, ohne schwere Beilagen und dazu dann natürlich notwendigerweise ein wirklich eiskalter Weißwein, um sich abzukühlen. Dazu viel schwimmen und sehr späte Abendessen, die kann man ab circa zweiundzwanzig Uhr herrlich im Freien genießen. Erstens ist dann der Touristenansturm schon weg, und zweitens ist es meist erst dann angenehm, wenn die erste leichte Brise des Nachtwinds vom Meer her die heiße feuchte Luft des Tages zurück in die Hügel schiebt. Hätte ich gewusst, was diesen Sommer alles passieren würde, ich hätte vermutlich Eisschwimmen in Grönland vorgezogen.

3.

Da ich ohnehin fast nicht geschlafen hatte, weil sich die Hitze so in meinem Schlafzimmer gestaut hat, stehe ich um halb fünf auf. Die Sonne steigt bereits ein paar Millimeter aus dem Meer und die ersten Muschelsucher sind schon am Strand unterwegs. Ich dusche kalt und gehe dann, ohne mich abzutrocknen, nach unten in die Küche und koche mir mit der Caffettiera eine große Portion Espresso. Ich hatte nachts alle Fenster und Türen offen gelassen und nur die Läden geschlossen - als ich sie aufstoße, kommt mir schon jetzt nur warme Luft entgegen. Es ist so heiß zur Zeit, dass sich alles nur noch in Zeitlupe abzuspielen scheint.
Wieder oben in meinem Schlafzimmer ziehe ich mich an und sehe, dass die Sonne nun glutrot aus dem Meer getaucht ist, und mir schaudert bei dem Gedanken, welche Hitze auch heute wieder auf uns wartet.
Auf der kleinen Terrasse hinter dem Haus rauche ich die erste Zigarette, die um diese Zeit zum Kotzen schmeckt und blättere in meinem Terminkalender. Eigentlich soll ich heute ein paar Häuser ansehen, fotografieren und vermessen, aber dafür ist es zu heiß und ich verschiebe alles auf morgen - oder irgendwann.
Ich bin um halb acht am Strand und Mario öffnet gerade die eisernen Rollos an seinem Bagno. Ich setze

mich ganz nah an die Wand, um etwas Kühle abzubekommen und bestelle caffè, ein Hörnchen und eine Flasche Wasser ohne Kohlensäure. Die Bademeister sind noch dabei, die Liegen abzuklopfen, den Sand zu rechen und die Abfallkörbe mit Mülltüten zu bestücken. Außer ein paar Alten, die vom Muschelsuchen kommen, ist noch kein Mensch da und ich schließe die Augen hinter der Sonnenbrille und genieße die Stille.

Als pünktlich nach dem Hotelfrühstück die ersten Touristen den Strand und die Bar stürmen, schrecke ich hoch, ich war eingenickt und es ist schon halb neun. Meine Füße glühen, die Sonne ist bereits über das Dach geklettert und hat sie quasi angebraten.

Ich gehe den Weg runter zum Meer und betrachte die Familien, die sich für den Tag am Strand einrichten, an ihren Hautfarben erkenne ich ziemlich genau wie lange sie schon hier sind, von Schweinchenrosa bis - für italienische Verhältnisse - nur leicht angebräunt. Ich versuche mir vorzustellen, wie es sein muss, nur einmal im Jahr für wenige Tage zum Urlaub ans Meer zu dürfen. Es gelingt mir nicht. Ich kann mir nicht vorstellen, irgendwo zu sein, wo ich das Meer nicht mehr riechen kann.

Ich gehe an den Sonnenschirmreihen entlang bis zur Absperrung, ab der man am Strand nicht mehr liegen darf, der letzte Streifen zwischen den Plätzen und dem Meer. Hier hat Mario immer ein paar weitere Liegen stehen, für Freunde und Familie, und auch ich habe hier meinen ganzjährigen Stammplatz.

Es ist Ebbe und daher unmöglich zu schwimmen, man müsste zu weit rauslaufen und dazu bin ich zu faul, also versuche ich, mich irgendwie unter das kleine Dach der Sonnenliege zu packen und schlafe sofort wieder ein.

Ein Ball trifft mich am Fuß und ich schrecke hoch und knalle voll gegen das Sonnendach und vor mir steht ein Junge, vielleicht sechzehn Jahre alt, und grinst und nimmt den Ball und läuft zurück zu seinen Freunden. Sie tuscheln und sehen immer wieder in meine Richtung und nach einer Weile kommt er wieder auf mich zu und radebrecht irgendetwas in unverständlichem Italienisch und zeigt mir seine Zigarette und will Feuer dafür. Ich gebe ihm das Feuerzeug und mustere ihn unauffällig, aber er ist mir viel zu jung und dann versucht er, ein Gespräch mit mir zu beginnen und ich bin gemein und verrate ihm nicht, dass ich Deutsch spreche und stelle mich blöd und irgendwann ist sein Kopf so rot und seine Freunde schütteln sich vor Lachen und er verschwindet.

Das Wasser ist zurückgekommen und ich will schwimmen und auf dem Weg ins Wasser merke ich, dass ich meine Sonnenbrille noch aufhabe und drehe mich um, um sie auf die Liege zu werfen und renne dabei voll in den nächsten Deutschen und als ich fluche, entschuldigt er sich höflich und er spricht mit sehr starkem Akzent, was sich aber gut anhört und lächelt mich an und ich lächle zurück, und bevor er noch etwas sagen kann, renne ich ins Wasser und werfe mich gierig in die Wellen, nur um festzustellen, dass das Wasser schon wieder viel zu warm ist, um noch Abkühlung zu bringen.

Gegen elf Uhr gehe ich wieder an die Bar und bestelle mir ein Glas Weißwein und noch eine Flasche Wasser. Mario tippt gerade das Mittagsangebot in seinen Laptop, später wird das dann auf dem großen Flachbildschirm über der Bar angezeigt werden, und ich ziehe ihn auf, weil er jeden Tag nur die Reihenfolge ändert, frittierten Fisch oder Fleisch vom

Grill, das ist meist in der Sommerzeit seine ganze Auswahl. Ich fange aus Langeweile eine Diskussion mit ihm an, welchen Fisch er heute gekauft hat, und dass ich ihn nicht frittiert mag, sondern vom Grill, und dass er mir statt seiner Pommes einen Salat dazu machen soll und mehr Knoblauch in den Fisch gibt und die Petersilie weglässt, die ich hasse. Mario grinst wie immer, er liebt diese Diskussionen mit mir, weil er immer sagt, für die Touristen könnte er genauso gut Fischstäbchen machen, die merken eh keinen Unterschied.
Ich setze mich mit meinem Weinglas in den Schatten und habe trotzdem Schweiß auf der Stirn, weil es so schwül ist, und als ich auf meine Suunto am Handgelenk schaue, sehe ich, dass der Luftdruck abstürzt. Plötzlich steht der Deutsche von vorhin an meinem Tisch, mit einem Halbliter Krug mit Weißwein und fragt mich mit seinem Akzent, der mir immer noch gefällt, ob er mir etwas nachschenken darf und ich halte ihm mein Glas hin und dann steht er unschlüssig vor mir und bevor die Situation peinlich wird, biete ich ihm eine Zigarette an, die er nimmt und sage ihm, dass er sich setzen soll. Er versucht ein Gespräch anzufangen, aber sein Italienisch reicht nicht sehr weit und bevor ich nicht mehr zurück kann, gebe ich meine Tarnung auf und antworte ihm auf Deutsch. Wir plaudern ein wenig und ich beantworte zum tausendsten Mal die Fragen, warum ich Deutsch spreche, und, ja, ich lebe hier, und, ja, das ist toll, hier zu leben, das ganze Jahr am Meer, und, nein, ich war noch nie in Deutschland, was soll ich auch da, da kenne ich niemanden, und, nein, ich habe wirklich keine Verwandten dort, und, nein, ich gehe nicht mehr zur Schule und als ich ein Gähnen unterdrücke, haut er mich mit der Frage, ob

ich mit ihm schlafen möchte, um. Er hat auf Italienisch gefragt und merkt an meinem Blick, dass da was falsch gelaufen ist und wiederholt die Frage auf Deutsch, und er hatte gemeint, ob ich mit ihm laufen will, und hat das Verb vertauscht und als ich ihn aufkläre, müssen wir plötzlich lachen und die Langeweile ist verflogen.
Mario schaut in unsere Richtung und ich breche das Gespräch mit einer Ausrede ab und bedanke mich für den Wein und verschwinde, bevor die Frage nach einem Treffen, oder Essen, oder was auch immer, kommt.

Ich gehe kurz nach Hause und dusche und hole mein Handy, das ich vergessen hatte, und als ich die ganzen SMS und Anrufe sehe, lege ich es zurück auf den Tisch und gehe ohne es wieder an den Strand.

Ich liebe die Zeit nach dem Essen, die meisten Touristen sind in ihren Hotels und am Strand kehrt Ruhe ein. Heute ist es aber zu heiß, um hier zu bleiben, die Sonne ist unter einem Dunstschleier verschwunden und es ist so drückend, dass sich keiner mehr bewegt. Die Wellen haben lauter kleine weiße Krönchen, das sieht lustig aus, bedeutet aber, dass es ziemliches Unwetter geben wird. Ich sitze noch beim caffè, als der erste Windstoß ohne Vorwarnung den riesigen Terrassenschirm umreißt und die Bademeister sprinten los, um die Flagge zu wechseln. Es ist nun verboten, noch Sonnenschirme zu öffnen, und als mir die erste Ladung Sand ins Gesicht fliegt, habe ich genug und gehe heim.
Auf dem Weg zu meinem Haus kommen mir die Touristen entgegen, die alle an den Strand strömen und ich sehe kurz den Deutschen vom Vormittag in

der Menge, aber ich schaue schnell in eine andere Richtung.
Zuhause lege ich mich nackt aufs Bett und das träge Rattern des Ventilators murmelt mich in den Schlaf.
Ich träume von dem Haus, das ich eigentlich nie sehen wollte, aber Paolo hat es mir trotzdem vor ein paar Tagen gezeigt, und es war noch schlimmer als ich befürchtet hatte. Es war alles da, was eine Familie braucht, Spielsachen, Möbel, eine Mahlzeit auf dem Tisch, Kleidung, eine Zahnbürste ließ noch die Reste von Zahnpasta erkennen. Alles war da, nur die Familie nicht. Ich ahnte, was passiert sein musste und fürchtete mich vor der Antwort, wie lange das Haus in diesem Zustand leer steht. Das weiche Gefühl unter meinem Schuh ist ein Teddy und er starrt mich an und mir wird schwindlig und ich musste raus und lehnte mich keuchend an den Baum, den der Vater mit seinem Sohn gepflanzt hatte, vor drei Jahren, während ich Bilder sehe, die ich nicht sehen will. Solche Häuser machen mich so traurig, wenn ganze Familien einfach ausgelöscht wurden und sich danach niemand gekümmert hat, um all die Sachen - weil es niemanden mehr gab.

Von diesem Haus träume ich und es ist schrecklich, weil das Kind dort erscheint und nach seinem Teddy schreit und ich muss weinen und dann wache ich endlich auf.
Der Ventilator rattert und als plötzlich Menschen schreien, schaue ich aus dem Fenster und der Sturm ist jetzt fast ein Orkan und die Menschen rennen um die Wette mit Sonnenschirmen und Liegen und schreien gegen den Wind und eine Mutter hat ihr Kind unter einem Tuch verborgen und ich schließe

das Fenster, das klappert und stöhnt, und denke wieder an das Haus.

4.

Ich dusche mich zum dritten Mal an diesem Tag, und als ich aufs Meer schaue, ist es dunkelgrün und an manchen Stellen fast schwarz und ganz kurz kommt die Erinnerung an meinen Unfall in mir hoch, die ich aber sofort wieder unterdrücke. Ich habe Hunger und Kopfschmerzen und bin immer noch müde und trinke einen weiteren Caffè und merke, dass ich kein Aspirin mehr habe. Wegen des Sturms muss ich alle Fenster geschlossen lassen und die Luft ist so schwer, dass man kaum atmen kann und ich beschließe, auszugehen und etwas zu essen.

Draußen ist die Luft jetzt klar und kühl und der Sturm kitzelt auf der Haut. Ich laufe Richtung centro und amüsiere mich wie immer ein wenig über die Touristen, in ihren kurzen Hosen und bunten Hemden, und versuche mir vorzustellen, ob sie zuhause auch so durch ihre Städte laufen und muss lachen.

Eigentlich will ich zu "Da Carlo", aber es ist noch viel zu früh für ein Abendessen und außerdem hatte ich völlig vergessen, dass die Saison schon läuft und die Lokale alle voll sein werden mit Urlaubern, die viel zu früh und viel zu hektisch die Plätze stürmen.

So gehe ich zuerst in eine Bar und finde tatsächlich einen freien Tisch und winke Paolo, dem Wirt, zu und ganz kurz blitzt ein Lächeln in seinem Gesicht auf, aber er hat Stress und muss sich wieder seiner Arbeit zuwenden. Am Nachbartisch sitzen einige Ausländer, die alle Sonnenbrand haben und ziemlich fertig aussehen, vermutlich waren sie den ganzen Nachmittag am Strand und haben dem Sandsturm bis zum bitteren Ende getrotzt. Sie winken der Bedienung und als sie bestellen, höre ich, dass sie Deutsch sprechen und als Carla sie nicht versteht, wechseln sie die Sprache und versuchen, mit ein paar Brocken Italienisch zu bestellen, aber damit wird es noch schwerer, weil Carla aus dem Veneto stammt und einen extremen Dialekt spricht, den ich selbst kaum verstehen kann. Ich muss wieder grinsen, denn eigentlich mag ich die Deutschen und die Österreicher gerne. Man sieht ihnen an, wie sie sich freuen, dass sie Urlaub haben, am Meer sein dürfen für kurze Zeit, das Wetter genießen, und ich mag die Väter, die plötzlich Zeit haben für ihre Kinder und ihnen alle Wünsche erfüllen. Schlimm ist es im August, wenn die Großstädter ans Meer kommen, die sich dann im eigenen Land benehmen, als wären alle Menschen, die nicht aus diesen Metropolen stammen, nur Sklaven, die ihnen den Platz an "ihrem" Meer wegnehmen.

Paolo kommt an meinen Tisch und bringt mir unaufgefordert ein Glas Weißwein und ein paar Kleinigkeiten als aperitivo, ein paar Toastbrotecken mit Wildschweinpastete, Erdnüsse, Oliven und etwas Käse, Pecorino, den ich besonders mag. Am Nachbartisch werden Hälse gereckt, die anderen verstehen nicht, wie ich meine Bestellung so schnell hergezaubert habe. Da ich immer noch meine dunkle Sonnenbrille trage, kann ich den Tisch ungeniert beobachten. Paolo wechselt ein paar Worte mit mir, beklagt sich übers Wetter, über die schlechte Saison und was weiß ich noch. Typisch Italiener halt, wir jammern immer, aber nur, um auch immer ein Gesprächsthema zu haben. Ich lächle ihn an, nippe an meinem Wein und frage ihn, ob er ein Aspirin hat, worauf er mich fragt, ob ich spinne und kopfschüttelnd zurück in die Bar geht. Ich warte genau bis er in der Türe verschwunden ist, und rufe ihn dann zurück, trinke mein Glas in einem Zug leer, halte es ihm hin und sage lächelnd: »Un altro, grazie«. Er deutet eine Ohrfeige an, grinst und holt mir noch eins. Wir lieben diese Spielchen, damit vertreiben wir uns gerne die Zeit.

Dann laufe ich die Promenade entlang und rauche und hänge meinen Gedanken nach. Während der Saison ist es ziemlich einsam für mich, meine Freunde sind entweder in die großen Städte, nach Bologna, Modena oder noch weiter gegangen, um Arbeit zu finden. Die, die noch hier sind, arbeiten fast alle bei ihren Familien in der Gastronomie, und das heißt während der Saison die ganze Woche, sieben Tage, zwanzig Stunden am Tag, keine Pause, keine Zeit. Bis September, dann beruhigt sich wieder alles. Aber es stört mich nicht, ich habe normalerweise auch genug zu tun, außer wenn es so heiß ist wie jetzt, dann mag ich es gern etwas ruhiger. Während ich so darüber nachdenke, nähere ich mich dem Leuchtturm, und trotz des aperitivo habe ich nach wie vor Hunger. Der Wind bläst mir die Haare so ins Gesicht, dass ich fast blind laufe, und da die Sandkörner wie Schmirgelpapier sind, setze ich trotz der Dämmerung meine Sonnenbrille wieder auf. Am Leuchtturm schaue ich aufs Meer, die Dunkelheit kommt schnell hier, eben war es noch dämmrig, schon ist es Nacht. Der Sturm hat alle Wolken weggeblasen und der aufgehende Mond taucht das Wasser in ein schimmerndes Licht, das aussieht wie flüssiges Silber. Ich bin gern nachts am Meer, warte, bis die Fischer rausfahren und sehe den Lichtern zu, wie sie am Horizont verschwinden - aber heute ist es einfach zu windig.

Ich gehe zu "Da Carlo", der den besten Fisch an der ganzen Küste zubereitet, aber schon in der Türe mache ich kehrt, das Lokal ist gerammelt voll und die Luft zum Schneiden dick. Ich würde bei Carlo immer einen Platz bekommen, notfalls könnte ich in der Küche essen, denn Carlo ist mein Onkel, aber der Lärm lässt meine Kopfschmerzen wieder aufflammen und ich dränge mich durch die nachströmenden Menschen zurück ins Freie. Ich schiebe und drängle mich langsam nach draußen, und als ich endlich wieder etwas von der kühlen Abendluft in die Nase bekomme, renne ich zum zweiten Mal an diesem Tag voll in den Deutschen, der mir den Wein angeboten hatte.

Ich nicke kurz und setze mich in Bewegung und gehe zurück in Richtung Straße und er ruft mir nach, ob ich einen Moment Zeit hätte und ich denke: »Geh weiter, dreh dich nicht um, geh einfach weiter«, aber irgendetwas in seiner Stimme rührt mich an, und obwohl ich weiß, dass ich es nicht tun sollte, und obwohl alle Sirenen in mir aufheulen, bleibe ich dennoch stehen und drehe mich langsam zu ihm und weiß in diesem Moment ganz genau, dass ich einen großen Fehler mache.

5.

Wir gehen nebeneinander her und reden beide nichts, und als das Schweigen irgendwann unangenehm zu werden beginnt, sagt er plötzlich: «Du bist mir nicht mehr aus dem Kopf gegangen.« Einfach so, er sagt es nicht herausfordernd, oder wie man ein Kompliment macht, sondern es ist eine Feststellung. Ich drehe meinen Kopf und sehe ihn an, und schließlich treffe ich eine Entscheidung und wir gehen zu meinem Haus und holen meinen Wagen und fahren ein Stück die Küste runter. Es ist sternenklar und wir haben das Dach offen und der Fahrtwind ist fast einen Hauch zu kühl, aber ich genieße die Luft, die nach Salz und Algen riecht, und schließlich erreichen wir den kleinen Ort.

Hier gibt es keine Touristen, weil hier keine Hotels und Apartmenthäuser gebaut wurden. Direkt an der großen Fahrrinne, die das offene Meer mit dem großen Industriehafen in Ravenna verbindet, wollte niemand Hotels haben. Vorgelagert, direkt am Meer, ist der Fischerhafen. Wegen der großen Tanker, die hier fahren, gibt es keine Brücke und wir nehmen die Motorfähre, die im Zehnminutentakt den Kanal überquert.

Wir laufen durchs centro und in den kleinen Gassen steht noch immer die schwüle Luft des Tages und der Wind hat wieder zugenommen, so dass wir uns dicht an den vermoderten Hauswänden entlang bewegen, um etwas Schutz zu finden. Meine Kopfschmerzen sind zurückgekommen und mir ist leicht schwindlig vom Wein und vor Hunger.

Das Restaurant liegt versteckt in einer Seitengasse und wir stemmen uns gegen die Türe und als wir das Lokal betreten, ist es auch hier schwül und stickig, aber diesmal ist der Lärmpegel gering, weil die meisten Tische leer sind. Wir setzen uns in eine Nische und er nimmt sofort die Speisekarte in die Hand, während ich mich umsehe und mir eine Zigarette anzünde. An solchen Orten schert man sich wenig um irgendwelche Gesetze aus Rom und der Wirt, der mich kennt, bringt unaufgefordert einen Aschenbecher und sieht uns fragend an. Ich strahle ihn an und sage ihm, dass ich großen Hunger habe und er nickt und fragt, wie wir unseren Wein möchten. Fermo oder frizzante, niemand würde hier auf die Idee kommen, eine Flasche zu bestellen, es gibt nur offenen Wein aus den Hügeln hinter Ravenna. Er geht davon und mein Begleiter sieht mich fragend an und ich erkläre ihm, dass wir Fisch bekommen, weil es hier nur Fisch gibt, und wir uns überraschen lassen.

Der Wein ist eiskalt und der Krug außen angelaufen und bevor ich einschenke, drücke ich meine Stirn an das kühle Glas und schließe kurz die Augen und dann trinken wir, während der Wirt uns die ersten Teller bringt. Wir essen kleine frittierte Sardinen, Seeschnecken, Muscheln, immer kleine Portionen, meist kalt zubereitet, und als die Babycalamari vom Grill kommen, tauche ich mein Gesicht ganz tief über den Teller und atme den Duft ein, eine Mischung aus Meer, Gewürzen, Knoblauch und Weißwein, seufze und fange an zu essen. Wir schenken uns das übliche

Bla Bla und reden über Essen, Kunst, Gedanken und Gedichte und als wir den dritten Krug Wein geleert haben und alle Teller aufgegessen sind, sitze ich schweigend da und nippe an meinem Espresso, wir schauen uns in die Augen und ich weiß nicht was es ist, was mich so fasziniert und anzieht und dann lausche ich wieder seiner Stimme, die mich verzaubert, und plötzlich möchte ich raus und dränge zum Aufbruch.

Beim Hafen gibt es eine kleine Bar, eigentlich ein richtiges Dreckloch, es kommen fast nur Fischer her, die sich entweder noch ein Gläschen gönnen, bevor sie aufs Meer fahren, oder einen erfolgreichen Fang begießen, bevor sie nach Hause gehen. Sie liegt direkt gegenüber dem Pier und sieht von außen immer so aus, als ob sie geschlossen wäre. Drinnen ist es schummrig, die Einrichtung ist alt und es riecht immer etwas nach Fisch, Meer und Seetang. Der alte Holzboden ist vernarbt und von den Wänden bröckelt an manchen Stellen der Putz ab. Ich liebe diesen Ort, er strahlt etwas Mystisches aus, ich habe schon viele Nächte hier verbracht, mit Freunden, und auch allein. Hier wurden große Fänge gefeiert, hier haben Angehörige schon tagelang gewartet, wenn eins der Schiffe bei einem Sturm nicht mehr heimgekommen ist, hier wurden Geschäfte abgeschlossen, Geburtstage gefeiert und der vielen Toten gedacht, die auf See geblieben sind.

Luigi lächelt mir kurz zu und wir setzen uns an einen der kleinen Tische. Ich bestelle Wasser, wie immer ohne Kohlensäure. Der Deutsche war anfangs ziemlich irritiert, aber er spürt wohl, dass das für mich ein besonderer Ort ist, den ich nicht mit jedem teile, und er nimmt meine Hand und drückt sie und ich spüre eine Wärme durch meinen Arm fließen und erwidere den Druck leicht und lächle, und zum ersten Mal an diesem Tag sind meine Kopfschmerzen endlich völlig verschwunden.

Wir sind zurückgefahren, schweigend die ganze Zeit, und ich parke ein Stück von meinem Haus entfernt und wir laufen über den Strand, meinen Weg zum Leuchtturm. Es ist jetzt sternenklar, der Vollmond zieht eine lange Spur aus flüssigem Silber über das Wasser, das sich wieder beruhigt hat. Der Leuchtturm hebt sich als majestätische Silhouette vom Nachthimmel ab. Bis auf das gelegentliche leise Tuten der Fischerboote weit draußen ist es so still, so bezaubernd.
Wir sind stehen geblieben und ich sehe ihn wieder an, diese Augen, und er umarmt mich, ganz vorsichtig, und dann berühren sich unsere Lippen und mir wird heiß, und als ich eben meinen Mund öffnen will, um ihn ganz zu spüren, da schießt ein Film durch meinen Kopf, von meiner Familie, ich denke an den Weg, den ein italienisches Mädchen vorgezeichnet bekommt, an Stefano, den ich heiraten soll, seit ich fünf bin, an die auferlegten Verpflichtungen und an die strengen Regeln, die sich keiner vorstellen kann, der nicht in einer alten italienischen Familie aufgewachsen ist. All das spielt sich in Sekunden ab, ich sehe Gesichter, die den Kopf schütteln, Blicke, die mich strafen - und, als seine Zunge sanft an meinen Lippen spielt, versaue ich es, schiebe ihn weg und sehe seinen bestürzten Blick und ich will es ihm erklären, ihm sagen, was in mir vorgeht, aber mein Herz ist plötzlich in dickes Eis gepackt und ich bin so traurig und so verletzt und so

wütend, dass ich kein Wort sagen kann, und er deutet das Funkeln in meinen Augen falsch und versucht zu sprechen, aber er bricht ab, sieht mich lange an und dann dreht er sich um und geht den Weg zurück, während ich wie versteinert stehen bleibe und ihm nachstarre und ich würde gerne heulen, aber es kommen keine Tränen und irgendwann lasse ich mich mit dem Rücken an der Wand des Leuchtturms einfach nach unten rutschen und vergrabe mein Gesicht in meinen Armen und hoffe, dass dieses Gefühl irgendwann wieder nachlässt.

Kapitel 6

1.

Carlos, der aus dem Wagen gestiegen war, kam mit einem breiten Lächeln auf Vittorio zu.
»Ciao, Vittorio, mein Freund.«
»Ciao, Carlos. Was machst du hier?«
»Ah, ich war in der Gegend und da dachte ich, schau bei deinem alten Freund vorbei.«
»Ja, nun, schön.«
Carlos sah sich um. Sein Blick wollte Anerkennung ausdrücken, aber Vittorio merkte, dass sich Carlos letztlich einen Dreck für einen Bauernhof interessierte. Tausend Gedanken gingen ihm durch den Kopf. Was wollte Carlos hier, nach all der Zeit. Was gab es so Wichtiges, dass er mit seinen weibischen Lackstiefeletten und seinem teuren Anzug hier zu ihm auf den Hof kam? Der Wirt aus der Pension von damals fiel ihm wieder ein. Nachdem Carlos damals das Lokal verlassen hatte, sagte er zu Vittorio, er solle sich bloß nicht auf ihn einlassen. »Wer mit einem aus dieser Familie ins Bett geht, wacht morgens neben einem abgeschnittenen Pferdekopf wieder auf«, hatte er ihn gewarnt. Vittorio hatte das für blödes Geschwätz gehalten. Oder zumindest versucht, es dafür zu halten. Zu verlockend war das Angebot gewesen, die neuen Papiere für Bärbel zu bekommen.

Er hatte damals einige Tage später Bärbels deutschen Pass, ihre Geburtsurkunde und die vereinbarte Summe Geld zu Carlos gebracht. Pass und Urkunde würden vernichtet, hatte man ihm versichert, sobald die neuen Papiere ausgestellt seien.

Carlos riss ihn aus seinen Gedanken.
»Vittorio, komm, laufen wir ein Stück«, er legte ihm dabei den Arm um die Schulter, »zeig mir dein Land.«
Sie liefen ein Stück in Richtung des ersten Weinbergs, der schwarze Wagen folgte ihnen in einigen Metern Abstand langsam nach.
»Weißt du, Vittorio, ich habe dir damals geholfen, ja?« Er erwartete darauf scheinbar keine Antwort, denn er sprach gleich weiter.
»Jetzt frage ich mich, ob du mir auch helfen würdest?«
»Worum geht es?«, ganz zögerlich, beinahe ängstlich, kam die Frage.
»Ach weißt du, es ist gar nichts Bestimmtes - jetzt.« Das "jetzt" hatte einen Unterton, etwas Bedrohliches, Unendliches. Es machte Vittorio Angst.
»Irgendwann, ja, eines Tages, da brauche ich vielleicht deine Hilfe. Und ich wollte einfach, dass ich weiß, dass du dann für mich da bist.«
Er hob kurz den linken Arm, fast unmerklich, aber der schwarze Wagen schloss sofort zu ihnen auf.
»Ich muss weiter, Vittorio, ich habe noch Termine. Es war schön, dass wir uns einigen konnten.« Damit verschwand er im Wagen, hinter den Vorhängen und ließ einen völlig verunsicherten Mann zurück, dem ganz kurz schwarz vor Augen wurde. Er hatte die Geschichten seiner Großeltern nie glauben wollen. Aber natürlich wusste er ganz genau, was da gerade passiert war. Wenn sie dich einmal haben, kommst du da nie wieder raus.

2.

Der Sommer kam, heiß, gnadenlos und trocken. Vittorio arbeitete fast Tag und Nacht und im Herbst fuhr er seine erste große Ernte ein. Er hatte eine cantina gebaut und schlief quasi neben den Fässern, um seinen ersten Wein nicht aus den Augen zu lassen. Es ist immer sehr aufregend für jeden Winzer, die lange, lange Zeit, bis man endlich weiß, ob sich die ganze Mühe gelohnt hat und nicht alles umsonst gewesen ist. Für Vittorio hatte es sich gelohnt. Irgendwann wusste er, dass alles richtig war.

Carlos wurde wieder zu einer vagen Erinnerung, die sich jeden Tag leichter beiseiteschieben ließ. Und irgendwann im Frühjahr dachte Vittorio, dass sich alles in Wohlgefallen aufgelöst hätte. Hatte es aber nicht. Der nächste Besuch von Carlos kam so unverhofft wie der erste. Wieder fuhr der schwarze Wagen auf den Hof. Diesmal hatte Carlos einen Begleiter dabei, den er aber nicht vorstellte. Diesmal verschwendete Carlos auch keine Zeit mit dem höflichen Getue vom letzten Mal. Er kam schnell zur Sache.
»Vittorio, ah, Vittorio«, es sollte verzweifelt klingen, war aber genau so aufgesetzt, wie alles an ihm.
»Vittorio, mein Freund. Gerade sprechen wir noch darüber, schon ist es soweit. Ich bin verzweifelt, am Ende, erledigt«, kurze theatralische Pause, »und dann bist du mir eingefallen, alter Freund!«
»Carlos … ich … komm, lass uns ins Haus gehen.« Der klägliche Versuch, Zeit zu gewinnen.

»Nein, Vittorio, nein, zeig uns doch lieber deinen Wein.«
»Du willst meinen Wein sehen?«
»Si, ja, natürlich. Du bist doch Weinbauer.«
»Okay, gut, wenn du willst.«

Sie gingen in die cantina, die Vittorio gebaut hatte. Es war ein herrlicher Raum. Natursteinwände, die großen Holzfässer ordentlich aufgereiht, eine kleine Theke, die er extra zum Verkosten gebaut hatte. Für einen Weinliebhaber war es eine Kathedrale. Für Carlos dagegen war es nur ein Geschäft.
»Komm, lass mich probieren«, forderte er Vittorio auf.
Der sog etwas Wein mit der Pipette aus einem der Fässer, füllte den Wein in ein Glas und reichte es Carlos. Der hielt es gegen das Licht, ließ den Wein im Glas eine Weile kreisen, roch vorsichtig daran und nahm schließlich einen großen Schluck.
»Nicht schlecht«, rang er sich schließlich ab, »gar nicht mal schlecht.«
»Carlos, was willst du von mir, du willst doch bestimmt keinen Wein kaufen?«
»Kaufen?«, sagte Carlos spöttisch, »nein, ich will deinen Wein nicht kaufen. Ich will ihn verkaufen.«
»Verkaufen? An wen?«
»Weißt du Vittorio, wir machen das so. Ich bringe dir Käufer, du lässt sie probieren, zeigst ihnen die Felder und den Rest überlässt du mir.«
»Käufer? Äh, Carlos, was willst du mir Käufer bringen. Der Wein ist noch nicht fertig gereift. Und es ist nicht viel. Was bringt das?«
»Bist du wirklich so naiv, oder stellst du dich blöd? Ich brauche Wein, viel Wein! Weißt du, wir machen das so, wir stellen hier vorne ein paar Fässer auf, mit

Wein, den wir dir bringen. Den lässt du verkosten. Nicht dieses Zeug von dir. Deinen Wein werden wir etwas, nun, vermehren. Klar?«
»Du willst meinen Wein panschen?«, Vittorio wurde wütend. »Das lasse ich nicht zu!«
»Vittorio, schau, panschen, das ist so ... schlecht. Sagen wir, wir machen einfach ein bisschen mehr daraus. Und dann lieferst du den Wein an meine Kunden.«
»Nein!«, Vittorio schrie dieses »Nein«, »das mache ich nicht!«
»Was stellst du dich so an, äh? Wir vergiften den Wein doch nicht. Diese Ausländer haben doch eh keine Ahnung von gutem Wein. Sie merken es nicht. Oder, wenn sie es merken, nun, dann ist etwas auf dem Transport gewesen, irgendwas, verstehst du?«, er fuchtelte dazu ungeduldig mit den Armen.
»Nein Carlos, das ist illegal.«
»Illegal, ahh«, Carlos dehnte das Wort, »soso, etwa so illegal wie Ausweise zu fälschen?«
»Das war etwas anderes und das weißt du!«
»Etwas anderes, so. Erkläre mir das, wieso?«
»Wir haben niemandem geschadet damit«, Vittorio wollte es bestimmt klingen lassen, aber seine Stimme war brüchig.
»Nun, Vittorio, wir schaden auch niemandem, äh, wie gesagt, wir vergiften den Wein ja nicht«, er machte eine kurze Pause, »und Vittorio, du verstehst es nicht, es ist keine Frage, die ich dir stelle, auch keine Bitte, du wirst es einfach tun! Stell dir vor, du verkaufst Wein, bekommst Geld. Eh basta. Oder, stell dir vor, du und deine, wie hieß sie, Bärbel Schmü....«, er setzte nochmals an und brach sich bereits am "ä" in Bärbel fast die Zunge, »Barbel Schmue ..., egal, wie auch immer«, dabei zog er Bärbels alten Ausweis aus

seiner Jackentasche, »stell dir einfach vor, ich gehe damit zur Polizei. Du, sie, alle, landen im Gefängnis, die Kinder im Heim ...« Hier rastete Vittorio aus und stürzte sich mit einem Schrei auf Carlos. Der machte einen Schritt zur Seite und Vittorio wurde von der stahlharten Faust des stummen Begleiters von Carlos gestoppt, die mit voller Wucht in seinen Magen einschlug.
Carlos lächelte. Jetzt mit seinem richtigen Lächeln, das kalt und grausam war. »Du gehörst mir, Vittorio, und unser Weindeal, das ist erst der Anfang. Ciao.«

Kapitel 7

1.

Der Sommer war relativ belanglos vorübergegangen. Ende September waren die letzten Interessenten weg, denen ich Häuser zeigen konnte, und als die Strandbäder, Boutiquen und Strandzubehörläden geschlossen waren, kehrte Ruhe ein, in meinen kleinen Ort. Ich konnte jetzt nicht mehr wie gewohnt am Strand frühstücken und wich schon morgens in die kleine Bar aus, in der ich normalerweise erst am Nachmittag einen aperitivo zu mir nahm. Es war jeden Morgen das gleiche Bild, ein paar der Alten saßen schon jetzt beim Kartenspielen, ein paar Geschäftsleute nahmen ihren caffè und ihr Gebäck an der Bar. Da wir unter uns waren, war es Paolo egal, wer in seiner Bar rauchte, obwohl darauf eine exorbitant hohe Strafe stand.

Im November wurde das Wetter richtig schlecht, die Herbststürme kamen, und mit ihnen Regen und Kälte. Die Strände waren abgebaut, was sich die Urlauber gar nicht vorstellen können, die wohl denken, es sieht das ganze Jahr gleich aus. Jede Wegplatte, jeder Schirmhalter, einfach alles, wird im Herbst abgebaut. Selbst wenn im Oktober noch sonnige Tage sind, kein Italiener käme auf die Idee, sich bei unter dreißig Grad am Strand aufzuhalten. Die Strandcafés werden mit Brettern verschalt und zuletzt kommen die Bagger, die hohe Sanddünen aufschaufeln, um das Wasser daran zu hindern, den Ort zu überschwemmen.

Alles ist so ruhig, so friedlich, so langweilig. So sehr uns die ganzen Besucher in der Saison auch stressen, wenn der Trubel plötzlich abbricht, legt sich eine Art Melancholie über den Ort. Alle, die irgendwie vom Tourismus leben, wissen erst einmal nichts mit sich anzufangen.

Ich schrecke hoch, weil der Sturm einen Fensterladen mit voller Wucht gegen die Hausmauer geschlagen hat, und das Adrenalin lässt mich keuchend atmen. Ich versuche, meine Uhr abzulesen und kriege, wie immer, wenn ich im Dunklen aufwache, kurz Panik, bis ich sicher bin, nicht unter Wasser zu sein und atmen zu können. Es ist halb sechs und draußen noch stockfinster. Ich taste neben mich, bis mir einfällt, dass Stefano nicht hier ist. Er leistet seinen Militärdienst ab und ich schäme mich wieder einmal dafür, darüber froh zu sein.

Es ist kalt in meinem kleinen Haus. Ich habe weder isolierte Wände noch gute Fenster, die das Haus warm halten würden. Diese Häuser direkt am Meer sind für den Sommerurlaub gebaut worden, nicht um darin das ganze Jahr zu leben. Ich wickle mich in die Bettdecke und fasse den Heizkörper an, der eiskalt ist. Fluchend gehe ich nach unten, um Espresso zu kochen, einschlafen kann ich sowieso nicht mehr.

Als es endlich hell wird, sitze ich beim dritten caffè und schaue auf das Meer, das dunkelgrün unter einer dichten Wolkendecke hohe Wellen schlägt. Der Tag wird trüb bleiben und ich versuche, mich an den Sommer zu erinnern, als es heiß war und ich morgens nicht wusste, wie ich den Tag überstehen soll, bei fast

vierzig Grad. Und dann fällt mir, wie immer, wenn ich an den Sommer denke, der Deutsche wieder ein. Und ich überlege, was er wohl gerade macht. Seit dem Abend am Leuchtturm war er mir nicht mehr begegnet. Weder am Strand, noch vor einem der Hotels, die ich unauffällig abgelaufen war, in der Hoffnung, eine zufällige Begegnung zu provozieren. Ich wusste nichts von ihm, keinen Nachnamen, keine Telefonnummer, keine Adresse. Nicht mal, aus welcher Stadt er war, wir hatten so viel geredet, aber diese Dinge völlig ausgelassen. Er kannte immerhin meine Anschrift, wir hatten mein Auto bei mir geholt, und manchmal, wenn ein Brief mit unbekanntem Absender im Briefkasten lag, ertappte ich mich dabei, wie mein Herz anfing zu pochen, und ich einen kurzen Moment dachte - nein, hoffte - es sei ein Brief von ihm.
Ich hatte Stefano nichts von meiner Begegnung erzählt, aber natürlich hatte er es erfahren, in einem so kleinen Ort kann man nichts geheim halten. Und ich hatte gelogen, hatte gesagt, es wäre ein Kunde, der ein Haus umbauen wolle, und er hatte getobt, weil ich abends nicht mit Kunden unterwegs zu sein hätte, und wir hatten einen der größten Kräche gehabt, an die ich mich erinnern kann. Und als er mich Hure geheißen hatte, schmiss ich eine volle Weinflasche nach ihm, die an der Wand zerbarst, und wenn man genau hinsieht, dann schimmert die rote Farbe der Trauben immer noch ein wenig durch die frisch gestrichene Stelle hindurch.

Als ich die Gastherme endlich wieder zum Laufen bekomme, dusche ich endlos lange kochend heiß, bis ich endlich aufhöre zu frösteln. Ich werde später ins Büro fahren, aber vorher, wie jeden Morgen, zu Paolo in die Bar gehen, um die neuesten Gerüchte zu erfahren, einen caffè zu trinken und etwas zu essen.

2.

Die Luft war kalt und roch nach Salz und Fisch und bis ich in der Bar ankam, war ich wieder durchgefroren. Paolo begrüßte mich mit einem breiten Lächeln und stellte unaufgefordert die Espressotasse unter die Maschine. Mein übliches Frühstück besteht immer aus einem Brioche (einem Hörnchen) und einem caffè; so wie bei fast allen Italienern. Ich schnappte mir die Zeitung und setzte mich an meinen gewohnten Platz.
In der Nische neben mir saß ein älteres Paar, Engländer, wie ich schnell hörte. Die kamen oft außerhalb der Saison, weil ihnen das Wetter scheinbar egal war. An zwei anderen Tischen saßen ein paar alte Männer, die in ihr Kartenspiel vertieft waren, und ab und zu zur Uhr schielten, um zu sehen, ob es schon spät genug war, endlich das erste Glas Wein zu bestellen. Der Fernseher unter der Decke lief, wie meist, von niemandem beachtet, vor sich hin und am Tresen standen einige Männer in Anzügen, die vor dem Büro noch einen caffè tranken und fast alle in ihre Handys starrten. Am Nebentisch kämpfte das Engländerpaar mittlerweile mit Carla, um eine Bestellung aufzugeben. Wie immer verstand Carla nichts von den paar Brocken Italienisch der ausländischen Gäste, und die Gäste konnten mit ihrem venezianischen Dialekt noch weniger anfangen. Ich grinste amüsiert vor mich hin und schaute dann wieder aus dem Fenster. Die Bar liegt genau gegenüber vom Strand und wie immer gab mir das

triste Aussehen einen Stich, und ich sehnte mich nach dem Sommer, wenn ich morgens schon mit leichten Sachen draußen sitzen konnte. Ganz vorne, das erste Bagno, ist das von Mario, dort hatte ich Dieter, den Deutschen, kennengelernt, als ich ihn am Strand fast umgerannt hatte.

Ich winkte Paolo, dass er mir noch einen weiteren caffè machen solle. Ich hatte es nicht eilig, ins Büro zu kommen. Es gab wenig zu tun im Moment. Die Idee, dass wir alte Häuser verkaufen, hatte ganz gut funktioniert. Die Idee, dass ich diese Ruinen als Geometra dann umplane und die Restaurierung begleite, hatte auch gut funktioniert. Paolo, der andere Paolo, der Freund meines Vaters, der diese Idee hatte, hat nicht ganz so gut funktioniert. Wir hatten nämlich fast nur die Häuser verkauft, die uns gehörten. Was nicht schlecht war, denn wir hatten gedacht, die sind nichts mehr wert. Aber wir besaßen nicht endlos viele davon. Und Paolo hatte versprochen, neue Häuser zu suchen. Und er hatte uns von guten Kontakten erzählt, in Deutschland, von Agenturen, die die Käufer schicken würden. Leider machte er sich nie die Mühe, Häuser zu suchen, und die Kontakte in Deutschland waren auch eher nicht ganz so gut. So setzte sich unser kleines Angebot fast nur aus dem zusammen, was mein Vater über Freunde oder Bekannte angeboten bekam. Mir gefiel das alles nicht besonders, denn entweder hatte ich richtig gut zu tun, oder ich konnte gleich wieder nach Hause gehen und auf unserem Hof mitarbeiten. Nur um Zeit totzuschlagen, muss ich mich nicht in ein Büro setzen. Ich blätterte mit diesen trüben Gedanken gelangweilt die Zeitung durch, der Wetterbericht war unerfreulich, die politischen Nachrichten las ich eh nie, und als ich die Zeitung gerade angewidert wegschieben wollte, fiel mein Blick auf eine Anzeige. Geometer/Architekt gesucht, stand da. Erfahrung in Restauration erforderlich, Englisch Bedingung, Deutsch von Vorteil. Hm, ich kannte die Firma nicht, es war keine Adresse dabei, aber die Vorwahl war aus der Nähe von Ancona.

Paolo stand plötzlich mit der frischen Tasse vor mir und ich zuckte zusammen. Er grinste, tat so als hätte er nicht genau gesehen, was ich da gerade las und ging pfeifend zurück zu seiner Bar. Ancona, in den Marken, einem "Bundesland" südlich der Emilia Romagna. Ich kannte die Gegend gut, hatte einige Freunde dort.

Als ich auf der Straße stand, peitschte mir der Regen ins Gesicht und als ich zurück in die Bar schaute, sah ich die Zeitung immer noch an meinem Platz liegen und sie schien plötzlich riesengroß wie ein Plakat, und mir ging plötzlich der Gedanke durch den Kopf, wie viele ausgebildete Architekten mit Erfahrung in Restaurierung und mit Deutschkenntnissen es hier in der Gegend wohl geben wird. Vermutlich keine drei. Und ein bisschen Abstand zu Stefano würde mir auch gefallen, und so stieß ich die Tür erneut auf, nahm die Zeitung vom Tisch, ignorierte den grinsenden Paolo und duckte mich dann unter dem Regen, um ins Büro zu kommen.

Im Büro war nichts los und so ging ich nach ein paar Minuten wieder nach Hause zurück. Den ganzen Nachmittag lag die Zeitung auf dem Tisch und ich versuchte, sie zu übersehen. Gegen fünfzehn Uhr fiel mir endgültig die Decke auf den Kopf und ich ging zum Strand. Es war den ganzen Tag nicht richtig hell geworden, die Wolken standen bedrohlich dunkel ganz dicht über dem Meer, die Wellen peitschten wütend über die Felsen. Der Strand war übersät mit Treibholz, toten Fischen und Abfall, den die Schiffe weit draußen einfach über Bord kippten. Der Sturm trieb mir Tränen in die Augen und ich torkelte mehr als ich lief. Wie immer kam ich irgendwann am Leuchtturm an. Er ist schon lange nicht mehr in Betrieb, seine Mauern sind vom Salz zerfressen und mit Algen bewachsen. Aber er steht immer da, er trotzt jedem Sturm und er gibt mir dieses beruhigende Gefühl von Sicherheit. Wenn ich meine Hände auf seine alten starken Mauern lege, erzähle ich ihm oft, was mich beschäftigt oder bedrückt; er kennt alle meine Geheimnisse, Wünsche, Sorgen, und er hat schon viele Tränen von mir aufgefangen. Hier hatte ich auch den Deutschen das letzte Mal gesehen, als ich ihn zurückgestoßen hatte. Und kurz kommt wieder dieses Gefühl von damals in mir hoch, diese Mischung aus Verzweiflung, Trauer und Wut.

3.

Zurück zuhause wählte ich, ohne lange zu überlegen, die Nummer in der Anzeige. Wie immer kam mit dem Freizeichen der Adrenalinstoß und mein Herz pochte, tief Luft holen, dann wurde abgenommen.
»Pronto.« Typisch gelangweilter Ton einer italienischen Sekretärin, der mit einem Wort ausdrückte »Du störst!« - wobei auch immer.
»Chiara Ravenna«, flötete ich in den Hörer. »Ich rufe auf die Anzeige an.«
»Si.« Sie sagte es langgezogen, ungefähr Siiiiiiii.
»Ich rufe auf Ihre Anzeige an«, flötete ich weiter.

»Si.« Wieder langgezogen. Ich merkte, wie ich wütend wurde.
»Sie suchen eine Architektin.«
»Si.« Noch langgezogener. Ich stellte mir meine Finger vor, um ihren Hals gelegt.
»Nun, deswegen rufe ich an, um mich zu erkundigen.«
»Si.« Noch langgezogener. In Gedanken schlossen sich meine Finger fest um ihren Hals.
»Nun, äh, ja, ist die Stelle noch frei?« Sie verunsicherte mich und ich hasste sie dafür.
»Einen Moment.« Okay, sie konnte also mehr als zwei Worte. Eine Warteschleifenmelodie ertönte. Eine Minute, zwei Minuten, ich versuchte an meine Zigaretten zu kommen, dann, endlich:
»Pronto?« wieder die gleiche Tussi.
»Wer ist für die Stellenausschreibung zuständig?« keifte ich ins Telefon.
»Einen Moment.« Wieder Warteschleife.

Wie ich schließlich doch irgendwann zu einem Termin kam, weiß ich nicht mehr. Ich weiß nur, dass ich kurz davor stand, einen Nervenzusammenbruch zu erleiden oder Amok zu laufen, aber, zu guter Letzt, ich sollte am nächsten Tag kommen.

Ich trank Wein an diesem Abend, Rotwein, unseren eigenen, und saß, trotz der Kälte, lange draußen, schaute in den Himmel, der Sturm hatte alle Wolken weggefegt, die Sterne glitzerten, der Himmel war wie aufpoliert. Gegen dreiundzwanzig Uhr summte mein Handy, es war Stefano, aber ich ging nicht ran, ich hatte keine Lust mit ihm zu sprechen. Und, obwohl ich wusste, dass es wieder Streit geben würde, ignorierte ich auch die weiteren Anrufe, die bis zwei Uhr morgens bei mir eingingen.

Für die Fahrt in die Marken nahm ich den Smart, ich wollte nicht protzig erscheinen. Die Marken sind wohl das Bundesland in Italien, das für die meiste Verwirrung bei Ausländern sorgt. Im Italienischen heißt es "Le Marche", viele denken, das wäre Französisch und sprechen es "Lee Marschee" aus, aber der Artikel ist Le (nicht les), und man spricht es "le marke", zu Deutsch "die Marken". Das einzige Bundesland, das in der Mehrzahl genannt wird. Es stammt vom Begriff Grenzmarken ab. War irgendwann einmal von einem deutschen Kaiser besetzt, der irgendwo aus Franken stammte. Ich war wirklich verblüfft, später in Deutschland zu sehen, dass die Haßberge in Franken landschaftlich den Marken sehr ähnlich sind. Klimatisch allerdings nicht.

Die Emilia Romagna ist meine Heimat, die ich liebe. Die Marken sind so etwas wie ein Liebhaber, eine geheime Liebe von mir, die ich gerne treffe, aber nicht viel darüber rede. Die Landschaft ist geprägt von Hügeln, die direkt am Meer beginnen. Anders, als in der Emilia, gibt es hier keine Ebenen, dafür wurde weniger gebaut, es gibt noch unzählige alte Häuser, ehemalige Gehöfte, die versteckt in dieser bezaubernden Landschaft liegen. Hier Häuser zu restaurieren, wäre ein Traum, eine Herausforderung, die ich nur zu gerne annehmen wollte.

Ich fuhr eine knappe Stunde auf der Autobahn und bog kurz vor Ancona ab in Richtung Hinterland. Ich fand die Adresse schon beim zweiten Anlauf. Die Agentur war in einem kleinen Ort, in Montecarotto, direkt an der Piazza. Ich war zu früh dran und daher fuhr ich ein paar Meter weiter. Schräg gegenüber der Firma war eine Bar und ich hatte so noch Zeit für einen caffè.

Es war ein sonniger Tag, die Wolken waren nicht zurückgekommen. Auf der Piazza waren ein paar kleine Geschäfte, ein paar Alte saßen auf einer Bank, ein Hund trottete gemütlich auf der Straße. Die Mauern waren frisch restauriert, vermutlich aus dem Erdbebenfond, unabhängig davon, ob ein Beben hier Schäden angerichtet hatte. Wobei die Seebeben, die häufig vor Ancona sind, eine ganz schöne Zerstörungskraft haben können. Ich betrat die Bar, es war dunkel darin und kaum Gäste zu sehen. Ich hatte die Türe noch in der Hand, als ich den Mann am Tresen sah. Er fiel mir auf, weil er so groß war, sein blaues Hemd leuchtete in der tristen Umgebung. Er stand mit dem Rücken zu mir, aber ich konnte sein Gesicht im Regal hinter der Bar erkennen, die Flaschen standen in Nischen mit verspiegelter Rückwand. Es war der Deutsche! Der Adrenalinstoß brachte mich fast um. Noch hatte er mich nicht entdeckt und ich torkelte rückwärts wieder hinaus auf die Straße. Mir war schwindlig und ich lehnte mich um die Hausecke an die Wand. Meine Gedanken rasten, ich war fassungslos. Was machte er hier? Im Winter. In diesem Kaff. Er hatte erzählt, dass er oft in Italien war. Aber hier? Ich zündete mir mit zitternden Fingern eine Zigarette an und ging meine Optionen durch. In die Bar gehen, locker Hallo sagen. Im Erdboden versinken. Mich im Meer ertränken. Eine Ohnmacht vortäuschen und die Ambulanz rufen. Flucht. Flucht schien mir die beste Option. Ich spähte um die Ecke, ging dann schnell in Richtung meines Wagens. Da ging die Türe auf, ein blauer Hemdsärmel kam zum Vorschein. Er hatte das Gesicht nach innen gerichtet, vermutlich rief er noch einen Gruß zurück in den Raum. Und die einzige Möglichkeit zu verschwinden, bestand für mich darin, die Agentur zu betreten.

4.

Ich stolperte in das Büro und muss grässlich ausgesehen haben, denn die Frau hinter dem Schreibtisch am Eingang musterte mich mit hochgezogenen Augenbrauen. Tätowierten, hochgezogenen Augenbrauen, wie ich feststellte. Es musste die sein, mit der ich gestern telefoniert hatte, denn genauso hatte ich sie mir vorgestellt. Die Haare etwas zu blond, die Schminke etwas zu dick, der Rock etwas zu kurz, die Absätze etwas zu hoch. Genau die Art Frau, die angeblich jeder schrecklich findet. Genau die Art Frau, die dir aber den Mann wegnimmt, wenn Du nicht aufpasst. Vielleicht sollte ich sie mal mit Stefano bekannt machen. All das ging mir in den wenigen Sekunden durch den Kopf, typisch für mich, meine Gedanken können jederzeit so wirr abschweifen, dass ich manchmal selber lachen muss.
»Vorstellungstermin, ähm, ich hab den Termin«, presste ich mühsam raus.
»Si«. Wieder dieses langgezogene Siiiiii. Ihr Blick sprach Bände. Kurzes Nicken, vage in Richtung einer halb offenen Tür. »Sie können da drin warten.«
Es war ein schöner Raum, sehr hoch, mindestens vier Meter, ein alter großer Schreibtisch aus dunklem Holz, der Boden gefliest mit Terrakotta, schöne, handgeschlagene Fliesen, keine Industrieware. Ein

altes Gemälde, das die Toskana zeigte, erkennbar an den Zypressen, die es hier auf dieser Seite Italiens nicht ganz so häufig gibt. Auf der Arbeitsplatte alles fein sortiert, keine Unordnung. Am Boden der typische Heizlüfter, der im Winter in jedem italienischen Büro steht, weil unsere Heizungen aufgrund eines völlig veralteten Gesetzes immer viel zu schwach ausgelegt sind. Mein Puls ging langsam runter und ich sehnte mich nach einer Zigarette. Auf dem Schreibtisch stand ein Aschenbecher, benutzt, wie ich feststellte. Rauchen ist in Italien auch in Büros verboten, völlig egal, wie groß das Unternehmen ist. Theoretisch darf selbst ein Einmannbetrieb nicht an seinem Schreibtisch rauchen, selbst wenn er sonst niemanden beschäftigt. Aber Theorie und Praxis liegen bei uns zum Glück oft weit auseinander.
Die Tür wurde aufgerissen, ein Mann hastete herein, setzte an, etwas zu sagen, erstarrte, blieb bewegungslos stehen, als hätte jemand die Pausentaste gedrückt. Ich war halb aufgestanden, starrte zurück, und so blickten wir uns eine ganze Weile einfach nur völlig dämlich an. Mein Herz hämmerte so sehr, dass ich jeden Schlag dröhnend in meinen Ohren wahrnahm und irgendwann ließ ich mich einfach kraftlos zurück auf den Stuhl sinken. Er war blass geworden, schloss dann sehr langsam die Türe, schob sie sorgfältig zu, versuchte Zeit zu gewinnen. Dann drehte er sich ganz zu mir um, blickte abwechselnd auf die Bewerbungsmappe in seiner Hand und auf mich, und versuchte den Zusammenhang zu begreifen.
»Ciao Dieter.«
»Chiara …« Kaum mehr als ein Flüstern.
»Ich …« mein Hals war so trocken, ich musste nochmals ansetzen, »Ich wußte nicht …«

Er hob die Hand, ließ sich schwer in seinen Stuhl fallen. Sah mich an.
»Ich wußte nicht, dass die Anzeige von dir war.«
»Wärst du sonst nicht gekommen?« Es klang verletzend. Und so war es wohl auch gedacht.
»Dieter, ich … es tut mir leid.« Ich stand auf, wollte gehen, raus, weg, irgendwas.
»Chiara, warte.«
Und dann: »Bitte.«
Da war es wieder. Dieser Zauber in seiner Stimme. Dieser Zauber, der mich auch im Sommer schon gefangen hatte, der mich so anrührte, etwas in mir weckte, von dem ich selbst nicht verstand, was es eigentlich war.
Ich sah ihn an, lange, wie damals. Und wie damals entschied ich mich gegen alle Vernunft und setze mich wieder hin.
»Ich kann nicht für dich arbeiten, Dieter, das geht nicht.«
Er sah mich wieder lange an, dann kehrte die Farbe in sein Gesicht zurück.
»Hast du Zeit, ich möchte dir etwas zeigen?«

Wir nahmen seinen Wagen und fuhren schweigend über die kleinen Landstraßen. Wir wussten wohl beide, dass jetzt nicht die richtige Zeit war, um über den Abend am Leuchtturm zu sprechen. Er sah konzentriert auf die Straße und ich ließ meinen Blick über die Landschaft schweifen. Die Marken werden auch "die grüne Toskana" genannt. Die Vegetation ist so üppig, dass selbst jetzt im Winter alles noch grün ist. Bis auf die weiten Felder natürlich, die ab August, wenn es zu heiß wird, abgeerntet sind. Um sich hier zurechtzufinden, muss man das System der Straßen kapieren. Es reiht sich Hügelkette an

Hügelkette, in den Tälern sind die großen Straßen, auf denen man ewig unterwegs ist. Einheimische kreuzen die Hügel auf kleinen holprigen Straßen, die mehr aus Schlaglöchern denn aus Teer bestehen. Auf solchen Straßen waren wir unterwegs und schraubten uns immer weiter in die Hügel hinauf. Wir erreichten Castelplanio, ein kleines Dorf, wie alle Orte hier mit historischer Altstadt und Häusern, die so aussehen, als sei die Zeit vor zweihundert Jahren stehen geblieben. Kurz nach dem Ort bog er rechts ab, in einen Feldweg, der fast senkrecht nach oben zu führen schien. Der schwere Geländewagen schaukelte und sprang langsam über den Rest Straße, der hier kaum noch zu erkennen war. Eine Kurve noch, dann öffnete sich das Gelände plötzlich zu einem Plateau und wir standen vor einem kleinen Borgo. Ein Borgo ist eine Ansammlung Häuser, zu wenige, um sich schon Dorf zu nennen.
Ich stand beeindruckt vor diesen Ruinen. Es waren sechs oder sieben Häuser, ein paar Nebengebäude. Manche sahen noch ganz gut aus, das heißt, sie hatten noch Fensterhöhlen und ein paar morsche Balken, wo einmal das Dach gewesen war. Andere waren nur mehr ein paar Grundmauern, eingewachsen über die Jahre. Der Platz war traumhaft schön, wir waren so weit oben, dass man rundum in die Landschaft sehen konnte. Nach Osten bis an die Küste, das Meer bildete einen zweiten Horizont, sah aus dieser Entfernung ganz ruhig aus. Nach Westen konnte man tief in die Hügel und ganz am Ende bis zu den schroffen Ausläufern des Apennin sehen. Tief unter uns lag Castelplanio, der letzte Ort, durch den wir gefahren waren.
»Dafür habe ich das Inserat aufgegeben«, sagte Dieter. Ich schrak zusammen, ich hatte ihn für einen

Moment ganz vergessen, so sehr war ich in die Magie dieses Ortes eingetaucht gewesen.
Er räusperte sich, sah mich wieder lange an.
»Wir haben das hier gekauft.« Pause.
»Und, wenn du möchtest, darfst du es restaurieren.«

5.

Wir waren zurückgefahren und saßen nun in der Bar gegenüber der Agentur, diesmal zusammen. Dieter redete seit fast einer Stunde auf mich ein, beschrieb mir das Konzept, den Zeitplan, das Budget für die Ausstattung und vieles mehr. Ich hörte kaum zu, die Gedanken in meinem Kopf flogen durcheinander und wenn mich etwas beschäftigt, kann ich mich auf nichts anderes mehr konzentrieren.
»Hörst du mir eigentlich zu?«
»Siiiii.« Scheiße, jetzt fing ich schon an wie diese Trulla aus seinem Büro. »Si!« schob ich nochmals bekräftigend hinterher.
Er nickte zustimmend und redete weiter. Und plötzlich fiel mir auf, dass wir die ganze Zeit Italienisch gesprochen hatten. Im Sommer, als wir uns kennenlernten, hatte sein Wortschatz noch nicht für so ausführliche Gespräche gereicht. Noch etwas, dass sich als weiterer Gedanke in meinem Kopf zu all den anderen Gedanken mischte. Ich musste nachdenken, dringend, allein.
Wir hatten uns nach dem caffè noch Wein bestellt und ich trank mein Glas in einem Zug leer.
»Es ist spät geworden, ich habe noch eine weite Fahrt.«
Prüfender Blick, dann griff er in seine Jacke und schob mir seine Visitenkarte zu.

»Hier, ruf mich an, ruf mich auf jeden Fall an, ja?«
Ich nickte. »Ja, ich ruf dich an. Und du hast meine Nummer in der Bewerbungsmail, die ich euch geschickt habe.«
Er wollte sich erheben, als ich aufstand, aber ich legte kurz meine Hand auf seinen Arm, drückte ihn sanft und schüttelte den Kopf.
»Ich melde mich bei dir. Ciao. Bis morgen.«
Das "bis morgen" war mir so rausgerutscht. Scheinbar war mein Unterbewusstsein schon weiter als ich. Dann ging ich schnell aus dem Lokal. Ich wollte um alles in der Welt eine Abschiedsszene auf der Straße vermeiden. Zu unsicher war ich - waren wir beide - nach dem Abend am Leuchtturm.

Ich fuhr nur zwei Straßen weiter. Dann hielt ich nochmals an und speicherte seine Telefonnummer in meinem Handy ab. Ich nannte den Eintrag "Dieter M. - Kunde", aus Vorsicht, denn Stefano hatte die blöde Angewohnheit, regelmäßig, wann immer er mein Handy in die Finger bekam, das Adressbuch und die SMS-Nachrichten auf verdächtige Inhalte zu durchforsten. Ich gab mir immer Mühe, mein Handy nicht herumliegen zu lassen, aber ich vergaß es einfach zu oft irgendwo.

Die Autostrada war um diese Zeit leer, und ich hing meinen Gedanken nach. Da war dieses Projekt, das einfach wundervoll war. Ich würde sonst was drum geben, es machen zu dürfen. Ich könnte mich austoben, ein ganzes Borgo komplett nach meinen Ideen gestalten. Der Ablauf bei einzelnen Häusern war oft nicht so spannend. Die Häuser wurden prinzipiell unrenoviert angeboten. Jeder Käufer hatte dann ganz eigene Vorstellungen. Es gab die Individualisten, die

sich einen Lebenstraum erfüllten. Dieser Traum beinhaltete meist auch den Plan, soviel wie möglich selbst an dem Haus zu machen. Die Arbeiten, die sie selber nicht erfüllen konnten, um diese Chaoten herumzuplanen, war nervenaufreibend. Dann gab es die Besserwisser. Sie kamen mit der Einstellung, dass italienische Produkte sowieso Müll sind und wollten von der Steckdose über die Heizanlage bis zu Fenstern und Türen alles aus Deutschland kommen lassen. Das war das Schwierigste. Die vorherrschende Meinung, im Süden ist ja alles ganz locker, verführt viele dazu, zu denken, sie könnten machen, was sie wollten. In Wirklichkeit haben wir so viele Auflagen und Gesetze, dass diese Häuser, vollgestopft mit ausländischer Technik, keine Abnahmebescheinigungen bekommen und somit quasi unverkäuflich werden. Zudem machen solche Baustellen Probleme ohne Ende. Ein zweihundert Jahre altes Natursteinhaus schert sich nämlich wenig um deutsche Industrienormen. Der Schreiner vor Ort, der Fenster und Türen für diese alten Häuser anfertigt, weiß das, und er passt seine Produkte entsprechend an. Dass das billiger ist und schneller geht, ist diesen Kunden meist nicht zu vermitteln. Und dann gibt es natürlich noch die Käufer, die eine komplette Restaurierung möchten. Das macht am meisten Spaß, aber man muss jedes Detail mühsam mit den Kunden erarbeiten, was sehr zeitaufwändig ist.
Bei diesem Borgo war es anders. Ich würde die komplette Planung nach meinen Vorstellungen machen, erst wenn alle Details feststünden, würde es in den Verkauf gehen.
Und dann war da Dieter. »Dieter«, sagte das kleine Teufelchen auf meiner rechten Schulter. »Du machst das doch nur wegen ihm.«

Ich spielte das mal durch. Ich würde also meiner Familie sagen, dass ich die nächste Zeit einen großen Auftrag bearbeiten würde. Es war ja nah genug, um zu pendeln. Von Dieter müsste ich ja nichts erzählen. Warum auch, ich hatte nichts mit ihm, es war nie etwas passiert. Und ich war schließlich vernünftig genug, dass auch nichts passieren würde. Er hatte den damaligen Abend mit keinem Wort erwähnt, keinerlei Avancen gemacht, war sehr sachlich gewesen, professionell. Er war sicher nicht so bekloppt wie ich und hatte viel darüber nachgedacht, was damals los gewesen war, war nicht mit pochen dem Herzen am Briefkasten gestanden, oder hatte nachts in die Sterne geschaut und an mich gedacht.
»Mistkerl«, sagte ich plötzlich laut vor mich hin. Ihm war das wohl alles egal. Ich zwang meine Gedanken wieder zurück zum Thema. Da war auch noch Stefano, mein Freund, meine Sandkastenliebe. Allen war schon immer klar, dass wir zusammengehörten. Es wurde erwartet, dass wir bald einmal heiraten, eine Familie gründen. Es war so selbstverständlich, dass wir ein Paar waren, dass ich lange Zeit nie auf die Idee gekommen war, das in Frage zu stellen. Wenn ich den Auftrag annahm, dann war ich mindestens ein Jahr sehr intensiv damit beschäftigt, ich würde Dieter oft sehen und viel Zeit mit ihm verbringen. Und das gehörte sich nicht. Es sei denn, da war wirklich nichts. Diese Gedanken machten mich langsam verrückt und ich wurde ganz kribbelig.

Ich kam sehr spät zuhause an und hatte Hunger, war aber zu faul, mir etwas zu machen, und so öffnete ich nur eine Flasche Wein und setzte mich vors Haus auf die Terrasse. Die Bilder dieses Tages flogen durch meinen Kopf und ich versuchte sie abzustellen. Die Silhouette des Leuchtturms zeichnete sich gegen den klaren Abendhimmel ab und ich konzentrierte mich ganz auf dieses eine Bild. Und dann hatte ich es plötzlich. Ja. Das war der Punkt. Das Ergebnis waberte langsam aus meinem Unterbewusstsein hoch und ich musste grinsen. »Liebe Chiara«, sagte ich laut zu mir selbst, »wenn das heute nicht Dieters Firma gewesen wäre, würdest du dann auch nur eine Sekunde überlegen, diesen Auftrag anzunehmen?« Ha! Das war der Punkt. Ich ließ mir doch wegen Dieter nicht diese wahnsinnige Chance entgehen, ein ganzes Borgo zu restaurieren!

Kapitel 8

1.

Nach Carlos Besuch fand Vittorio nicht mehr zu sich selbst. Er ließ die Tage einfach vergehen, aß nichts, war nicht ansprechbar. Er lief mit finsterem Gesicht über seine Felder, aber er nahm nichts davon wirklich wahr. Er schwankte ständig zwischen völliger Verzweiflung, dass alles, was er bis jetzt aufgebaut hatte, plötzlich umsonst gewesen sein könnte und einer fast nicht zu bändigenden Wut darüber, was Carlos ihm antun wollte. Er würde seinen Namen und seinen Ruf für immer zerstören, wenn er sich darauf einließ. Denn eines war klar, natürlich würde das schnell rauskommen. Und Carlos war das egal, er würde sich den nächsten Winzer suchen und seinen Betrug erneut durchziehen.
Vittorio suchte nach einem Ausweg. Er entwickelte Pläne, die er gleich wieder verwarf, letztlich gab es keine Chance für ihn, wollte er nicht riskieren, dass Carlos ihn anzeigte.
Bärbel hatte aufgegeben, ihn zu fragen, was los sei. Vermutlich ahnte sie es ohnehin.
Sie ging ihm aus dem Weg. Traurig und müde wusste auch sie nicht, was sie tun könnte.

Ungefähr eine Woche später fuhr ein Lastwagen auf den Hof. Zwei Männer stiegen aus, würdigten Vittorio keines Blickes und begannen, einige Weinfässer abzuladen und in seine cantina zu tragen. Das war wohl der Wein, den er zur Verkostung anbieten sollte. Vittorio schaute ihnen einfach still dabei zu, seine Knie zitterten zu sehr, um irgendetwas zu unternehmen. So stumm wie die beiden gekommen waren, verschwanden sie wieder. Vittorio stand lange bewegungslos auf dem Hof und starrte einfach in seinen Weinkeller. Er wollte es nicht wahrhaben, manchmal blinzelte er, um das Bild zu verscheuchen, aber jedesmal standen die Fässer noch da.

Und plötzlich setze er sich in Bewegung, langsam erst, zögernd, dann mit immer festerem Tritt. Seine Haltung wurde plötzlich nach Tagen wieder aufrecht, sein Blick hart und unerbittlich. Ganz ruhig nahm er die Axt, die in einer Ecke stand, wog sie kurz prüfend in der Hand und im nächsten Moment schlug das Beil krachend auf den Deckel des ersten Fasses. Das Holz barst wie unter einer Explosion und der Wein, den Carlos geliefert hatte, ergoss sich dunkelrot über den Fußboden. Fasziniert sah Vittorio zu, wie sich die Flüssigkeit über den Boden der cantina verteilte. Dann nahm er sich das nächste Fass vor, und als aller Wein von Carlos vernichtet war, schlug er, ohne zu zögern, Fass um Fass seines eigenen Weines ein. Er arbeitete ganz ruhig, er hatte jedes Gefühl ausgeblendet, hoch konzentriert, genügte bei jedem Fass ein einziger präziser Schlag um den Deckel zu zertrüm mern. Als er fertig war, stand er fast bis zu den Knien im Wein. Es sah aus, wie nach einem Massaker. Wie Blut, ging ihm durch den Kopf. Und er drehte sich um, ging zu seinem Lieferwagen, warf die Axt hinten auf die Lagerfläche und sagte beim Einsteigen: »So, Carlos, und jetzt bist du dran.«

2.

Er war immer noch ganz ruhig. Von allen Optionen, die er die letzten Tage durchgespielt hatte, schien ihm diese die geeignetste. Lieber ging er ins Gefängnis, weil er dieses Schwein erschlagen hatte, als dass seine Frau wegen eines gefälschten Ausweises verhaftet wurde. Und wer weiß, dachte er weiter, vielleicht erwischen sie mich ja nicht einmal.

Als er gerade in die Toreinfahrt zu Carlos Haus einbiegen wollte, schoss ihm daraus ein Wagen entgegen. Der Fahrer gab soviel Gas, dass das Heck ausbrach und Vittorios Auto leicht streifte. Vittorio kurbelte wie wild am Lenkrad und schrammte mit der gesamten Seite an der Mauer des massiven Torbogens entlang. Das war schon mal schlecht, dachte er kurz, um nicht erwischt zu werden. Aber auch egal, wie sich gleich zeigte. Vor dem Haus lag der Mann, der zusammen mit Carlos bei ihm gewesen war. Der, der ihm in den Magen geschlagen hatte. Vittorio erkannte ihn mehr an seiner Kleidung und Figur, denn sein halbes Gesicht war weggerissen worden, von irgendeiner großkalibrigen Waffe. Die Türe des Hauses war geschlossen, aber ein paar Fenster im ersten Stock standen offen. Aus ihnen drang dichter Qualm. Und im Haus schrie jemand verzweifelt um Hilfe. Vittorio sprang aus dem Auto und lief zur Haustüre. Sie war abgeschlossen. Er holte seine Axt, die eigentlich für Carlos bestimmt gewesen war, und drosch damit auf die Türe ein. Sie war aus stabilen Eichenbalken gearbeitet, aber schließlich schaffte er es, rund um das Schloss soviel Holz zu zerschlagen, dass sie endlich aufsprang.

Zuerst war überhaupt nichts zu erkennen, weil so viel Rauch aus dem Haus drang, aber dann sah er eine Diele. Er hielt die Luft an, lief hinein und landete in einem großen Wohnraum. Hier musste ein heftiger Kampf getobt haben. Zerbrochene Stühle lagen herum, ein schwerer Esstisch war umgekippt worden, Scherben überall. Ein weiterer Mann lag mit einem großen Blutfleck auf der Brust und leeren Augen seitlich vom Tisch. Und Carlos. Carlos lag in der Mitte des Raums. Er hatte sich halb aufgerichtet, auf seine Ellbogen gestützt. Sein Gesicht war aufgeschwollen und blutverschmiert. Vittorio blinzelte durch den Qualm und sah, dass seine Beine seltsam verdreht hinter ihm hingen. Sie hatten sie ihm brutal gebrochen und dann sein Haus angezündet, so dass er langsam und qualvoll sterben würde. Seine Handlanger hatten einen schnellen Tod bekommen. Der Boss wird immer raffiniert hingerichtet, um ein Zeichen zu setzen. Die Blicke von Carlos und Vittorio trafen sich. Und Carlos wusste genau, wozu Vittorio gekommen war. Und dass er verloren hatte. Vittorio schaute Carlos sehr lange an. Seine Gedanken rasten. Carlos würde ohne Hilfe sterben. Alle Probleme wären gelöst. Vermutlich würden die Papiere von Bärbel hier gleich noch mit in den Flammen aufgehen. Und dann drehte er sich um und ging hinaus. Er versuchte die Gedanken abzuschütteln, wie es sein musste, langsam zu verbrennen. Er versuchte, auch alle anderen Gedanken abzustellen. Er wollte einfach weg. Zurück nach Hause. Weg aus dieser Welt mit Tod, Leid und Verbrechen.

3.

Als er zurück zu seinem Haus kam, fuhr ihm fast der Briefträger erneut ins Auto. Der kam gerade aus seiner Ausfahrt. Vittorio hob entschuldigend die Hand und Pepe, der auf seiner klapprigen Vespa das Gleichgewicht zu halten versuchte, nickte ihm nur mitfühlend zu.

Bärbel saß in der Küche, als Vittorio hereinkam. Sie sah blass aus, ihre Augen waren rot und verweint. Als sie ihn bemerkte, sprang sie auf und lief in seine Arme. Vittorio, der dachte, Bärbel hätte von Carlos erfahren, setzte an zu sprechen, aber Bärbel kam ihm zu vor.
»Vittorio, oh, Vittorio. Es ist etwas Schreckliches passiert«, schluchzte sie an sein Ohr.
»Bärbel, ich …«
»Vittorio, es ist dein Vater, er hatte …«, der Rest ging in ihren Tränen unter.
»Bärbel!«, er schob sie auf Armlänge von sich weg und fasste sie an beiden Schultern.
»Es gab einen Unfall. Vittorio, sie sind beide tot, dein Vater und … dein Bruder.«
Hätte Vittorio nicht schnell zugegriffen wäre Bärbel zusammengesackt. Er dirigierte sie auf einen Stuhl und sah auf dem Tisch das Telegramm. Seine Hand zitterte so sehr, dass er mehrmals ansetzen musste, den Text zu lesen. Sie waren beide tot. Alles um ihn herum begann sich zu drehen. Er war in einem Albtraum gefangen, der scheinbar kein Ende fand.

Vittorio, Bärbel und die Kinder reisten am nächsten Tag früh ab. Sie hatten eine lange Diskussion geführt. Bärbel wollte, dass Vittorio in dieser Situation, nach all den Jahren, seiner Familie alleine gegenübertrat, um nicht noch mehr Emotionen aufzuwühlen. Aber Vittorio hatte das abgelehnt. Er hatte gesagt: »Sollen die Kinder nicht wenigstens ihre Großmutter noch kennenlernen, wenn sie schon den Onkel und den Opa nie mehr treffen können?« Aber das war nicht der wahre Grund gewesen. Darüber dachte er gerade nach, als der Zug Kilometer um Kilometer fraß, auf seinem Weg durch fast ganz Italien in Richtung Norden. Der wahre Grund war, dass er es leid war, wegzulaufen. Wie oft war er die letzten Jahre mit seiner Frau in irgendeinem verdammten Zug gesessen, immer mit trüben Gedanken, immer auf der Suche nach einem Platz, an dem sie endlich ein Leben führen könnten. Er hatte es satt. Er war weggelaufen, als seine Eltern wegen Bärbel gegen ihn waren. Dann vor den Verwandten, die ihm nicht helfen wollten, und vor Carlos. Jetzt war Schluss. Er wollte ganz bewusst mit seiner Frau und seinen Kindern zu seiner Familie kommen. Und es war ihm scheißegal, was die Familie davon halten würde.

4.

Sie kamen spät nachts in Vittorios Elternhaus an. Im Wohnzimmer waren die beiden Särge aufgebahrt, offen, wie üblich. Einige Tanten, Cousinen und andere Frauen aus der Verwandtschaft hielten die Totenwache. Vittorio setzte sich still zu den ganz in Schwarz gekleideten Frauen, um eine letzte Nacht mit seinem Vater und seinem Bruder zu verbringen.

Seine Mutter schlief, sie hatte ein Beruhigungsmittel bekommen, wie man ihm sagte.
Er traf sie erst am nächsten Morgen, als sich alle bereit machten für die Beisetzung. Sie nahm Vittorio lange in die Arme. Sie redeten beide nicht dabei, dazu würde Zeit sein, wenn die beiden Männer ihre letzte Ruhestätte in der Familiengruft erreicht hätten.
Es goss in Strömen und ein kalter Wind blies vom Meer her, als sich der Trauerzug auf den Weg machte. Direkt hinter den beiden Särgen liefen Vittorios Mutter, Bärbel und seine Kinder zusammen in einer Reihe. Vittorio war einer der Sargträger, und einmal, als sie die letzte Kurve liefen, konnte er den Kopf etwas drehen und sah, dass seine Mutter und Bärbel sich an den Händen gefasst hatten.

Vittorio hatte nie verstanden, wie Menschen gleich nach der Beisetzung fröhlich ein Essen genießen konnten. Er hatte sich nur einen Krug Wein genommen und ein Glas und war nach draußen gegangen. Ihm war morgens schon aufgefallen, dass irgendetwas anders war als früher. Aber der Sturm und der dichte Regen hatten ihn davon abgehalten, sich auf dem Hof umzusehen. Und jetzt traute er seinen Augen kaum. Früher waren hier viele Arbeiter unterwegs gewesen, die die Tiere versorgten, auf den Feldern arbeiteten. Aber er sah niemanden. Die Tiere fielen ihm ein, die Tiere kümmert nicht, ob jemand stirbt. Sie brauchen trotzdem Futter, müssen gemolken und die Ställe ausgemistet werden. Er ging zu den Kuhställen, die waren leer, ebenso die Schweineställe. Auch die Pferdeboxen waren verwaist. Er stellte den Weinkrug ab, den er die ganze Zeit herumgetragen hatte, und lief in die cantina, das Herzstück des Betriebs. Sie wirkte verlassen, unbenutzt. Er kontrollierte die Fässer. Der letzte Wein, der hier lagerte, war weit über zwei Jahre alt, das heißt, die letzten beiden Ernten fehlten. Sein letzter Blick galt den Getreidesilos, die völlig verdreckt und ohne Inhalt waren. Dieser ganze Hof war tot. Er produzierte nichts mehr.

5.

Sie saßen in der Küche. Seine Mutter ganz in Schwarz. »Wie grau ihre Haare geworden sind«, ging Vittorio durch den Kopf und im gleichen Moment erschrak er über diesen Gedanken. Aber als er gegangen war, vor Jahren, war er der gerade erwachsene Sohn gewesen und seine Eltern kräftige und gesunde Menschen, die völlig fit den Hof führten. Und jetzt erinnerte ihn seine Mutter an die alten Tanten aus seiner Kindheit. Gebeugt, grau, verhärmt. Die Falten um ihre Augen sahen nicht so aus, als hätte sie vor kurzer Zeit noch gelacht.
»Mama, was ist hier los?«
»Vittorio, es hat sich viel geändert, seit du gegangen bist.«
»Ihr mich rausgeworfen habt«, sagte er scharf.
Sie sah ihn nur müde an. Früher hätte sie ihn für so eine Bemerkung zusammengestaucht.
»Ja.«
»Was ist passiert?«
»Dein Bruder, er hat …«, sie brach ab und ihre Augen füllten sich mit Tränen. Sie schluckte mehrmals. »Dein Bruder, er hat viel verändert, er hat …«, wieder versagte ihre Stimme.
»Mama, bitte, was ist passiert?«, er sagte es ungeduldiger, als er eigentlich wollte.

»Dein Bruder hatte nie richtig Lust, den Hof zu übernehmen. Er hatte viele Freundinnen, ging immer nur aus. Und dann ging es Papa schlechter. Sein Herz. Er durfte nicht mehr so anstrengend arbeiten. Aber er hielt sich nicht daran. Im Gegenteil, er arbeitete noch mehr als zuvor. Weißt du, dein Vater wollte nicht zugeben, dass er nicht mehr so kann, dass er älter wird«, sie schluckte, wischte sich die Tränen aus den Augen. Vittorio war ganz still, wollte sie nicht unterbrechen.
»Und dann sackte er eines Morgens im Stall zusammen. Es war nur ein leichter Infarkt, hat der Doktor gesagt. Aber der nächste würde stärker sein. Und da haben wir den Hof an deinen Bruder übergeben. Aber Patrizio hatte immer noch keine richtige Lust. Er kam meistens sehr spät nach Hause und schlief bis Mittag. Und Papa und er stritten viel. Patrizio wollte alles neu machen, anders. Er meinte, unser Wein, das sei alles veraltet. Er baute die Produktion aus, stellte Leute ein. Er hob die Preise an. Aber er machte alles zu schnell. Wein braucht Zeit. Sein Wein war nicht mehr so gut, auch wenn es viel mehr war als früher. Niemand kaufte für den höheren Preis schlechteren Wein. Wir haben unsere ganzen alten Kunden verloren. Und da hatte er die Idee, nicht mehr die guten Restaurants zu beliefern, sondern auf Masse zu setzen. Er produzierte noch mehr. Er sagte, dann verkaufen wir eben an die Läden und Märkte und an die neuen Hotels. Aber das klappte auch nicht. Dein Vater sagte, das sei kein Wein mehr, das sei Abfall. Und Patrizio wuchs das alles über den Kopf. Er schrie die Arbeiter zusammen, stritt mit deinem Vater und war meistens schon betrunken, wenn er abends loszog, die ganze Nacht in Bars und Bordelle.«

Vittorio hatte seine Mutter noch nie das Wort "Bordell" in den Mund nehmen hören. Er ballte unter dem Tisch die Fäuste vor Wut, über das, was er da hörte.
»Und dann fing er an, Autos zu kaufen. Wir hatten eine ganze Sammlung hier, er kaufte einen Ferrari, ein paar Maserati, alles was teuer war. Er wollte einen Handel damit aufziehen. Und dann kamen irgendwann die ersten Geldeintreiber zu uns. Er hatte Spielschulden, hohe Schulden. Er zog immer mehr Geld aus dem Hof, erst verkaufte er die Rinder, dann die Schweine, dann die Pferde. Er hat das Haus beliehen, die Grundstücke, einfach alles, er ...«, sie wurde von einem Weinkrampf geschüttelt. Vittorio blieb sitzen, er war zu fassungslos, um irgendetwas zu sagen.
»Vittorio«, sie sah ihn plötzlich direkt an, »Vittorio, uns gehört hier nichts mehr, sie werden uns alles wegnehmen, alles!« Das letzte Wort hatte sie fast geschrien. Es brach aus ihr heraus, so heftig, dass sie fast zusammenklappte, so zitterte ihr Körper.
»Mama, was ist an diesem Abend passiert?«, endlich schaffte er es zu fragen.
»Dein Vater und Patrizio hatten einen furchtbaren Streit an diesem Abend. Sie brüllten sich fast eine Stunde lang an, draußen, auf dem Vorplatz. Es war so schlimm, dass ich dachte, sie bringen sich noch um. Und dann bekam dein Vater einen Herzinfarkt. Er brach einfach zusammen. Mitten im Gespräch. Er war sofort tot. Patrizio ist fortgerannt. Ich bin ihm nachgelaufen, wollte ihn aufhalten, aber er sprang in seinen Ferrari und fuhr davon. Nachts, spät, haben sie ihn mir dann gebracht. Er war gar nicht weit gekommen. Unten, in der ersten engen Kurve, da ist

er einfach geradeaus weitergefahren und im Wald am ersten Baum …«, ihre Stimme versagte.
Vittorio war wie betäubt. Er wollte das alles nicht. Er wollte endlich seine Ruhe, ihm war das alles zu viel. Und plötzlich fielen ihm seine Gedanken aus dem Zug wieder ein. Oh, nein. Diesmal würde er nicht wieder weglaufen. Nicht schon wieder. Es reichte. Und wieder straffte sich seine Haltung, sein Blick wurde direkt und er hob, wie immer in diesen Situationen, leicht das Kinn.
»Mama, niemand nimmt hier etwas weg. Niemand, hörst Du! Ich werde wieder nach Hause kommen.«

Kapitel 9

1.

Ich fuhr durch die Hügel im Hinterland von Ancona, es war Ende Februar, aber bereits so warm, dass ich das Verdeck offen hatte. Ich war auf dem Weg zur Baustelle und genoss die Fahrt in vollen Zügen. Ich jagte den kleinen Smart durch die kurvenreichen Straßen und jedes Mal, wenn ein langsames Auto vor mir auftauchte, drückte ich kurz auf die Hupe und schoss daran vorbei. Ich musste plötzlich an den Abend im Winter denken, als ich auf der Terrasse gesessen und mich entschieden hatte, den Auftrag anzunehmen. Ich hatte nachts kaum geschlafen und Dieter am nächsten Morgen bereits gegen fünf Uhr aus dem Bett geklingelt, um ihm meine Entscheidung mitzuteilen. Wir hatten uns seitdem oft gesehen, aber nie allein, zu viele Dinge mussten geregelt werden, so dass wir meist Anwälte, Geschäftspartner oder andere Mitarbeiter aus seinem Büro bei unseren Gesprächen dabei hatten.
Stefano war ausgeflippt, als er hörte, dass ich fast hundertfünfzig Kilometer entfernt einen so langfristigen Auftrag begonnen hatte. Er wollte alles über die Firma wissen und unterstellte mir wie immer sofort, dass ein anderer Mann dahinter stecken würde. Und ich, ich war froh, so viel unterwegs sein zu können und legte viele Termine extra so, dass ich ihn möglichst wenig sah.

Die nächste Kurve nahm ich etwas zu schnell und die ESP-Lampe fing wild an zu blinken, während vor mir eine verrostete Ape auftauchte. Ich riss das Lenkrad nach links und scherte recht knapp vor dem entgegenkommenden Traktor wieder ein, der sich mühsam den Berg hochschleppte. Ich dachte erst, dieses komische Geräusch käme aus dem Radio, aber es war die Sirene, die das Polizeiauto hinter mir eingeschaltet hatte. Mist, ich sah wegen des heruntergeklappten Verdecks nur das Blaulicht, aber nicht, was für ein Auto es war. Im Außenspiegel sah ich die Lichthupe wild aufblinken und nach einem knappen Kilometer wurde die Option, mich mit der Ausrede, ich dachte, das Ganze gelte nicht mir, davonzukommen, immer kleiner. Also ließ ich mein Auto langsam rechts am Fahrbahnrand ausrollen. Mein Verfolger hielt ein Stück hinter mir und ich erkannte erleichtert, dass es nur die Polizia Municipale war, Gott sei Dank keine Carabinieri.

Ich habe später in Deutschland immer wieder im Fernsehen gesehen, was man sich mit der dortigen Polizei viel erlauben darf. In Italien sollte man das lieber nicht tun. Speziell, wenn es sich um Carabinieri handelt. Sie tragen diese furchteinflößenden Uniformen mit den kniehohen Lederstiefeln und nehmen ihre tiefschwarzen Sonnenbrillen nie ab. Kommt man ihnen blöd, ist ganz schnell Schluss mit Lustig. Die "Gemeinde"-Polizei ist da etwas gemütlicher, aber man sollte wirklich nie respektlos sein. Unser Land verfügt über so viele wirre Gesetze, die niemand kennt und keiner versteht. Ein Kinderspiel für jeden Polizisten dich stundenlang festzuhalten, wenn er es darauf anlegt.

Der Polizist war ausgestiegen und kam von hinten zu mir heran. Ich ging die gängigen Ausreden durch, die kranke Mama, die dringend Medizin braucht, die Oma, die im Sterben liegt, dann fiel mein Blick auf meine nackten Beine. Ich trug Shorts an diesem Tag. Ich bin nicht eingebildet, im Gegenteil, ich laufe fast immer ungeschminkt herum, achte wenig auf meine Kleidung, bin meist von irgendeiner Baustelle schmutzig oder hab vom Rumklettern in Ruinen blaue Flecken. Aber meine Beine sind toll. Auf die bin ich stolz. Viele tausend Kilometer mit dem Rennrad in unseren Hügeln pro Jahr sorgen dafür, dass sie schlank und durchtrainiert sind. So stieß ich die Türe auf, und als er fast an meinem Auto war, schwang ich beide Beine parallel aus dem Fahrzeug, ließ einen Moment verstreichen und stieg dann ganz aus. Treffer! Er bekam sein Strahlen einen Hauch zu spät wieder aus dem Gesicht, als er versuchte, mich streng anzusehen.

»Guten Morgen, Ispettore.« Ich nahm dabei die riesige Sonnenbrille ab, sah möglichst schuldbewusst drein und ließ meine Unterlippe leicht zittern.

»Guten Morgen, Signorina.« Pokerblick.

Unsere Augen trafen sich, jeder versuchte, den anderen einzuschätzen, seine Möglichkeiten auszuloten.

»Werden Sie mich verhaften?« Ängstlicher Blick.

Er zog die Augenbrauen hoch, starrte mich an, ließ den Blick rauf und runter wandern. Unsere Blicke trafen sich wieder. Und dann lachte er. Erst leicht, versuchte es zu unterdrücken, lief rot an, und dann platze es aus ihm heraus, ein dröhnendes, lautes Lachen, sein Schnurrbart zitterte und seine Augen füllten sich mit Tränen. Und als ich diesen gemütlich aussehenden Mann so sympathisch lachen sah, konnte ich auch nicht mehr, und ich fing ebenfalls an.

Zwei Menschen, die sich kaputt lachten. Schließlich wischte er sich die Tränen ab und grinste mich an:
»Wohin wollen Sie denn so eilig?«
»Ich muss zur Arbeit, nach Montecarotto.«
»Und Sie sind spät dran?«
»Nooo.« Ich dehnte es lang, dieses Nein. »Ich war nur … etwas in Gedanken.«
»Was machen Sie in Montecarotto?«
Und ich erzählte ihm von dem Borgo, dass ich gerade dabei war, die Gebäude zu vermessen, dass kein Mensch dort auf mich wartet, ich keinen Termindruck habe und einfach so zu schnell gefahren war. Und er erzählte mir von seinem Urgroßvater, der hier in der Gegend Wein angebaut hatte, und wir kamen auf die Unterschiede zur Emilia Romagna zu sprechen und fingen ein wenig an zu streiten, ob der Rosso Conero aus den Marken wirklich so viel mehr Körper als ein gut ausgebauter Sangiovese aus der Emilia haben würde und er beendete die Diskussion, indem er mir von seiner Frau erzählte, und dass ich gerne einmal zum Essen kommen solle, am besten am Freitag, und ich nahm das an, nachdem er mir die Fotos von seiner Frau und den drei Kindern gezeigt hatte.
Als ich weiter fuhr, waren Pietro und ich per Du und quasi schon fast alte Freunde.
Ich fuhr ganz anständig, solange Pietro noch eine Weile hinter mir herfuhr. Und als er dann im nächsten Ort abbog gab ich wieder Gas, um endlich zum Borgo zu kommen.

2.

Die Baustelle war gerade erst aus dem Winterschlaf erwacht, aber es hatte sich schon viel getan. Kleine Raupenbagger hatten das Grundstück freigelegt, die teils fast komplett mit Gestrüpp eingewachsenen Ruinen waren befreit worden und alles, was an Material umhergelegen hatte, war fein sortiert und geordnet aufgeschichtet. Hier alte Eichenbalken, dort Terrakottasteine, alte Dachpfannen und so weiter. Man versucht immer, so viel wie möglich von den alten Baumaterialien wieder zu verwenden. Ich hatte die Gebäude bereits vermessen und die nächsten Wochen würde hier nicht viel passieren, zuerst musste alles auf dem Papier geplant und berechnet werden.
Diese Phase war die schönste am gesamten Projekt. Noch musste ich mich nicht mit Handwerkern streiten, über Preise feilschen und mich über nicht eingehaltene Termine ärgern.

Ich blieb einige Stunden, lief umher, hockte mich zwischen die alten Grundmauern, beobachtete die Sonnenstände zu verschiedenen Zeiten und kritzelte viele Seiten in meinem Notizbuch voll. Als die Sonne hinter der Hügelkette gegenüber versank und ich zu frösteln begann, machte ich mich auf den Heimweg.

Es war Dienstag und, wie schon so oft, hatte ich völlig vergessen, dass Stefano heute Abend für ein paar Tage nach Hause kommen wollte. Es fiel mir erst wieder ein, als ich vor meinem Haus ankam und sein Motorrad vor der Einfahrt stehen sah.

«Ciao amore«, begrüßte ich ihn.
Finsterer Blick. «Wo warst Du?«
So liefen die meisten unserer Begegnungen in letzter Zeit ab. Ich war froh, wenn er unterwegs war, er nervte mich mit seiner Eifersucht.
Ich kochte lieblos irgendetwas, er verzog sich vor den Fernseher und ich dachte wieder einmal an unsere Zukunft, wie eine Ehe mit ihm wohl aussehen würde.

Nachts träumte ich vom Borgo. Die Ruinen waren dunkel und ich irrte in fast völliger Finsternis darin umher. Ich sah Schatten, die mich verfolgten, und Lichter, die immer nur ganz kurz aufblitzten, und konnte keinen Ausgang mehr finden. Irgendwann schreckte ich hoch, atemlos, mein Herz raste und wieder einmal bekam ich Panik und rang gierig nach Luft, bis ich sicher war, dass ich nicht unter Wasser war und verfluchte zum x-ten Mal meinen Tauchunfall, der mich immer noch so mitnahm.

Stefano schlief noch, und ich zog mir leise einen Pullover über und lief an den Strand - meinen üblichen Weg zum Leuchtturm. Die Situation war grässlich. Stefano ging mir auf die Nerven, meine Familie war nicht einverstanden, dass ich diesen Auftrag so weit weg angenommen hatte. Dieter war professionell und distanziert und erwähnte mit keinem Wort unsere damalige Begegnung. Die fast tägliche Fahrerei von hin und zurück knapp dreihundert Kilometern zerrte an meiner Substanz, aber eine Wohnung in den Marken zu nehmen, ging auch nicht, denn dann hätte ich vermutlich auch noch meine zukünftigen Schwiegereltern auf dem Hals gehabt. Und irgendwo dazwischen stand ich. Und sollte dieses Borgo komplett restaurieren, was eigentlich meine gesamte Kraft erforderte. Mutlos sah ich weit raus aufs Meer und auf die Lichter der gerade vom nächtlichen Fang zurückkehrenden Fischerboote.

Mittwochabend waren wir bei Stefanos Eltern zum Essen. Donnerstag bei meinen Eltern auf dem Hof, um meinem Vater zu helfen, die Reben auf die hoffentlich sonnige Saison vorzubereiten. Mit Vergnügen sah ich zu, wie sich Stefano bemühte, Interesse an dieser körperlich harten Arbeit zu heucheln und wie sehr es ihn anwiderte, sich seine weißen Jeans dabei völlig zu versauen.
Freitag war ich bei Pietro eingeladen und obwohl Stefano auch damit natürlich nicht einverstanden war, machte ich ihm doch klar, dass ich da auf jeden Fall hinfahren würde und vorher den ganzen Tag auf der Baustelle zu tun hätte.

Einladungen bei einer italienischen Familie folgen strengen Ritualen, an die man sich unbedingt halten sollte. Ganz wichtig, die vereinbarte Zeit. Ein "komm doch gegen acht" bedeutet in nördlichen Gefilden, dass man spätestens um fünf nach acht da ist. Ab Verona und südlicher würde man den Gastgeber mit übertriebener Pünktlichkeit in den Wahnsinn treiben, rechnet er doch keinesfalls vor halb neun mit dem Besuch und richtet seine Vorbereitungen entsprechend darauf aus.

Da die Marken ja schon fast Süditalien sind, kam ich um Viertel vor neun bei Pietro und seiner Familie an. Auch ganz wichtig, man betritt nie eine fremde Wohnung, ohne nicht mindestens zweimal "permesso" (darf ich) zu murmeln. Dann vergeht

eine gute halbe Stunde damit, alles, aber auch wirklich alles, am Heim des Gastgebers zu loben, die Kinder - die, egal wie klein, immer noch auf sein werden - zu bewundern, die mitgebrachten Geschenke zu verteilen und sich gegenseitig zu versichern, wie wundervoll es ist, dass man sich gerade heute trifft.
Pietros Frau war mir sofort sympathisch, eine echte italienische Mamma, fast so rund wie er, in Kochschürze, mit roten Wangen, die mich sofort abküsste und mit in die Küche nahm.
Ich weiß heute nicht mehr genau, was wir alles gegessen haben, aber es zog sich über Stunden hin. Pietro hatte mehrere Weine aus der Gegend aufgefahren, die wir - immer nur ein Tröpfchen - nach und nach probierten und diskutierten. Und, obwohl ich eine Winzertochter aus der Emilia bin, gestand ich ihm meine Liebe für die schweren und tiefroten Weine aus dem Conero, dem wohl bekanntesten Anbaugebiet seiner Heimat.

Stefano fiel mir erst wieder ein, als mich Pietros Frau fragte, wie denn meine Familienpläne aussehen würden, und ich erschrak kurz, ich hatte mein Handy im Flur gelassen, und vermutlich waren schon einige Kontrollanrufe von Stefano eingegangen. Ich holte es und legte es auf den Tisch und sah erleichtert, dass noch keine Nachricht da war. Pietro stutzte, schmunzelte kurz, holte ebenfalls sein Handy und sagte, eigentlich hätte er ja Bereitschaft, aber hier würde ja eh nie etwas passieren. Das er damit falsch lag, merkte ich leider erst ein wenig später.

Nach dem Dessert, dem caffè und einem langen Abschiedsritual saß ich irgendwann kurz nach

Mitternacht endlich in meinem Auto und machte mich auf den Rückweg nach Marina di Ravenna. Die Autobahn war leer, ich war müde und so fuhr ich viel zu schnell, um endlich nach Hause und ins Bett zu kommen. Kurz nach Rimini klingelte mein Handy. Stefanos Kontrollanruf kam spät, aber er kam zuverlässig. Ich nahm das Handy vom Beifahrersitz
»Pronto!« fauchte ich in den Hörer.
Schweigen.
»Pronto!«, noch eine Spur schärfer.
»Pietro?«, klang es zögerlich fragend an mein Ohr.
»Wer ist da?« Ich wurde sauer.
»Pietro, was ist bei Dir los, wir haben hier einen Wildschaden.«
Ich warf kurz einen Blick auf das Handy in meiner Hand. Es war nicht meins. Es war Pietros. Scheiße.
Ich hielt am nächsten Autogrill. Rief von Pietros Handy auf meinem an, womit ich ihn weckte, erklärte ihm, seine Kollegen bräuchten ihn, entschuldigte mich tausendmal und vereinbarte, ich würde morgen kommen, um die Geräte zurück zu tauschen.
»Äh, Chiara?«
»Ja?«
»Hier hat ungefähr fünfmal ein Tesoro (= Schatz) angerufen, zumindest stand das so im Display, und jedes Mal sofort aufgelegt.«

Toll, unter Tesoro hatte ich Stefano gespeichert, und der hatte Pietro dran gehabt. Der Abend konnte noch lustig werden.

Der Abend wurde nicht lustig. Ich war noch nicht ganz im Haus, da schoss Stefano auf mich zu und brüllte mich an.

Er nannte mich Hure, er wollte wissen, wie oft ich mit anderen geschlafen hätte. Immer, wenn ich ihm den Abend erklären wollte, schnitt er mir das Wort ab. Und dann stellte er Regeln auf, verlangte, dass ich mein Projekt aufgeben solle, zuhause bleiben müsse, «wie sich das gehöre.« Und dann sagte er etwas, das mich so verletzte, dass ich nicht anders konnte, als auch ihm weh zu tun. Er sagte: »Ich werde dir austreiben, eine Schlampe zu sein.« In diesem Moment zerbrach etwas in mir. Der Hass auf ihn, der in diesem Moment in mir aufstieg, war unbeschreiblich, so groß, dass ich mehrmals schlucken musste, um überhaupt wieder sprechen zu können. Und dann sagte ich ganz ruhig, und mit voller Absicht, ihm weh zu tun: »Ich habe letzten Sommer jemand kennengelernt.« Meine Worte hingen lange zwischen uns. Er starrte mich an, weiß im Gesicht, mit einer Wut in den Augen, die mir Angst machte. Und als ich dachte, wir würden nun den Rest unseres Lebens einfach so dastehen und uns anblicken, schoss plötzlich sein Handrücken heran. So schnell, dass ich mich nicht mehr wegducken konnte und traf mich mit voller Wucht im Gesicht. Ich hatte das Gefühl, mein Kopf würde explodieren. Noch während der Schmerz ein Feuerwerk an Lichtern und Sternen vor meinen Augen entzündete, schoss mir das Blut aus der Nase und ich torkelte in Zeitlupe rückwärts, bis mich die Mauer auffing, an der ich mich einfach nach unten rutschen ließ.

Stefano machte einen Schritt nach vorne, doch ich hob nur müde die Hand. Kurze Zeit später hörte ich die Haustüre ins Schloss krachen und den Motor seiner Ducati aufbrüllen. Und dann endlich kamen auch die Tränen und ich umschlang meine Beine und machte mich ganz klein und blieb einfach auf dem Boden sitzen und weinte.

3.

Ich muss Stunden so dagehockt sein, ohne mich zu bewegen, ohne zu denken, leer, kaputt, ohne irgendein Gefühl. Als ich irgendwann ins Bad wankte, wurde es draußen schon ganz leicht hell, ein zarter erster Streifen Licht am Horizont. Ich sah nur ganz kurz in den Spiegel, ich wollte gar nicht wissen, wie ich aussah. Aber der Augenblick genügte. Mein Wangenknochen war so angeschwollen, dass ich aus dem einen Auge kaum etwas sehen konnte, meine Nasenwurzel verfärbte sich bereits tiefblau und ich war blut- und tränenverschmiert. Hastig versuchte ich das gröbste mit Make-up abzudecken, aber da ich mich fast nie schminke und mit einem normalen Gesicht schon bizarre Resultate erziele, verwandelte ich mich erst recht in einen Zombie. Wütend wischte ich mir alles wieder aus dem Gesicht, machte mich etwas frisch und ging dann ein paar Sachen einpacken.

Ich denke noch heute darüber nach, ob ich richtig gehandelt habe, damals. Vermutlich wäre alles einfacher geworden, wäre ich nur zu meinen Eltern auf den Hof gefahren. Mein Vater wäre noch im gleichen Moment zu Stefanos Eltern gerast - mich im Schlepptau - und hätte dort alles in Schutt und Asche gelegt. Er ist Sizilianer. Und wer seine Tochter anrührt, ist so gut wie tot. Stefano hätte für eine lange Zeit die Gegend wechseln müssen, denn, wenn meine Brüder ihn in die Finger bekommen hätten, wäre er bestenfalls mit einem ausführlichen Arztbesuch davon gekommen. Hätte ich das getan, so würde ich vermutlich heute bereits ganz entspannt auf unserem Hof wohnen und Wein anbauen. Aber ich scheute die ganze Aufregung, das Gerede, das es geben würde. Erinnerungen an den vertuschten Skandal aus meiner Jugend stiegen wieder in mir auf. Stefano wusste davon, ich hatte irgendwann den großen Fehler begangen, es ihm zu erzählen, hatte es ihm erzählen müssen. Und was, wenn er aus Rache davon Gebrauch machen würde?

So packte ich Wäsche und Kleidung ein, sperrte mechanisch das Gas und den Strom ab, verriegelte alle Fensterläden, schloss sorgfältig ab und stieg in meinen Wagen. All das lief wie ein Film ab, den ich interessiert betrachtete, in dem ich aber gar nicht vorzukommen schien.

Ich hatte keine Ahnung, wo ich hinsollte. Wenn mich irgendjemand, den ich kannte, so sah, es würde keine Stunde dauern, bis meine Familie davon erfahren würde. In so kleinen Orten ist es unmöglich, irgendetwas geheim zu halten. Ich ging verschiedene Möglichkeiten durch, ein Hotel - keine Lust, Freunde in Turin - zu weit, Pietro - ging nicht, er war Polizist, er würde Fragen stellen. Irgendwann startete ich den Motor und fuhr einfach los, denn plötzlich hatte ich Angst, Stefano würde zurückkommen. Reumütig, mit Entschuldigungen. Der Gedanke widerte mich an. Automatisch fuhr ich Richtung Autobahn, automatisch nahm ich die Richtung nach Ancona und automatisch landete ich irgendwann am Borgo. Es war inzwischen hell, zwar noch sehr kalt, aber das spürte ich gar nicht. Ich ging zu meiner

Lieblingsruine, setzte mich dort inmitten der alten Grundmauern einfach ins Gras und starrte in die Hügel. Mir war kalt, ich hatte rasende Kopfschmerzen, Hunger, Durst, ich fühlte mich wie ausgespuckt. Und ich war müde, so unglaublich müde. Das Bild der Hügelkette gegenüber wurde plötzlich lebendig, fing an zu rotieren und dann wurde mir schwarz vor Augen.

Als ich wieder zu mir kam, war mir kotzübel und der Versuch aufzustehen wurde mit brutalstem Hämmern in meinem Kopf bestraft. Ich wartete ein paar Minuten. Der zweite Versuch löste wieder dieses Rotieren der Landschaft aus, und ich ließ mich einfach zurück ins Gras sinken. Es ging nicht. Das Handy. Das Handy fiel mir wieder ein. Pietros Handy. Ich fummelte mühsam Dieters Nummer rein, merkte, dass ich keinen Ton herausbrachte, und schrieb ihm daher eine SMS: «Hilfe borgo chiara.«
Es dauerte keine Minute bis das Telefon zu klingeln begann, ich wollte abheben, erwischte den "Abweisen"-Knopf, fluchte und dann wurde wieder alles schwarz.

Ich bekam durch einen dichten Nebel mit, wie sich jemand über mich beugte, auf mich einredete. Dazwischen Dieters aufgeregte Stimme mit seinem süßen Akzent. Zwei Männer, die mich dann unterfassten und mehr wegtrugen als führten. Dann eine Liege, weich und warm, eine Decke und ein Stich im Arm und plötzlich wurde alles schön und dieser Kopfschmerz ließ endlich nach und ich durfte schlafen.

Ein karges Zimmer, Putz der von der ehemals mintgrünen Wand bröckelt, ein großer Fensterflügel mit Milchglas. Ich kann nur auf einer Seite sehen, das andere Auge ist verbunden. Ein halber Mann, auf einem Stuhl, mehr erkenne ich nicht. Wieder schlafen.

Etwas später, das Licht im Zimmer ist anders. Viele Menschen. Ich erkenne Dieter, er ist blass, Pietro, seine Frau, ein Mann in weißem Kittel. Alle reden gleichzeitig los und ich schließe lieber die Augen.

Beim nächsten Augenöffnen fühle ich mich besser. Die Kopfschmerzen sind weg. Dieter steht vor dem Bett, lächelt.
»Ausgeschlafen?«
»Hmmh.« Watte im Mund.
Er reicht mir ein Glas Wasser.
»Wie fühlst du dich? Was ist passiert?«
»Holzbalken«, murmle ich.
«Der Polizist, dessen Handy du hattest, hat ein paar Fragen.«
Das war klar. Pietro wusste, dass ich geschlagen worden war. Als Polizist sah er das sofort.
Er kam kurze Zeit später, fragte natürlich erst, wie es mir ginge, ob ich etwas bräuchte und kam dann ganz plötzlich auf den Punkt:
»Wer hat das getan?«
»Holzbalken. Ich hab nicht aufgepasst.«
Er sah mich lange prüfend an. Es arbeitete in ihm.
»Chiara …?«
Ich hob die Hand.
»Pietro, bitte. Schreib in deinen Bericht einfach, ich bin gegen einen Holzbalken gelaufen. Auf meiner eigenen Baustelle, als ich etwas kontrollieren wollte.«

Er setzte mehrmals an, brach ab, kämpfte mit sich. Schließlich nickte er.
»Okay, du musst es wissen. Also ein Holzbalken. Aber sag diesem Mistkerl, noch einmal, dann kauf ich ihn mir!«
Noch einmal, lieber Pietro, dachte ich, noch einmal, und du kannst eine Nummer ziehen, vor dir sind dann Papa und meine drei Brüder dran.

Am Sonntag erklärte mir die Schwester, es sei kein Arzt da, und ohne Arzt könne sie mich nicht gehen lassen. Ich nickte verständnisvoll, wartete bis sie aus dem Zimmer war und wählte Dieters Nummer.

Kapitel 10

1.

Als ich geboren wurde, war die Geschichte mit Carlos, Sizilien und dem Unfall meines Onkels schon viele Jahre her. Über die Jahre habe ich immer wieder kleine Teile der Ereignisse erfahren. Mein Vater hatte damals alles, was er auf Sizilien besaß, verkauft, und es muss gerade so gereicht haben, um die Gläubiger davon abzuhalten, sein Elternhaus und die Ländereien in der Emilia Romagna zu pfänden. Er hat nie viel darüber gesprochen, wie unglaublich hart es gewesen sein muss, schon wieder bei null anzufangen. Aber über die Jahre brachte er unseren Wein zu altem Ansehen, es kamen wieder Tiere auf den Hof und die meisten der früheren Arbeiter kehrten auch nach und nach zurück. Bis ich alt genug war, um als Kind zu verstehen, was wir eigentlich machten, was wir anbauten, wovon wir lebten, war - zumindest äußerlich - alles wieder beim Alten. Natürlich fiel mir immer wieder auf, dass in der ganzen Geschichte Teile fehlten, über die man nicht sprach, die einfach übersprungen wurden.
Meine Mutter war für mich immer eine echte Italienerin gewesen. Sie war auch nie mehr nach Deutschland gereist und hatte keinerlei Kontakt zu ihrer Familie. Aber im Gegensatz zu meinen drei Brüdern lehrte sie mir von Anfang an die deutsche Sprache. Ich glaube, auch wenn ich sie das nie gefragt habe, es war ihre Art, mit ihrer Heimat Frieden zu schließen. Vielleicht wollte sie mir auch nur die Möglichkeit geben, irgendwann, wenn mir danach

war, selbst zu entscheiden, ob ich meine Wurzeln in dem für mich völlig fremden Land suchen will.

2.

An dem Tag, nachdem wir meinen bestanden Abschluss an der Universität gefeiert hatten, benahm sich mein Vater völlig ungewöhnlich. Er war kaum ansprechbar, völlig geistesabwesend, gab keine Antwort, wenn man ihn ansprach. Er wirkte, als wäre er ganz weit weg. Nach dem Frühstück verschwand er, statt auf den Feldern, für den ganzen Tag auf dem Speicher und kam erst spät am Nachmittag wieder zum Vorschein. Er sah blass aus, fahrig und gab mir keine Antwort, als ich ihn fragte, was denn los sei.
Und als ich dann später am Abend noch zufällig ein Gespräch zwischen ihm und meiner Mutter mitbekam, wurde ich erst recht hellhörig. Ich war eigentlich schon im Bett, aber ging nochmals nach unten, um mir eine Flasche Wasser zu holen. Kurz bevor ich die Küche betrat, hörte ich die beiden reden.
»... sollte er denn wollen, bist du sicher?«
»Ich bin mir gar nicht sicher. Ich habe ihn nur ganz kurz gesehen. Aber diese Ähnlichkeit! Damals haben sie geschrieben, er sei tot. Vielleicht ist es sein Bruder, was weiß ich?«
»Aber selbst wenn, du hast nichts zu befürchten, niemand weiß davon.«
»Ja ... aber, wenn doch? Wenn mich jemand gesehen hat? Wenn sie jetzt wieder kommen. Dann geht das wieder los, ich weiß nicht, was ich dann ...«

Das Geräusch eines auf dem Steinboden kratzenden Holzstuhls ließ mich aufschrecken und ich verschwand schnell nach oben in mein Zimmer. Ich konnte mir nicht erklären, was das bedeuten sollte. Immer wieder ging ich die paar Sätze durch, die ich aufgeschnappt hatte. Sie ergaben überhaupt keinen Sinn für mich. Aber die Stimme, mit der mein Vater sie gesagt hatte, diese Mischung aus Verzweiflung, Angst und Wut machten mir große Sorgen. Ich lag über Stunden wach, und irgendwann zählte ich eins und eins zusammen. Die Begegnung gestern mit dem Mann in der Limousine, als mein Vater blass wie eine weiße Wand geworden war, und seine Laune heute Morgen, bevor er den ganzen Tag auf dem Speicher verschwand. Der Speicher. Er musste dort etwas gesucht haben. Da ich ohnehin nicht mehr einschlafen würde, nahm ich meine Taschenlampe, die immer neben dem Bett liegt, und ging nach ganz oben im Haus.

Unser Haus ist riesig, und völlig verwinkelt gebaut. Über Generationen hinweg war es immer wieder erweitert und vergrößert worden, man geht immer wieder kleine Stufen nach oben, auf der selben Etage, denn es wurde immer einfach irgendwo angestückelt. Der Speicher, der nicht ausgebaut war, liegt im Seitenflügel, dort würde ich mich gut bewegen können, ohne dass mich jemand hören konnte.

Ich war noch nicht oft hier oben gewesen, denn diese Räume waren echt gruselig. Voller Staub und Spinnweben, viele verwinkelte Zimmer und Kammern. Die Wände sind roh und unverputzt, die alten dicken Eichenbalken offen sichtbar mit der Patina von inzwischen bestimmt zweihundert Jahren. Einige Balken waren tiefschwarz, es hatte irgendwann mal einen Brand gegeben, lange vor meiner Zeit und man sah heute noch die Rußspuren an den Balken, die damals nicht ausgetauscht werden mussten.

Der Staub half mir, ziemlich schnell die Ecke zu finden, in der mein Vater heute gewesen sein musste, ich folgte einfach den frischen Spuren.
Holzkisten standen hier, Kartons, alles alt, vergilbt und die Pappkisten rissig und zerfleddert. Dazu einige alte große Reisekoffer, fast schon Kisten, wie man sie früher verwendet hat. Wie sie wohl auch meine Eltern verwendet hatten, als sie fortgegangen waren.
Die Koffer und Kisten waren offensichtlich durchsucht worden. Sie standen kreuz und quer im Raum und man sah an den Abdrücken im Staub, dass sie erst kürzlich bewegt worden waren.
Ich öffnete ein paar der Kartons, klappte einige Kofferdeckel auf, unterdrückte einen Schrei, als mir aus einem eine Maus entgegen sprang und über meinen Handrücken lief. Ich hatte keine Ahnung, wonach ich suchte, und so fasste ich mal hier hinein, mal dorthin. Eine speckige Ledermappe weckte schließlich mein Interesse und an der Gänsehaut, die ich plötzlich bekam, merkte ich, dass ich wohl gefunden hatte, was ich suchte. Ich nahm die Mappe und setze mich damit auf eine der Kisten, klemmte die Taschenlampe zwischen Kinn und Schulter und begann neugierig darin zu blättern.
Es waren uralte Dokumente darin, Kaufverträge für Grundstücke, für ein Haus, eine Urkunde mit Siegel von einem Notariat, alles aus längst vergangenen Zeiten und mit fremden Ortsnamen, wohl alle irgendwo auf Sizilien. Und ganz hinten fand ich es dann. Es waren Zeitungsartikel. Manche fein säuberlich ausgeschnitten, andere einfach hastig irgendwo herausgerissen. Aber alle vom gleichen Ereignis. "Carlos Inzigniano, Mitglied des organisierten Verbrechens, in seinem Haus ermordet",

stand da. Ich begann die einzelnen Artikel zu lesen, in allen stand in etwa das Gleiche, in manchen etwas ausführlicher, mit viel Blut und Theatralik, in anderen eher sachlich, kurz. Ein Carlos Inzigniano war mit einigen anderen seiner Bande in seinem Haus ermordet worden. Das Haus war bis auf die Grundmauern niedergebrannt, in den Trümmern wurden mehrere Leichen gefunden, wovon es sich bei einer wohl um Carlos I. gehandelt haben musste.
Ich wusste nicht, was das zu bedeuten hatte, aber ich bekam plötzlich regelrecht Panik. Irgendetwas hatte mein Vater scheinbar damit zu tun. Seine Reaktion nach der Feier, sein Benehmen gestern und das Gespräch vorhin in der Küche, alles schien hiermit zusammenzuhängen.

3.

Organisiertes Verbrechen ist eine nette Umschreibung für das Unaussprechliche, um das jeder Italiener einen großen Bogen macht und auch gerne, soweit es irgendwie geht, schlicht ignoriert. Das ist aber nicht, wie man uns oft vorwirft, Ignoranz oder Naivität, sondern reiner Selbstschutz, um ja nicht damit in Berührung zu kommen. Mir fielen in dieser Nacht alte Geschichten, Legenden und Erzählungen ein. Meine Familie hat ihre Wurzeln ganz im Süden des Landes, und auf Familienfeiern gab es immer wieder mal einen, der nach etwas zu viel Wein Geschichten hervorkramte, die einem die Haare zu Berge stehen ließen.
Den Rest der Nacht wickelte ich mich ganz fest in meine Decke ein und konnte die Gedanken an das Gelesene nicht abschalten. Und immer, wenn ich

endlich einschlief, träumte ich von dem Mann in der Limousine, der mich und meinen Vater so intensiv gemustert hatte, und sein markantes Gesicht wurde plötzlich riesengroß und die gebogene Nase immer länger und verwandelte sich in ein rasierklingenscharfes Messer, das auf mich zukam, bis ich schreiend aufwachte.
Die folgenden Tage schlich ich immerzu um meinen Vater herum. Ich wollte den richtigen Moment abpassen, ihn auf all das anzusprechen. Aber ich kam nie dazu. Im letzten Augenblick machte ich immer einen Rückzieher und unterdrückte alle Fragen, die mir doch so sehr auf der Seele brannten. Natürlich war das mit dem richtigen Moment nur eine Ausrede, in Wirklichkeit hatte ich viel zu viel Angst vor den Antworten, die ich vielleicht bekommen würde.

4.

Mit den Wochen wurden die Momente, in denen ich die ganze Geschichte kurz vergaß, immer länger, und ein Erlebnis, das ich eines Morgens hatte, brachte mich schließlich dazu, es ganz sein zu lassen, in der Vergangenheit zu graben.
Ich erinnere mich noch gut an diesen Tag, es war noch ganz früh und die Sonne kämpfte sich mühsam durch die tiefhängende Wolkendecke. Die letzten Tage hatte es viel geregnet, und die Sonne, die sich durch die ersten zerfetzten Wolkenlöcher stahl, brachte die feuchten Felder zum Dampfen und tauchte die Erde in ein Meer aus Nebelschwaden. Dieser Anblick war so mystisch, ich konnte mich nicht davon lösen. Ich sehe von meinem Schlafzimmer aus in die sanften Hügel, die sich am

Horizont dann zu den gewaltigen grauen Felsen des Apennin auftürmen. Ich rauchte, wie immer zuhause, heimlich am offenen Fenster und in meine Gedanken mischte sich plötzlich das klägliche Schreien eines Lamms. Ich versuchte, die Herde irgendwo zu sehen, aber in den Nebelschwaden der Wiesen war nichts zu erkennen. Ein zweites Lamm fing an herzzerreißend zu schreien und meine Augen tränten fast von der Anstrengung, irgendwo etwas zu erkennen. Es dauerte einen Moment, bis mir auffiel, dass ich nur ein paar Lämmer hörte. Eine Schafherde macht richtig krach, aber nein, es waren nur Lämmer zu hören, sie mussten ihre Herde verloren haben.

Das Haus war leer, ich war alleine und so schnappte ich mir ein paar Stiefel um die Ausreißer zu suchen. Ich lief bestimmt zwei Stunden kreuz und quer in immer größeren Kreisen um unseren Hof. Immer wieder hörte ich ein Lamm, kämpfte mich dann über glitschige Wiesen und durch völlig aufgeweichte Felder - aber ich fand keines. Immer wenn ich sicher war, eine Stelle erreicht zu haben, wo ich etwas gehört hatte, war da … nichts.

Irgendwann erreichte ich die Straße, die zum Dorf führt. Die Sonne war inzwischen ganz herausgekommen, es war schwül, ich hatte Durst, war völlig verdreckt und blickte weiter in alle Richtungen.

Eine alte Frau kam mir entgegen geschlurft. Ich nenne solche Alten aus dem Dorf immer "Tütenläufer". Man sieht sie überall. Fragt sich oft, wo verdammt sind die jetzt hergekommen, und vor allem, wohin wollen die noch laufen, wenn das nächste Haus oder Dorf noch kilometerweit entfernt ist. Und immer haben sie Tüten dabei. Für Schnecken, für Kräuter, für was auch immer sie auf ihren langen Spaziergängen unterwegs finden.

»Buon dí«, begrüßte ich sie.
Sie blickte auf. Ihr Gesicht war vom langen Sommer dunkelbraun gebrannt, die Haut fest und runzelig wie Leder.
»Chiara, ciao«, ein Lächeln huschte kurz über ihr Gesicht. Sie kannte mich. Klar, die meisten Alten hier wussten, wer ich war, auch wenn ich nicht jeden Einzelnen genau zuordnen kann.
»Ich suche ein Lamm«, sagte ich.
»Hier?«, erstaunter Blick.
»Ja. Ich habe Lämmer schreien gehört.«
»Die letzte Herde, die hier war, das war die von Pepe«, sie überlegte, «aber das ist gute sechs Wochen her.«
Ein Lamm kann nicht sechs Wochen alleine überleben, das ist unmöglich. Aber, wo sollen diese Lämmer sonst herkommen? Ich verstand das nicht.
»Und, wo ist Pepe dann mit seiner Herde hin?«, fragte ich sie.
Sie sah mir jetzt direkt in die Augen. Etwas unheimlich, ihr Blick.
»Wann hast Du die Lämmer schreien gehört?«, sie betonte dieses »wann« wie einen Schuss.
»Heute Morgen, gegen zehn Uhr«, sagte ich leise.
Sie wurde blass unter ihrer gegerbten Haut.
»Dio mio!«, stieß sie hervor, machte die Corna und bekreuzigte sich.
»Du weißt es noch nicht, oder?«, fragte sie mich schließlich.
»Was?«, jetzt war ich es, die das Wort wie einen Schuss klingen ließ.
»Pepe ist heute Morgen gegen zehn Uhr gestorben.«

Das sind so Erlebnisse, die ich immer wieder einmal habe. Ich verstehe sie nicht und denke mir dann, man muss auch nicht immer alles im Leben gleich verstehen. Manche Dinge brauchen vielleicht noch etwas Zeit. Damit beruhigte ich mich, und entschied, die Fragen an meinen Vater zu Carlos nicht weiter zu verfolgen.

5.

Wir haben einige Pferde auf unserem Hof - und das Verrückte, ich kann mit ihnen wenig anfangen. Nicht, dass ich Pferde nicht mag, ich finde, es sind wundervolle Tiere, aber ich reite nicht gerne auf ihnen. Ich weiß, dass das seltsam ist, denn ich habe viele Freundinnen, die dafür töten würden, ein eigenes Pferd zu besitzen. Schon sehr früh war es meine Aufgabe auf unserem Hof, mich um unsere Tiere zu kümmern. Seit ich denken kann stehe ich jeden Morgen um sechs Uhr auf, um die Ställe zu machen, die Tiere zu füttern, die Eier aus den Hühnerställen zu holen und was eben alles anfällt. Das ist so in mir verwurzelt, dass ich heute noch jeden Tag um diese Zeit aufwache, jeden Tag der Woche.
Normalerweise lud ich immer meine ganzen Freundinnen ein, sie durften die Pferde für mich bewegen, so musste ich nicht reiten und sie hatten Spaß. An diesem Tag aber hatte ich mich alleine auf einen Ausritt gemacht und war zwei Stunden einfach ein bisschen durch die Gegend getrabt, ohne festes Ziel. Es war ein klarer wundervoller Morgen und ich kam gegen neun Uhr wieder zurück ans Haus. Man sagt ja, Geschichte wiederholt sich immer wieder. Ich war noch auf dem letzten kleinen Hügel, von dem aus man unseren Hof komplett überblicken kann, als eine große schwarze Limousine vor dem Haus hielt. Mein

Vater war gerade aus der Türe getreten, wohl weil er den Motor gehört hatte. Zu uns kommen ständig alle möglichen Leute, um Wein abzuholen oder Oliven oder was wir eben alles so verkaufen.

Der Wagen rollte langsam aus. Es war der gleiche, der nach meiner Abschlussfeier gegenüber von uns gehalten hatte. Mein Vater hatte irgendetwas in der Hand, das er einfach fallen ließ. Er erstarrte, wurde kreidebleich und glotzte ungläubig das Auto an. Die Türe hinten wurde aufgestoßen und ich erkannte auch sofort den Mann wieder, der uns beobachtet hatte. Wieder kam Carlos auf den Hof meines Vaters gefahren, wie damals.

Kapitel 11

1.

Dieter holte mich aus dem Krankenhaus ab, nachdem ich ihn angerufen hatte. Er wohnte in einem kleinen Stadthäuschen im Dorf, in das ich mich sofort verliebte. Diese schmalen, hohen Häuser "stapeln" ihre Zimmer über mehrere Stockwerke aufeinander. Im Erdgeschoss war die Wohnküche und ein Bad, darüber, im ersten Stock, das Wohnzimmer, darüber ein kleines Arbeitszimmer und ganz oben das Schlafzimmer. Das Haus lag in der ehemaligen Stadtmauer, mit meterdicken Wänden und zur ortsabgewandten Seite mit einem atemberaubenden Blick bis ans Meer. Er hatte das Dach aufgeschnitten - wofür er garantiert niemals eine Genehmigung bekommen hatte - und so eine kleine Dachterrasse geschaffen, winzig zwar, aber auf ihr hatte man das Gefühl, über dem Land zu schweben.
In meiner ersten Nacht dort bei ihm schlief Dieter auf der Couch im Arbeitszimmer und überließ mir sein Bett. In der zweiten Nacht schlief ich mit ihm auf der Couch und in der dritten Nacht teilten wir uns, als wäre es nie anders gewesen, das Schlafzimmer.
Ich war nie zuvor mit einem ausländischen Mann zusammen und Dieter überraschte mich mit seiner Art, die ich so nie an einem Mann kennengelernt hatte. Er war so aufmerksam, behutsam, liebevoll zu mir, keine Spur vom Macho-Getue, das ich von Stefano und anderen Männern davor gewohnt war.
Ich hatte keine Lust auf eine Auseinandersetzung mit Stefano oder Diskussionen mit meinen Eltern und so

teilte ich ihnen einfach mit, ich sei zurzeit am Borgo unabkömmlich und werde eine Weile dort bleiben. Dieter und die wundervolle Gegend verzauberten mich derart, dass ich mich zum ersten Mal richtig frei und ungebunden fühlen konnte. Es war wie ein völlig neues Leben. Dieter war im Dorf beliebt, alle mochten ″il Tedesco″ - den Deutschen - wie sie ihn nannten. Seine ruhige, zuverlässige Art kam gut an. Nun, mit mir an seiner Seite, schien alles perfekt. «Er hat sich endlich eine Frau gesucht«, erzählten sie sich in der Bar. Alle schienen teilzuhaben an unserem Glück. Wir wurden zu jedem Familienfest eingeladen, unser Freundeskreis wuchs und wuchs und wir fühlten uns beide, als hätten wir nie etwas anderes gemacht, als in dieser Dorfgemeinschaft zu leben.
Wir arbeiteten viel an unserem Projekt, dem Borgo, alles verschmolz ineinander, wir waren vierundzwanzig Stunden am Tag zusammen und genossen es. Wir diskutierten morgens beim Frühstück über Bauabschnitte, liebten uns tagsüber in dem kleinen Wald neben dem Borgo. Es gab keinen Feierabend, dafür aber auch keinen festgelegten Arbeitsbeginn. Mal hatten wir sonntags einen Geschäftstermin und fuhren montags spontan einen Tag ans Meer. Mein Leben wurde zu einem ruhigen, steten Fluss, in dem ich mich mit Freude treiben ließ. Meine Albträume verschwanden und ich war so glücklich, wie ich mich nicht erinnern konnte, je zuvor gewesen zu sein.

Es ist seltsam. Ich schreibe diesen Teil der Geschichte an dem Haus, das Dieter und ich für uns gekauft und restauriert haben. Der Ort, an dem ich die glücklichste Zeit meines Lebens verbracht habe. Das Haus, das bald nicht mehr meines sein wird, da ich meinen Anteil daran ihm gebe, um mit der

Vergangenheit abzuschließen. Aber ich spüre wieder dieses warme Gefühl, das ich damals in mir hatte - und muss gerade lächeln.

Unser Projekt, das Borgo, wurde ein voller Erfolg. Wir hatten es in Deutschland inseriert und viele Interessenten kamen. Ich zeigte den Deutschen die Gegend, erklärte ihnen die Möglichkeiten, die wir mit der Restaurierung hatten, und Dieter erläuterte die Kaufabwicklung. Die meisten Kunden liebten uns genauso wie die Dorfbewohner und wir lagen weit vor der eigentlichen Planung, was den Abverkauf anging.

An einem Sonntag Nachmittag bestand Dieter auf einen Ausflug. Ich war müde, hatte keine Lust, aber er drängelte so lange, bis ich endlich mitfuhr. Er wollte mir nicht verraten, wo es hinging. Wir fuhren durch diese wundervolle Landschaft, immer weiter in die Hügel, und plötzlich machte er auf der Landstraße eine Vollbremsung, fluchte, setze ein Stück zurück und bog in einen Feldweg ein, der kaum zu erkennen gewesen war. Der Weg war völlig eingewachsen und er musste den Allrad zuschalten, um das letzte Stück zu schaffen. Eine letzte Kurve und dann hielt er auf einem kleinen Plateau. Eine großes altes Herrschaftshaus stand hier. Was für eine Lage! Es thronte auf dem Hügel, der Blick in alle Richtungen war atemberaubend. Er setzte an, etwas zu sagen, aber ich war schon aus dem Auto gesprungen, bestaunte das Haus, das mindestens zweihundert Jahre alt sein musste. Wie ich diese alten Ruinen liebe. Es war in einem furchtbar schlechten Zustand, das Dach fast völlig eingebrochen, keine Fensterrahmen mehr, überall Löcher in den Außenmauern,

sogar einige Risse, vermutlich von Erdbeben. Ringsherum wucherte das Unkraut meterhoch. Ich stand einfach da, überwältigt. In Gedanken ging ich schon die Aufteilung der Räume durch, versuchte zu erkennen, ob noch Dachbalken zu gebrauchen waren, welche Farbe passen würde. Dieter war leise von hinten an mich herangetreten, legte seine Arme um mich.
»Lass es uns kaufen, Chiara. Und hier leben. Lass es für immer sein.«
Ich erschrak. Ein Haus kaufen? Zusammen? Das war eine schwerwiegende Entscheidung. Meine Familie fiel mir ein und ganz kurz, bevor er mein Zögern bemerken konnte, dachte ich daran, wie ich ihn bei unserer ersten Begegnung zurückgestoßen hatte. Und das wollte ich nicht noch einmal tun, und so drückte ich mich einfach ganz fest an ihn und vergrub meinen Kopf an seiner Brust, so dass er meine Tränen nicht sah.

Ich war noch völlig aufgewühlt, als wir zurück ins Dorf kamen und als er gerade den Schlüssel ins Schloss steckte, klingelte das Telefon. Ich sprintete an ihm vorbei, um den Anruf nicht zu verpassen, denn nichts nervt mich mehr, als nicht zu wissen, wer angerufen hat. Es war … mein Vater. Ich hatte ihn lange nicht gesprochen, nur ein paar Mal kurz mit Mama telefoniert. Papa war ich aus dem Weg gegangen.
»Ciao Chiara«, staubtrocken.
»Ciao Papa«, distanziert.
»Es wird Zeit, dass Du nach Hause kommst. Wir müssen reden.«
Ich schwieg lange, bis ich ein: «Si, Papa« rauspresste.

Ich würde hinfahren müssen. Noch länger konnte ich es nicht aufschieben. Und mir war klar, was ich zu hören bekommen würde.

2.

Ein paar Tage später fuhr ich zu meinem Elternhaus. Der Tag hatte schon ziemlich schlecht angefangen. Nach wirren Träumen blickte ich in eine vom Regen verhangene Landschaft. Die Heiztherme war kaputt, so dass ich kalt duschen musste und beim Kochen meines morgendlichen caffè verbrannte ich mir am Herd die Finger. Dieter schlich möglichst unauffällig um mich herum, er kannte mich inzwischen und wusste, dass ich jede Kleinigkeit nutzen würde, um meiner schlechten Laune Luft zu verschaffen. Ich zögerte die Abfahrt so lange wie möglich hinaus, aber schließlich gab es nichts mehr, womit ich noch hätte trödeln können.

Mir war klar, dass meine Eltern nicht begeistert waren, dass ich einfach verschwunden war, mich von Stefano getrennt hatte und nun irgendwo lebte. Aber ich redete mir ein, sie würden mich verstehen. Und Stefano. Wir kannten uns seit dem Sandkasten, so lange ich denken konnte. Irgendwie war immer klar gewesen, dass wir zusammen sein werden. Und viele Jahre hatte ich mir das auch schön vorgestellt. Aber wir waren so verschieden. Er mochte es, mondän zu leben. Er lag lieber an einem Pool und zeigte seine Designer-Sonnenbrille, während ich einfach ins Meer sprang. Für ihn war das nichts, er hatte Angst vor allem, was darin herumschwamm und kroch. Ich kletterte lieber in Ruinen herum und holte mir blaue

Flecken, er ließ keine Party aus. Ich wünschte mir, irgendwann unseren Hof zu übernehmen, in den Weinbergen zu arbeiten, selbst einmal einen großen Wein zu schaffen. Für Stefano war auch das nichts. Er saß lieber in seinem klimatisierten Büro in der Firma seines Vaters, die er irgendwann übernehmen würde. Ein Bauernhof war der letzte Ort, an dem er leben wollte. Er ließ jetzt schon Entwürfe machen für die Villa, die sein Vater uns zur Hochzeit schenken würde. Unsere Väter waren geschäftlich miteinander verbunden und die "Fusion" der Kinder schien der perfekte Plan. Aber es war nicht mehr mein Plan, das war mir inzwischen klar geworden. Ich wollte bei Dieter bleiben, ein Haus kaufen und dort mit ihm leben. Und ich war sicher, letztlich würde Papa seinen Segen geben. Auch er hatte gegen den Widerstand seiner Familie meine Mutter geheiratet. Die Ausländerin, die Deutsche, die für ihn ihr Land und ihre Familie verlassen hatte.

Als ich auf den Hof fuhr, sprangen wie immer sofort unsere Hunde freudig wedelnd um meinen Wagen herum. Normal, wenn ich heimkomme, sind alle da, es wird groß gekocht, ein stundenlanges Festessen mit viel Gerede, Wein und gutem Essen wartet dann auf mich. Heute schien alles recht ruhig, keiner kam heraus und als ich das Wohnzimmer betrat, wurde mir klar, dass es nicht so einfach werden würde, wie ich gehofft hatte. Mama und Papa waren da, meine Oma saß mit am Tisch und Stefanos Vater. Aus einem ruhigen Gespräch wurde nichts. Papa schimpfte sofort los, was ich mir dabei gedacht hätte, einfach mitten in der Nacht zu verschwinden, was die Leute wohl reden würden. Meine Nonna murmelte etwas von "undankbar", Stefanos Vater mischte sich ein,

dass sein Sohn mit "seiner gesellschaftlichen Stellung" schon eine verlässliche Partnerin brauche, die ihm nicht Hörner aufsetze (ital. für Fremdgehen). Ich stand mit offenem Mund da, alles was ich hatte sagen wollen, war aus meinem Kopf verschwunden, mir war schwindlig und ich wollte nur noch weg. Und da hörte ich das Motorrad auf den Hof fahren. Stefanos getunte Ducati war auf zehn Kilometer zu erkennen. Einen Augenblick später betrat Stefano den Raum. Wie immer, wenn er auf unseren Hof kam, trug er seine beschissene weiße Jeans, wohl um allen zu signalisieren, dass er sich ja nicht dreckig machen darf. Er grinste mich schief an und hielt mir linkisch einen Blumenstrauß entgegen. Ich flippte in dem Moment völlig aus. Ich nannte Stefano einen dreckigen Bastard, sagte seinem Vater, dass er sich seine gesellschaftliche Stellung sonst wohin stecken könne und keifte dann meinen Vater an, seit wann er Verstärkung brauche, um mit mir zu reden. Ich ließ die Bombe mit Dieter platzen, sagte allen, dass ich mich verliebt hätte, und das schon sehr lange, und dass ich fortgehen würde. Alle schrien wild durcheinander, jeder versuchte den anderen zu übertönen. Mein Vater setzte sich durch, er herrschte mich an, dass er das nie erlauben werde und verbot mir augenblicklich den Umgang mit "diesem Mistkerl". Ich wollte gerade zurückschreien, da schlug meine Mutter plötzlich dermaßen laut auf den Tisch, dass wir alle erschrocken still waren und sie anstarrten. Und nach einer endlos langen Pause sagte sie nur einen Satz:
»Geh, Chiara, folge deinem Herzen, ich regle das hier.« Ich sah lange in ihre ruhigen, sanften Augen und schließlich nickte ich einfach. Papa erhob sich halb von seinem Stuhl und machte den Mund auf,

um etwas zu sagen, aber dann traf ihn Mamas Blick. Ihr anderer Blick, der strenge, der keinerlei Widerspruch duldet, und er ließ sich zurück auf seinen Stuhl sinken und klappte den Mund zu.
Und ich drehte mich einfach um und ging, stieg in meinen Wagen, wischte mir die Tränen aus dem Gesicht und fuhr los. Nach Hause. Zu Dieter.

3.

Dieter wartete schon auf mich, kaum dass ich die Türe öffnete, stand er im Flur. Ich sah vermutlich wie ausgespuckt aus, denn er sah mich seltsam an, während ich so was wie ein Lächeln versuchte. Er hatte mir angeboten mitzufahren, das Gespräch zusammen zu führen, sich meinen Eltern vorzustellen. Ich war froh, dass ich das abgelehnt hatte. Mein Vater wäre vermutlich noch mehr ausgerastet, als er es ohnehin schon getan hatte, und bei dem Gedanken musste ich plötzlich lachen. Dieter sah mich noch eine Spur seltsamer an und ich konnte plötzlich nicht mehr aufhören. Ich lachte so sehr, dass ich Schluckauf bekam und mir die Augen tränten und irgendwann fiel er mit ein und da standen wir in der winzigen Diele und lachten uns kaputt. Irgendwann wischte ich mir die Tränen aus den Augen und sah liebevoll in sein vom Lachen noch ganz rotes Gesicht. So also fühlte es sich an, endlich frei zu sein.

Der Sommer begann langsam und ich hatte nur ein Ziel, ich wollte Weihnachten in unserem neuen Haus sein. Das war nahezu unmöglich, aber ich wollte es unbedingt. Das Haus zu kaufen war schnell abgewickelt. Ich räumte alles an Geld leer, was ich die letzten Jahre zusammengespart hatte, und schaffte es tatsächlich, meinen Anteil aufzubringen.

Das größte Problem war die Baugenehmigung, die alleine schon leicht ein halbes Jahr dauert - wenn man Glück hat. Diese alten Häuser sind fast immer gleich aufgebaut, unten waren früher die Ställe, oben wurde gewohnt. Man benötigt eine Umwidmung für Wohnzwecke und eine Genehmigung für die Restaurierung. Dieter bremste mich daher ein, aber ich wusste schon, wie ich das lösen konnte.

Ich zeichnete und plante fast drei Tage am Stück, ich aß nichts, ich schüttete nur einen caffè nach dem anderen in mich rein und als ich alle Unterlagen zusammenhatte fuhr ich zur Gemeindeverwaltung. Ich sah furchtbar aus. Drei Tage fast ohne Schlaf, die Haare wirr, blass, Augenringe, schwach auf den Beinen vor Hunger. Aber all das gehörte mit zu meinem Plan.

Die Verwaltung war im Municipio, dem Rathaus, das wie in jedem kleinen Ort auf der Piazza steht. Ein altes, ehrwürdiges Gebäude, mit Flaggen, großem Holzportal, Stuck und einem Beamten vor dem Eingang. Ich setzte mehrmals an hineinzugehen und drehte im letzten Moment immer wieder um, weil mein Herz vor Aufregung plötzlich pochte.
Als ich schließlich in das Büro des zuständigen Sachbearbeiters mehr wankte als ging, muss es so ausgesehen haben, als würde ich gleich unter meiner Planungsmappe zusammenbrechen. Guiseppe sah mich erschrocken an, klappte den Mund auf, wieder zu. Setzte nochmals neu an.
»Chiara, geht's dir gut?«, fragte er schließlich.

Ich stöhnte nur und ließ mich schwer auf den Besucherstuhl sinken.
»Möchtest du ein Glas Wasser?«
Ich hob nur die Hand, betrachtete sie erstaunt und ließ sie wieder sinken.
»Chiara, soll ich einen …«
»Nein, Guiseppe, nein, mir geht's toll, echt.« Ich flüsterte es mehr, als dass ich sprach.
Er wurde richtig unruhig. Und ich biss mir auf die Unterlippe, um nicht loszulachen.
»Guiseppe, ich bin erledigt!«, diesmal schrie ich fast.
»Was ist passiert?« Volle Aufmerksamkeit jetzt bei ihm.
»Ich habe Mist gebaut. Am Borgo. Ich bin erledigt.« Ich ließ meine Unterlippe zittern.
»Warum, was ist passiert, nun sag doch!«
»Ich habe …«, hier ließ ich meine Stimme kurz abbrechen, »ich habe ein ganzes Haus vergessen bei der Genehmigung. Verstehst Du? Einfach vergessen! Die werfen mich raus!«, wieder zitternde Unterlippe.

»Du hast ein Haus vergessen, am Borgo?«
»Ja, ein ganzes Gebäude. Ich habe es nicht mit eingereicht, jetzt fehlt die Genehmigung und ich bin am Arsch«, eine Träne kullerte langsam aus meinem Auge.
Er sah mich verständnislos an. »Wenn Du es nur vergessen hast mit beizulegen, dann können wir es in die bestehende Genehmigung einfügen. Das ist doch kein Problem.«
»Das, das würde noch gehen?«, stotterte ich.
»Ja, klar. Kein Problem. Hast Du die Pläne dabei?«

Klar hatte ich die Pläne dabei. Es war ja auch gar nicht mal so sehr geschwindelt. Bis auf die

Kleinigkeit, dass es sich um unser Haus handelte, das natürlich nicht zum Borgo gehörte. Aber, nun ja, meine Planung an sich entsprach allen Vorschriften und wäre eh so genehmigt worden. Irgendwann. In einem halben Jahr vielleicht, oder so.
Guiseppe holte die Mappe vom Borgo, stempelte mir alles ab, unterschrieb alle Formulare, heftete die Pläne dazu, gab mir meinen Satz und ich hatte die Baugenehmigung für unser Haus in der Tasche.

Zurück auf der Piazza ging ich noch ein wenig verhalten, bis ich außer Sichtweite war, dann ließ ich einen Jubelschrei los, der einige der Alten, die wie immer auf ihren weißen Plastikstühlen das Geschehen beobachteten, zusammenzucken ließ, und kaufte mir in der nächsten Bar erst einmal ein Frühstück.

Kapitel 12

1.

Nachdem die schwarze Limousine vorgefahren war, hatte ich, ohne es bewusst zu merken, den Atem angehalten. Ich fühlte die Anspannung, die plötzlich in der Luft lag. Es schien, als würde alles stillstehen. Es war kein Laut zu hören, kein Rascheln, kein Vogel, nichts. Der Mann im Fond stieg aus. Mühsam, er hob sich regelrecht selbst aus dem Sitz, indem er sich am Haltegriff über der Türe festhielt. Er beugte sich nochmals zurück in den Wagen, holte einen schwarzen glänzenden Gehstock hervor und drehte sich dann zu meinem Vater um. Und dann standen beide da, unbewegt, fixierten sich. Ich musste an einen Western denken. Ich erwartete direkt, dass beide auf Kommando ihre Revolver ziehen würden, um das Duell zu beenden. Aber der Einzige, der wohl eine Waffe würde ziehen können, war dieser offensichtliche Mafioso. Denn mein Vater hatte natürlich keinen Revolver einstecken. Und dann fielen mir die Zeitungsartikel ein und meine Angst und der Traum, in dem dieser Mann mit einem Messer auf mich zugekommen war. Ich ließ mich vom Pferd gleiten und sprintete los, in weitem Bogen um unser Haus herum. Was immer dieser Mann hier wollte, ich war überzeugt, es war nichts Gutes. Ich kam keuchend am Hintereingang unseres Hauses an und lehnte mich einen kurzen Moment an die Hausmauer. Dann schlüpfte ich leise durch die Türe und ging in die Kammer, in der wir unsere Jagdwaffen aufbewahren. Ich kann gut mit Gewehren umgehen, ich bin schon von klein auf gewohnt, mit auf die Jagd zu gehen. Je nachdem, was man jagen will, gibt es verschiedene Waffen und Munition. Ich nahm das größte Kaliber, das für die Wildschweinjagd. Meine Hände zitterten kaum, als ich die Patronen in den Lauf schob, und als ich durchlud war ich so ruhig, dass ich sogar meinen Atem wieder komplett unter Kontrolle hatte. Deutsche Mutter hin, Emilia Romagna her. Es hieß immer, ich habe in unserer Familie das meiste sizilianische Blut. Und das kochte in diesem Moment nicht, nein, es siedete bereits. Was immer nötig war zu tun, um meine Familie zu schützen, ich war wild entschlossen dazu.

2.

Mein Vater und der Mann waren inzwischen ins Haus gekommen und hielten sich im Wohnzimmer auf. Ganz leise schob ich mich im Flur bis an die zweite Türe des Zimmers heran, die halb offen stand. Die Szene war irgendwie bizarr. Mein Vater, in Arbeitshosen und schweren Stiefeln, saß dem Mann im Anzug gegenüber. Der war gekleidet als ginge er gleich zu einem Empfang. Unter dem Anzug blitzte sein weißes Hemd, unter den Ärmeln funkelten diamantbesetzte Manschettenknöpfe. Die Krawatte war perfekt gebunden und farblich dezent, aber sehr edel. Meine Mutter saß an der Stirnseite des Tisches. Sie wirkte genauso angespannt wie mein Vater. Keiner sprach und in die Stille tickte die schwere Standuhr wie eine Zeitbombe.
»In der Zeitung haben sie geschrieben, du wärst tot«, durchbrach mein Vater schließlich das Schweigen.

Carlos sah ihn lange an, dann huschte kurz so etwas wie ein Grinsen über sein Gesicht, ganz kurz nur, kaum wahrnehmbar.

»Nun, Vittorio, das sollten auch alle denken.«

»Und?«

»Nachdem du damals zurückgekommen warst, um mich aus dem Haus zu tragen und mich draußen hingelegt hast, dachte ich auch, ich überlebe diese Schmerzen nicht.« Er zeigte kurz auf seine Beine, die dünn und zerbrechlich wirkten.

»Und dann kam einer meiner Männer zurück. Er nahm mich mit. Wir haben dem Mann, der im Hof lag, meinen Schmuck angelegt und meine Uhr und ihn ins Haus gebracht. Ich wollte, dass alle denken, es hätte mich erwischt.«

»Ah.« Mein Vater machte ein erstauntes Gesicht.

»Ich habe mich lange versteckt. Als ich wieder auftauchte, warst du schon fort gegangen.«

»Ah«, machte mein Vater wieder. Dann, nach einer endlos langen Pause, kam es ganz leise »und was willst du nun?«

Carlos schaute meinen Vater eindringlich an: »Weißt du, Vittorio, ich war damals jung. Es ist viel passiert, seitdem. Ganz ehrlich, als ich erfuhr, was du getan hattest, mit meinem Wein und«, hier beugte er sich plötzlich nach vorne und sah meinem Vater direkt in die Augen, »als ich deinen Blick gesehen hatte, als du in mein Haus kamst, um mich zu töten, da … ich habe seitdem jeden Mann, den ich traf, an dir gemessen. An deinem Mut.«

Er lehnte sich wieder zurück. Das Schweigen von vorhin breitete sich wieder aus und ich merkte, wie meine Finger zu schmerzen begannen, so fest hielt ich noch immer das Gewehr umklammert.

»Ich bin alt, Vittorio, alt und müde. Und weißt du, ich habe nie gelernt, mich bei jemandem zu bedanken. Aber ich wollte dir das hier geben.« Carlos griff in seine Jacke und zog einen vergilbten Umschlag heraus. Kurz ließ er seinen Blick darauf ruhen, dann streckte er die Hand damit aus.

»Was ist das?«

»Nimm es, es gehört dir.«

Mein Vater nahm den Umschlag entgegen und öffnete ihn misstrauisch. Er zog zwei Dokumente heraus, eines sah aus wie ein Ausweis, das andere war eine Urkunde. Er hob den Blick und sah Carlos erstaunt an.

»Ich weiß nicht, warum du damals noch mal zurückgekommen bist, um mich zu retten. Ich hätte dir das schon lange bringen sollen«, damit erhob sich Carlos mühsam von seinem Stuhl.

Mein Vater war ebenfalls aufgestanden. Wieder musterten sich die beiden Männer schweigend. Dann, ein ganz kurzes Nicken, es war nur angedeutet, eigentlich physisch gar nicht vorhanden, und Carlos wandte sich zur Türe. Kurz bevor er über die Schwelle trat, drehte er sich nochmals kurz um.

»Leb wohl, Vittorio und … Danke.« Damit verschwand er aus dem Raum und kurze Zeit später brummte der Motor auf und man hörte noch den Kies spritzen, als sich die Räder in Bewegung setzten.

Mein Vater hielt noch immer den Umschlag in den Händen und sah meine Mutter an. Er streckte zaghaft die Hand aus, um ihr die Papiere zu geben, aber sie schüttelte nur kurz den Kopf. Und mein Vater beugte sich zum Kamin, in dem noch die letzten kleinen Flammen loderten und hielt erst eine Ecke der Papiere hinein, bis die Flammen gierig aufzüngelten, und fütterte dann das Feuer mit Bärbels deutschem Pass und ihrer alten Geburtsurkunde.

Ich schob mich Millimeter um Millimeter zurück in den Flur, entlud die Waffe, schlüpfte wieder in meine Stiefel und nahm den Weg zurück, in weitem Bogen um unser Haus, zurück zu meinem Pferd.

Kapitel 13

1.

Nachdem ich die Baugenehmigung für unser Haus hatte, gab es für mich praktisch kein anderes Ziel mehr, als es bis Weihnachten fertig zu bekommen. Ich musste mich vierteilen, denn das Borgo, unser Verkaufsprojekt, hatte natürlich Vorrang. Zumindest für Dieter. Ich dagegen zog gelegentlich Arbeiter von dort ab, um sie bei unserem Haus einspringen zu lassen. Normalerweise rechnet man für eine Restaurierung circa ein Jahr. Alleine das Entkernen der Ruinen dauert schon viele Wochen. Eigentlich. Ich bezirzte jeden Handwerker, für mich Sonderschichten einzulegen, erstellte aberwitzige Zeitpläne, die eigentlich völlig unrealistisch waren, und garantiert dazu führen würden, dass einige Gewerke miteinander kollidierten. Aber, ich liebe Chaos, und so war ich vollkommen in meinem Element. Ich hatte drei Handys, weil immer eines entweder leer war oder ich eines verlegte, schlief fast nicht mehr und pendelte nur noch zwischen der Baustelle vom Borgo und der an unserem Haus hin und her.

Als die Arbeiter das ganze Gestrüpp rund um unserer Haus mit dem Raupenbagger entfernten und all den Unrat aus dem Haus schafften, der es vorher fast unbegehbar gemacht hatte, stellte sich auch noch heraus, dass die Grundrisse vom Katasteramt wie immer falsch waren. Natürlich war auch dieses Haus in den vielen Jahrzehnten immer wieder angebaut und verändert worden. Teilweise wohl zu einer Zeit, als es noch kein Kataster gegeben hatte, und später natürlich einfach ohne Genehmigung und somit auch ohne Pläne. Was man vorher unmöglich hatte erkennen können, war, dass unser Haus gar keinen quadratischen Grundriss hatte. Irgendwann waren zwei kleine Seitenflügel angebaut worden, offensichtlich so unauffällig, dass man es von Weitem nicht gleich erkennen konnte. Dadurch war in der Mitte eine Art Innenhof entstanden, der zur Hangseite hin offen war. Das war natürlich traumhaft, bedeutete aber, dass meine ganzen Pläne für die Mülltonne waren. Ich musste die gesamte Innenaufteilung neu planen, alle Zimmer neu anordnen und auch alle Installationen für die Bäder neu einteilen. Aber auch das war mir egal. Die neue Aufteilung war viel schöner als mein erster Entwurf, und im Erdgeschoss entstand so ein weiterer Raum, den es vorher in meiner Planung nicht gegeben hatte. Jetzt kam man zu einem der drei Eingänge direkt in die riesige Wohnküche, die fast den gesamten Erdgeschossbereich einnahm. Im Querflügel hatte ich die Innentreppe vorgesehen. Viele Häuser haben nur Außentreppen, da unten früher nur die Ställe gewesen waren, als die Häuser noch als Bauernhöfe genutzt wurden. Am Ende dieses Querflügels war das Zimmer, das vorher gar nicht existiert hatte. Ein großer Raum, der fast zur Hälfte in den Hang gebaut war. Zur Talseite hin konnte man direkt auf die Terrasse treten, auf der gegenüberliegenden Seite war ein Rundbogen, archaisch gemauert, der die Dicke der Mauer von fast einem Meter erkennen ließ. Dahinter war der Hang, der das Haus an dieser Seite begrenzte. Ich konnte mir nicht erklären, warum man diese Türe zugemauert hatte, sicher war dahinter die cantina, der Keller, für Lebensmittel und Wein

gewesen. Aber das Geheimnis würden wir später lüften, wenn wir die Wand aufbrachen.
Im ersten Stock hatte ich den Verbindungsflügel als großes Studio vorgesehen. Hier sollte unser Büro seinen Platz finden. Fast vier Meter war der Raum hoch, ganz oben waren die alten dicken Eichenbalken, die ich unbehandelt lassen würde, zu sehen. Zur Talseite wollte ich ein großes Panoramafenster einsetzen, um bei der Arbeit den Blick in die Hügel bis zum Apennin genießen zu können.
Gleichzeitig diente dieser Teil als natürliche Trennung zwischen unserem Schlafzimmer und dem Zimmer von Alessandra, die mit uns einziehen würde.

2.

Als Mitte Juni die Sommerferien begannen, zog meine Nichte, Alessandra, ganz zu uns ins Stadthäuschen im Dorf. Ich war so froh, sie endlich wieder bei mir zu haben. Sie hatte die letzten Wochen bei meinen Eltern auf dem Hof verbracht, um das Schuljahr noch abzuschließen. Ab September würde sie dann hier zur Schule gehen. Dieter und Alessandra verstanden sich gut und ich hatte ihm erzählt, dass mein Bruder und seine Frau, Alessandras Eltern, in Bologna lebten. Sie managen dort eine große Hotelanlage und arbeiten fast rund um die Uhr. So war Alessandra mit mir groß geworden, ich hatte sie aufgezogen. Dieter schmunzelte oft, denn wenn wir Drei unterwegs waren, dachten die Leute natürlich, wir wären eine kleine Familie mit Mama, Papa und Tochter.

Alessandra hatte mich immer schon oft auf Baustellen begleitet, sie kannte das und liebte diese alten Häuser fast so sehr wie ich. Und natürlich fand sie es toll zu sehen, wie das neue Haus langsam restauriert wurde. Sie stolzierte gerne auf der Baustelle umher, überprüfte alles und gab den Arbeitern strenge Anweisungen. Ich amüsierte mich köstlich über ihr Verhalten - bis mir irgendwann klar wurde, dass sie nur mich nachahmte.

Alte Häuser sind Diven. Und Diven lieben Dramen. Ich war die ganze Zeit schon misstrauisch gewesen, dass am Anfang der Arbeiten alles so glatt gelaufen war. Irgendwann klingelte dann Sonntagnachmittag mein Handy und der Maurer, der wieder eine Sonderschicht eingelegt hatte, meinte, es wäre besser, ich würde schnell vorbeikommen.

Wir hatten ein paar Wochen zuvor ein paar Risse in den Mauern freigelegt. Diese Risse sehen oft dramatisch aus, sind aber in der Regel harmlos. Der, den er mir zeigte, war es nicht. Das Haus war fast auseinandergekippt, als die Dachbalken, die es wohl noch zusammengehalten hatten, abgenommen worden waren. Normal verzahnt man diese Spalten mit Natursteinen und alles ist wieder gut. Oder, wenn man Geld sparen will, füllt man diese Lücken einfach mit Ziegelsteinen und verputzt die Stellen dann später. Man hat zwar dann nicht mehr die klassische Natursteinoptik, aber es ist weniger Aufwand. Das ging hier nicht mehr. Wir mussten das ganze Haus stabilisieren. Dafür gibt es zwei Möglichkeiten. Die einfachere sind "Chiave", also Schlüssel. Dazu führt man ein Stahlseil längs durch das Haus und setzt außen an den Enden große

Metallstäbe an, die das Seil verbinden und es dann mittels des Gewindes auch spannen. Diese Metallstäbe sieht man an fast allen alten Häusern. Aber man kann sie nur benutzen, wenn das Haus eigentlich noch intakt ist und nur etwas gestützt werden soll. Wir mussten schwerere Geschütze auffahren. Für unser Problem war es notwendig, einen Betonring um die gesamte Dachkante zu gießen. Ich war am Boden zerstört. Es würde uns Wochen kosten. Erst musste die Schalung gebaut werden, die dann mit Eisendraht ausgelegt wird und schließlich mit Beton ausgegossen werden muss. Zwar hatte man hinterher ein quasi unzerstörbares Haus, aber die Zeit …, ich wurde fast verrückt. Der Maurer sah mich nur fragend an und mir blieb nichts anderes übrig, als traurig zu nicken. Während ich noch in Gedanken auf das Haus schimpfte, hörte ich ihn schon fröhlich mit dem Zimmerer telefonieren, um die Holzschalung für den Beton in Auftrag zu geben.

3.

Im August wurde es zu heiß, und die Arbeiter hatten ohnehin, wie fast der ganze Rest des Landes, Betriebsurlaub. Ich liebe diese Wochen über alles. Plötzlich steht alles still, jeder denkt nur noch an Ferien, ans Meer, an herrliche Tage ohne Sorgen und mit einem Wetter, das gute Laune macht und die Seele streichelt. Ich hatte überlegt, ob ich mit Dieter zu meinen Eltern fahren sollte, um sie einander vorzustellen. Aber ich konnte mich nicht aufraffen, irgendwie saß der Schmerz über die letzte große Auseinandersetzung im Frühjahr noch zu tief.

Unser kleines Stadthäuschen im Dorf war aber auch kein Platz, um darin den August zu verbringen und mein Strandhaus wurde jetzt in dieser Zeit von der Familie genutzt.
Die ersten Tage blieben wir trotzdem noch im Dorf. Es war wie ausgestorben. Da hier keine Touristen hinkommen, hatte alles geschlossen. Der kleine Lebensmittelladen genauso wie die Bar, der Bäcker, der Metzger. Bis auf ein paar der Alten waren alle weg. Dieters altes Haus ohne jede Isolierung wurde im Winter eiskalt und war kaum zu heizen. Jetzt, im Sommer, war es genau umgekehrt. Es glühte wie im Backofen. Die Temperaturen fielen nie unter sechsundzwanzig Grad. Draußen, wohl gemerkt. Und das auch nur gegen vier Uhr morgens, als die Hitze kurz Anlauf nahm, für den neuen Tag. Das war immer noch viel zu viel, um auch nur einen Hauch an Abkühlung zu bekommen.
Mir macht Hitze nichts aus, es ist mir lieber, zu schwitzen als zu frieren, aber Dieter kollabierte mir bei diesen Temperaturen fast. Und so packten wir irgendwann unsere Sachen ins Auto und fuhren ans Meer. Die Eltern einer Schulfreundin hatten ein süßes kleines Hotel direkt am Strand in Bellaria, wo wir für zwei Wochen unterkamen.

4.

Anfang September waren wir zurück im Dorf. Ich war so ungeduldig, endlich wieder auf die Baustelle zu kommen, dass mir zum ersten Mal der Herbstbeginn nichts ausmachte. Normalerweise befällt mich Anfang September immer eine große Wehmut, wenn ich mich an all die schönen Tage zurückerinnere, die

Feste, die Zeit am Meer, die Unbeschwertheit, die jeder Sommer mit sich bringt. Aber diesmal hatte ich auch ein Ziel, und dieses Ziel hieß immer noch Weihnachten im neuen Haus zu wohnen.

In der Wohnung stapelte sich die Post, fast alles nur Rechnungen für die bisherigen Arbeiten am Haus. Auch wenn im August jeder Urlaub hatte, die Buchhaltungen schliefen nie. Einen Brief von meinem Bruder aus Bologna übersah ich fast und legte ihn verwundert zur Seite. Silvio und Briefe schreiben, das passte überhaupt nicht zusammen. Aber, was mir in diesem Zusammenhang einfiel, war, dass ich Alessandra noch immer nicht an der neuen Schule angemeldet hatte. Doch bevor ich dazu auf die Gemeinde konnte, musste ich erst irgendwelche Steuermarken kaufen, um die Gebühren zu bezahlen. Kurzum, ein solcher Aufwand, dass ich das immer vor mir hergeschoben hatte, um es dann irgendwann ganz zu vergessen.

Am Montag wollte ich es erledigen, aber es gab so viel auf der Baustelle zu tun, dass ich nicht dazu kam, am Dienstag hatte die Gemeinde geschlossen und am Mittwoch, als ich mich dann endlich aufraffte, erfuhr ich, dass ich als Tante, trotz Vollmacht der Eltern, gar nichts anmelden könne, schon gar kein Kind, und die Eltern persönlich kommen müssten. Klasse, Silvio würde begeistert sein. War er aber natürlich nicht. Im Gegenteil, er klang grässlich, als ich ihn anrief und fragte nur, warum ich mich erst jetzt melden würde. Und da fiel mir der Brief wieder ein, den ich in dem ganzen Trubel nie geöffnet hatte. Und als Silvio mir sagte, ich solle ihn lesen und dann wieder anrufen, wurde mir plötzlich furchtbar übel, weil ich schon ahnte, dass irgendetwas schief gegangen war, und plötzlich kam die ganze alte Geschichte wieder in mir hoch und diese Angst fühlte sich so brutal an, dass ich nach Luft schnappte und dann ins Bad rannte, wo ich mich übergeben musste.

Als Dieter ein wenig später nach Hause kam, hatte ich Silvios Brief bereits gelesen und dann gut versteckt. Ich hatte auch versucht, mich wieder einigermaßen zu fangen, aber Dieter merkte natürlich sofort, dass etwas nicht stimmte. Aber ich konnte nicht, ich konnte es einfach nicht, obwohl genau jetzt der Moment gewesen wäre, es ihm zu erzählen. Aber sie hatten mich damals so eindrücklich darauf gedrillt, dass ich es niemals jemandem sagen dürfe, egal wem und egal warum, und ich hatte so viele Jahre gelogen, dass ich es irgendwann schon selber geglaubt hatte.

5.

Die "Sache", so hatte ich es für mich getauft, war etwas, dass ich eigentlich überwunden hatte, ganz selten noch kam es in mir hoch, doch wenn, dann haute es mich immer wieder regelrecht um.

Der Morgen damals, als es passierte, vor vielen Jahren, war kühl, obwohl sich das Gewitter, das in der Nacht getobt hatte, schon weit raus aufs Meer zurückgezogen hatte. Ich war viel zu leicht angezogen, und als ich die Vespa am Strand abstellte, hatte ich Gänsehaut am ganzen Körper. Eigentlich war ich noch zu jung, um sie schon fahren zu dürfen, aber so früh war fast noch niemand unterwegs und

ich hatte bis zum Strand darauf geachtet, nur kleine Kiesstraßen zu nehmen, auf denen normalerweise keine Polizei unterwegs ist.
Die Sonne stieg gerade aus dem Meer und wurde zum Teil noch von der Gewitterfront verdeckt, was dem Himmel ein bizarres Aussehen verlieh. Ich ließ meine Schuhe zurück und lief in großen Sprüngen runter ans Meer. Der Sand war eiskalt, so früh am Morgen. Kaum zu glauben, dass man ihn gegen Mittag schon nicht mehr barfuß betreten würde können. Die Plastiktüte am Handgelenk schlurfte ich durch das seichte Wasser nah am Ufer und blieb nur gelegentlich kurz stehen, wenn ich eine brauchbare Muschel ausgraben konnte. Mama würde sie später mit Knoblauch und Kräutern kochen und als Soße zur Pasta zum Mittagessen reichen.
Ich weiß bis heute nicht, was diesen Morgen so seltsam machte, die Stimmung der aufgehenden Sonne mit den Gewitterwolken, die ungewöhnliche Kälte für Anfang September, ich habe keine Ahnung. Irgendwann wurde mir bewusst, dass viel zu wenig Menschen am Strand waren. Normalerweise sind um diese Zeit immer schon einige Muschelsucher, Jogger oder Spaziergänger auf den Beinen. Ich aber war alleine. Weil ich wenig Muscheln fand, lief ich, anders als sonst, auch noch weit über den Leuchtturm hinaus. Der Freistrand hier war berüchtigt, nachts ließ sich hier niemand blicken. Dieser Abschnitt ist schmutzig, Treibgut wird nicht entfernt, Muschelreste nicht aufgesammelt. Zerbrochene Flaschen und Reste von Lagerfeuern erzählten die Geschichten von wilden Partys.
Am Strand sah ich ein Boot, ein altes Fischerboot, klein, schäbig. Drei Jungs standen dort. Als ich auf

ihrer Höhe war, glotzten sie interessiert zu mir herüber.
»Was suchst Du?«
»Muscheln«, antwortete ich zaghaft.
»Und, schon welche gefunden?«, mischte sich der Zweite ein.
»Geht so.«
Ich ging jetzt etwas schneller, ich wollte weiter.
»Schau dir das hier mal an«, er zeigte auf das alte Boot.
»Nein, ich, ähm, habe keine Zeit.«
Unsicher. Ich war viel zu unsicher. Jedes Tier merkt, wenn du unsicher bist, hatte mir mein Vater beigebracht. Und das ist nie gut.
»Komm, es dauert nicht lang, du musst das sehen«, er deutete wieder auf das Boot.
Ich sah mich um. Niemand weit und breit. Ich wusste nicht, was ich tun sollte. Vielleicht ganz kurz schauen und das dann als Anlass nehmen, direkt hoch zur Straße zu laufen, weg vom Strand.
Ich näherte mich dem Boot.
»Hier, da drin, schau«, sagte er wieder.
Ich hatte das Boot erreicht, blieb etwas davor stehen, reckte den Kopf, um über den Rand zu blicken. Natürlich war da nichts, das Boot war leer und als ich gerade kehrtmachen wollte, spürte ich die Hand des Einen an meinem Po. Ich schlug sie weg und funkelte ihn böse an. Der links von mir griff nach meiner Brust und ich trat nach ihm, verfehlte ihn aber, und der Dritte nutzte diesen Moment, um von hinten meine Arme zu packen und sie auf den Rücken zu drehen. Ich zappelte wie verrückt, versuchte nach den beiden anderen zu treten, erwischte den Einen zwischen den Beinen, worauf er mir eine Ohrfeige verpasste, die mir ganz kurz die Besinnung nahm. Ich wurde nach

hinten gezogen, konnte mich nicht auf den Beinen halten und fing an zu schreien. Die Hand, die mir der Kerl hinter mir daraufhin auf den Mund presste, roch widerlich und ich versuchte reinzubeißen, aber er drückte so fest zu, dass mir die Luft wegblieb. Während mir einer die Shorts runterriss, zog der andere bereits seine Badehose aus, und dann vergewaltigten sie mich nacheinander, einer sogar zweimal.
Ich weiß nicht mehr, was damals in mir vorging. Ich habe alle Gedanken und Gefühle daran jahrelang völlig unterdrückt. Und als ich irgendwann so weit war, dieses Erlebnis aufzuarbeiten, habe ich am Ende alles gelöscht.

Als sie von mir abgelassen hatten, lag ich wimmernd am Strand. Mir tat alles weh und als ich mich halb aufrichtete, sah ich, dass meine Oberschenkel voller Blut waren. Ich versuchte, mich an dem Boot hochzuziehen und als ich es fast geschafft hatte, sackte ich wieder zusammen und schaffte es gerade noch, den Kopf zu drehen und erbrach mich mehrmals in diesen scheißkalten Sand.

Ich habe keinerlei Erinnerung mehr daran, wie ich nach Hause kam. Ich weiß nur noch, dass ich mich tagelang in meinem Zimmer einsperrte und völlig ohne Regung Tag um Tag über mich ergehen ließ. Ich sprach mit niemandem darüber, ich wollte nicht ein Wort von diesem Erlebnis je aussprechen müssen. Ich lebte nur noch in einem Gefühl aus Ekel, Schmerz und Albträumen.

Als ich vier Wochen später noch immer meine Regel nicht bekam, wurde zur Gewissheit, was ich schon seit Tagen gespürt hatte. Ich war schwanger.
Ich war ein minderjähriges, lediges, entjungfertes, schwangeres Mädchen in einem kleinen italienischen Dorf. Mein Leben war vorbei, noch bevor es richtig begonnen hatte.

6.

All das kam an diesem Tag, nach dem Telefonat mit meinem Bruder, wieder an die Oberfläche. Und, wie immer, wenn ich diese Phase hatte, schützte ich mich selber, indem ich zu einem Eisblock wurde. Ich fing mit Dieter wegen jeder Kleinigkeit Streit an, schrie die Arbeiter auf den Baustellen zusammen, aß nichts mehr, schlief nicht mehr - um den Albträumen zu entgehen - und wurde jeden Tag unausstehlicher.

Ein paar Tage später traf ich mich mit Silvio. Wir hatten uns in Bologna verabredet, er hatte keine Möglichkeit gefunden, frei zu bekommen. Ich war so übermüdet und ausgezehrt, dass ich lieber den Zug nahm, ich hatte Angst, die Fahrt mit dem Auto nicht zu schaffen. Ich sagte Dieter nur, dass ich in einer Familienangelegenheit zu meinem Bruder müsste, und er fragte Gott sei Dank nicht weiter nach, ich hätte ihn nur ungern über den wahren Grund angelogen.

Ich hasse es, in irgendetwas zu reisen, das ich nicht selbst steuern kann, Fliegen geht gar nicht, als Beifahrer in Autos bin ich gefährlich, ich trete fast immer das Bodenblech durch, weil ich versuche, mit zu bremsen und gebe dem, der fährt, ständig Anweisungen, was er zu tun hat und worauf er achten soll. Zugfahren mag ich auch nicht besonders, es ist mir schlichtweg zu langweilig, aber diesmal war ich froh, mich einfach in einen Sitz fallen lassen zu können und mich um nichts kümmern zu müssen.

Mit leerem Blick sah ich aus dem Fenster auf die vorbeirauschende Landschaft und döste dabei ein wenig ein. Das satte Grün der Wiesen verwandelte sich vor meinem inneren Auge plötzlich in karges Braun und aus den sanften Hügeln am Horizont wurden langsam schroffere Felsen. So hatte die Landschaft damals ausgesehen, als ich auch im Zug saß, damals, mit dreizehn Jahren, nachdem ich festgestellt hatte, dass ich tatsächlich schwanger war. Immer noch vor mich hindösend, kam die Erinnerung an diese Zeit langsam mit all ihren Bildern aus der Tiefe meiner Gedanken.

Natürlich hatte mir damals keiner einen Vorwurf gemacht, dass ich durch die Vergewaltigung schwanger war. Im Gegenteil, alle in der Familie waren für mich da. Nur, auch wenn es keiner aussprach, mir selbst war sehr wohl bewusst, was für ein Gerede es geben würde. Ganz schnell würde aus dem armen, vergewaltigten und schwangeren Kind das Flittchen werden, die Schlampe, die es bestimmt darauf angelegt hatte, die sich wohl herumgetrieben hatte und mit Männern eingelassen. Jeder, der davon erfahren hätte, würde ein bisschen was dazu dichten, bevor er es jemand anderem weiter erzählte. Wir hatten auch nicht nur Freunde in der Gegend, als alteingesessene Familie, mit großem Landbesitz und hohen Einnahmen, den Wettbewerben, die wir mit unserem Wein regelmäßig gewannen, und manchen Streitereien über die Jahre mit Nachbarn und Konkurrenten, wäre das ein gefundenes Fressen.

Für die Familie war klar, man müsste das in Ordnung bringen, aber diskret, nicht hier, sondern irgendwo, weiter weg, in Rom, oder besser noch in Mailand, wo uns niemand kannte und es auch keinen interessierte. Das alles wurde so beschlossen und auch umgehend in die Wege geleitet. Es gab nur ein Problem, bei all dem. Ich konnte es nicht. Es war für mich einfach unvorstellbar, dieses beginnende Leben in meinem Bauch zu vernichten. Egal, wie es entstanden war. Die Familie war natürlich fassungslos. Sie schleppten mich zu einem Psychiater, der mir erklären sollte, dass meine Gefühle ja ganz in Ordnung seien, aber in diesem Fall nicht angebracht. Die Sitzung dauerte fast drei Stunden. Und war wundervoll. Er kümmerte sich nämlich einen Dreck darum, was meine Eltern ihm aufgetragen hatten, mir zu sagen. Ihn interessierte tatsächlich, was ich dachte, fühlte und wollte. Und er bestärkte mich darin, selbst zu entscheiden, was gut für mich war.

Die Lösung kam schließlich von meiner Oma. Sie hielt die ganzen Diskussionen nicht mehr aus und eines Abends, als es schon dunkel war, brachte sie den Pfarrer aus unserer Gemeinde in unser Haus. Mein Vater, der explodieren wollte, weil ein Außenstehender nun von der Sache wusste, wurde umgehend von meiner Mutter ruhiggestellt. Und dann saßen wir die halbe Nacht am großen Familientisch, es wurde geweint, gestritten, geschrien, einmal warf mein Vater sogar den leeren Weinkrug voller Wut an die Wand. Aber schließlich entstand der Plan.

Eine Abtreibung gegen meinen Willen kam nicht in Frage, das Kind hier auszutragen, aber auch nicht. Und so kam es, dass ich mit dreizehn Jahren ein Jahr im "Internat" einlegen würde.

Zwei Tage später saß ich alleine im Zug nach Sizilien, wo ich für ein Jahr bei Zia (Tante) Roberta leben würde. Sie hatte sich die Geschichte am Telefon angehört und sofort zugesagt, sich um alles zu kümmern. Ich war noch nie von zuhause weg gewesen, und als der Zug immer weiter nach Süden fuhr und ich neugierig den Wandel der Landschaft beobachtete, wurde mir immer mehr bewusst, dass wohl nie mehr alles so sein würde wie bisher.

7.

Ich hatte Zia Roberta nie getroffen, aber sie sah noch genauso aus, wie mein Vater sie mir beschrieben hatte, als er mir von seiner Begegnung mit ihr erzählt hatte. Damals, als er mit meiner Mutter zu ihr gegangen war, um sie um Hilfe zu bitten. Der Weg zu ihrem Haus war immer noch abenteuerlich, ich schleifte meinen Koffer mehr auf den Hügel, als dass ich ihn trug. Wie meine Mutter damals, war auch ich schockiert, wie anders das Land hier aussah. Aber trotzdem hatte ich sofort ein vertrautes Gefühl. Mein Herz spürte irgendwie, dass seine Wurzeln einmal aus dieser Erde gekommen waren.

Zia Roberta empfing mich freudestrahlend, sie schloss mich in die Arme und ich brach sofort in Tränen aus. Sie hielt mich einfach fest, endlos lange, bis sie mich irgendwann ins Haus bugsierte und an den Tisch setze. Ich bekam Tee, der seltsam roch, aber gut schmeckte und wurde so müde, dass ich noch am Tisch einschlief.

Die ersten Tage auf Sizilien waren die schlimmsten Tage meines Lebens. Ich fühlte mich noch schlechter als zuvor zuhause, war einsam, es war mir zu ruhig hier. Ich war den Betrieb auf unserem Hof gewohnt, mit all den Leuten, dem Lachen, das Spielen. Und das Schlimmste war, ich stellte plötzlich meine Entscheidung in Frage. Was, wenn das einfach nur Wahnsinn war, das Kind zu bekommen. Vielleicht wäre es besser gewesen, auf die Familie zu hören. Alles wäre ruckzuck erledigt gewesen und ich hätte anfangen können, alles zu vergessen.

Ich saß stundenlang vor dem Haus auf der Veranda, starrte in die schroffen Hügel, heulte zwischendurch, wurde dann wütend, es war grässlich. Zia Roberta ließ mich einfach gewähren. Sie versorgte mich mit Essen, sprach mit mir, wenn mir danach war, hielt sich zurück, wenn ich meinen Gedanken nachhing. Bis zu diesem Nachmittag, als ich wieder draußen vor dem Haus war und sie plötzlich neben mir saß. Sie legte den Arm um meine Schultern, drückte sie ein bisschen und sah mich von der Seite an.
»Wie wirst du sie nennen?«, fragte sie mich plötzlich.
»Was!«, ich schrie fast.
»Wie wirst du sie nennen, deine Tochter?«
»Wieso Tochter, vielleicht wird es ein Junge?«
»Nein.« Sie sagte das einfach so, ganz klar, nicht bestimmend, einfach eine Feststellung.
Wir schwiegen lange. Ich hatte an so etwas noch gar nicht gedacht. Ich hatte bis jetzt eigentlich auch noch gar nicht so richtig begriffen, was da passierte. Dass

da ein Kind unterwegs war. Für mich war es irgendwie zu abstrakt, nicht greifbar, verwirrend.
Plötzlich nahm Zia Roberta meine Hand und führte sie zu meinem Bauch. Ganz sanft legte sie sie dort ab und ließ ihre Hand auf der meinen ruhen.
»Hörst du sie, sie spricht schon mit dir. Sie freut sich auf dich.«
Dieser Moment war so bewegend, noch heute heule ich los, wenn ich daran denke. Es war der Moment, wo mir richtig klar wurde, dass ich ein Kind bekommen würde. Einen Menschen. Eine Tochter. Und durch Robertas Hand floss ein Gefühl wie Strom, ging in meine Hand über und verteilte sich in meinem Körper und plötzlich durchströmte mich ein Glücksgefühl, das mir jeden Zweifel nahm, jede Angst erstickte und eine Zuversicht schuf, die sich so unglaublich gut anfühlte, dass ich kurz darauf über die Wiese lief und schrie »Ich werde dich Alessandra nennen«, und dabei tanzte ich und drehte mich im Kreis und sah mein Kind vor mir, das vor Vergnügen mit mir lachte.

8.

Kein Mensch hat mein Leben und mein Denken so geprägt wie meine Tante Roberta. Sie hatte viele seltsame Angewohnheiten, die ich nicht verstand und die ich anfangs sogar etwas schrullig fand. Sie lief oft stundenlang durch die Wälder, aber nicht, wie ich dachte, um Kräuter oder Beeren zu sammeln. Sie sagte mir nur, sie würde im Wald meditieren. Einmal bin ich ihr gefolgt und fand sie auf einer Lichtung, wo sie mit geschlossenen Augen saß, bewegungslos, völlig entrückt, und ich hatte plötzlich ein schlechtes

Gewissen dabei, und zog mich schnell und leise wieder zurück.

Als ich ungefähr drei Monate bei ihr war, blickte sie mich eines Morgens eindringlich an. Ich wurde unruhig, denn ihr Blick war wie ein Röntgenstrahl.
»Chiara, es ist jetzt an der Zeit.«
Ich sah sie verständnislos an.
»Es ist Zeit, das Geschehene zu besprechen.«
»Was meinst du, habe ich etwas falsch gemacht?«
»Nein, Chiara, nein.« Ihr Blick wurde plötzlich wieder mild und sie sah mich jetzt ganz sanft an.
Und plötzlich, ich habe keine Ahnung warum, fing ich einfach an zu reden. Zum ersten Mal erzählte ich jemandem in allen Einzelheiten, was am Strand passiert war. Ich ließ nichts aus, kein Wort, keine Bewegung, keine Geste, kein Gefühl, nichts. Ich redete und redete wie ein Wasserfall. Zwischendurch wurde ich von Weinkrämpfen geschüttelt, als alles wieder so plastisch aus meiner Erinnerung auftauchte. Mir war speiübel, mein ganzer Körper schüttelte sich, so sehr zitterte ich. Und dann, als ich an der Stelle ankam, als ich mich in den Sand erbrochen hatte, hörte alles schlagartig auf. Meine Hände wurden ruhig, meine Tränen versiegten, mein Herz schlug wieder normal. Ich legte instinktiv die Hand auf meinen Bauch und von innen spürte ich ein Gefühl, wie Schmetterlinge, und plötzlich drückte sie sich gegen meine Hand, richtig fest, und ich fing an zu lachen, befreit und glücklich.

Ich ging nicht zur Schule in dieser Zeit, aber dafür unterrichtete mich Zia Roberta. Nicht mit Schulkram, nein, sie brachte mir andere Dinge bei. Ich lernte welche Kräuter man nehmen muss, um Tee herzustellen, welche Pflanzen welche Wirkung haben, was man nimmt, wenn man Kopfschmerzen hat, oder einem der Hals weh tut. Sie brachte mir bei, wie man das Wetter erkennt, lange bevor irgendwelche Anzeichen am Himmel zu sehen sind. Sie lehrte mich, der Natur zuzuhören und Respekt vor ihr zu haben. Meine ganze Einstellung hat sich damals geändert, es haben sich Dinge in mir geformt, die ich in diesem Alter noch nicht alle verstand, aber von denen ich heute, als erwachsene Frau, noch immer zehre und die mir Kraft und Halt geben.

Mein Kind bekam ich in Zia Robertas Haus. Sie und eine Hebamme halfen mir. Eigentlich wollte auch meine Mutter dabei sein, aber Alessandra hatte es eilig. Sie kam etwas früher und als meine Mutter anreiste, konnte sie ihr Enkelkind schon in den Arm nehmen.

9.

Ich schrak hoch, als der Zug mit kreischenden Bremsen in einen Bahnhof einfuhr und wusste für einen Moment nicht, wo ich war. Die Erinnerung an damals hatte mich so gefangen genommen, dass ich alles um mich herum vergessen hatte. Kurz bekam ich Panik, ob ich schon aussteigen müsste, aber es war noch ein ganzes Stück nach Bologna.

Silvio, mein Bruder, war der offizielle Vater meiner Tochter. Ich hatte mein Kind damals nicht ausgetragen, um es dann adoptieren zu lassen. Mein Bruder lebte zu dieser Zeit schon mit seiner Frau in Bologna. Seine Frau, Maria, konnte keine Kinder bekommen.

Und so entstand der Plan, dass die beiden Alessandra als ihre Tochter anmelden würden. Sie arbeiteten viel und kamen selten zu Besuch, es würde niemanden groß wundern, wenn sie plötzlich ein Baby hätten. Und es war völlig normal, dass sich die Großeltern um ihr Enkelkind kümmerten. Niemand fände es seltsam, wenn Alessandra auf dem Hof bei Oma und Opa und der jungen Tante - nämlich mir - leben würde, wo doch die Eltern in Bologna keine Zeit hätten, sich neben der Arbeit, und noch dazu in dieser lauten großen Stadt, um ein Kind zu kümmern. Und ich würde Alessandra bei mir haben, sie aufziehen, unterstützt von meiner Mama, wenn ich in die Schule ging. Der Plan war perfekt. Aber er tat auch weh. Denn er bedeutete, dass ich von nun an lügen musste. Meinen Freunden gegenüber, denen ich die Geschichte vom Internat erzählte, und der ganzen Welt, vor der ich mich als Tante ausgeben musste.

Nur die engste Familie wusste von diesem Arrangement. Niemand sonst. Es gab einen Schwur, dass niemand von uns, niemals irgendjemandem davon erzählen würde. Der einzige Mensch, der es außerhalb der Familie wusste, war Stefano. Ich hielt es damals für richtig, dass er es erfuhr, nachdem sicher war, dass wir irgendwann heiraten würden. Und selbst das hatte ich bereut, denn es machte mich angreifbar, und bei jedem Streit mit Stefano hatte ich Angst, dass er davon Gebrauch machen könnte.

Natürlich weiß Alessandra, dass sie meine Tochter ist. Ich habe ihr alles erzählt, als sie alt genug war. Ich war immer für sie ihre Mutter gewesen, immer die, die da war, mit ihr spielte, sich um sie kümmerte. Und als ich ihr sagte, dass ich nicht ihre Tante bin, sondern ihre richtige Mutter, hat sie ihre kleinen Ärmchen um mich gelegt und gesagt: »Ich weiß, Mama.«

10.

Silvio holte mich vom Bahnhof ab. Ich erschrak, als ich ihn sah. Er war blass, hatte tiefe Augenringe und seine Bewegungen ließen erahnen, dass er ziemlich wacklig auf den Beinen war. Er küsste mich flüchtig auf die Wangen und schlug vor, sich in eine kleine Bar auf der Straßenseite gegenüber zu setzen. Wir warteten, bis wir unsere Getränke bekamen. Ich hatte mir ein Glas Wein bestellt, ich musste meine Nerven irgendwie beruhigen. Dann saßen wir eine ganze Weile schweigend da. Schließlich legte ich meine Hand auf seine.
»Silvio, was ist passiert?«
Er sah mich wieder lange an, dann zuckte er nur mit den Schultern.
»Es ist … Maria und ich, wir, wir haben uns getrennt.«
»Oh, Silvio, das tut mir so leid«, wieder drückte ich seine Hand.
»Nein, das ist schon okay. Wir haben schon länger Probleme. Ich bin schon vor fast einem halben Jahr ausgezogen. Ich habe es nur Mama und Papa noch nicht gesagt. Aber jetzt …«, er ließ das Ende des Satzes in der Luft hängen.
»Ja?«, ich sah in fragend an.
»Maria will die Scheidung. Sie hat jemanden kennengelernt und sie will klare Verhältnisse, wie sie sagt.«
»Silvio, das tut mir so leid, wirklich.«

»Chiara, du verstehst nicht. Sie ...«, er unterbrach sich und nahm einen großen Schluck aus seinem Glas, »sie will das mit Alessandra geklärt haben. Sie will, dass klargestellt wird, dass sie nicht ihre Mutter ist.«
Ich hatte so etwas geahnt und er hatte ja Probleme angedeutet, wegen Alessandra, und mich zu diesem Treffen eingeladen. Aber trotzdem zog es mir in diesem Moment den Boden unter den Füßen weg. Der ganze Raum begann sich zu drehen und ich klammerte mich an der Tischkante fest.
»Wie, wie stellt sie sich das vor?«, ich schluckte trocken und wiederholte noch mal, »wie?«
»Keine Ahnung. Ich weiß es nicht. Man kann nicht vernünftig mit ihr reden. Sie sagt nur, wir sollen das lösen und sie dabei rauslassen.«
Wir redeten noch fast drei Stunden, stellten Überlegungen an, entwickelten Pläne, verwarfen sie wieder und dann war es Zeit, den Zug zurück zu nehmen.

Silvio brachte mich noch bis zum Gleis und drückte mich fest zum Abschied.
»Wir lösen das, irgendwie, glaub mir«, versuchte er mich zu trösten.
»Bitte, rede mit Maria, sag ihr, wir brauchen ein bisschen Zeit.«

11.

Die ganze Fahrt zurück zermarterte ich mir den Kopf, was ich tun sollte. Natürlich hatten wir damals nicht richtig nachgedacht. Aber eine Adoption wäre viel zu kompliziert und langwierig gewesen, also hatten wir

geschummelt, bei der Anmeldung. Es war einfach und keiner hatte sich groß darüber Gedanken gemacht, was später einmal sein würde.
Und jetzt? Wie sollten wir das richtigstellen, ohne dass Maria belangt würde. Und ich, und mein Bruder? Und ich konnte kaum noch mal zur Gemeinde gehen und sagen: »Hallo, ich bin gar nicht die Tante, ich bin plötzlich die Mutter«, um sie in der Schule anzumelden. Und Dieter, er wusste von der ganzen Sache gar nichts, ihm musste ich es auch erzählen. Aber er war immer so korrekt, wie würde er darauf reagieren? Das alles war plötzlich so kompliziert und der Wust an Gedanken in meinem Kopf wurde immer schlimmer und schließlich lehnte ich meine Stirn einfach an die kühle Scheibe und versuchte, an gar nichts mehr zu denken.

12.

Als ich wieder zurück im Dorf bei Dieter und Alessandra war, tobte das Chaos an allen Ecken und Enden gnadenlos. Für das Borgo war eine ganze Ladung mit Fenstern verloren gegangen, weil der Fahrer, als er eine Abkürzung nehmen wollte, seinen Wagen in eine Böschung gefahren hatte. An unserem Haus gab es ein Problem mit einem der Fundamente an der Hangseite, das nach einer Woche Regen abzurutschen drohte, und das beginnende Schuljahr ließ mir keinerlei Spielraum mehr, irgendetwas wegen Alessandra zu regeln.
Die verlorenen Fenster würden uns um Wochen zurückwerfen, es war keine Industrieware, jedes einzelne war genau auf Maß für die alten Häuser angefertigt worden. Unser Fundament musste mit

Beton unterfüttert werden, das war zwar nicht weiter schlimm, aber kostete wieder Zeit, die ich eigentlich nicht mehr hatte, um den Termin bis Weihnachten zu halten.

Das Problem mit Alessandras Schule löste ich erst einmal provisorisch. Ich ließ meinen Bruder einen Gastantrag auf Zeit für die Schule bei uns im Ort stellen. So musste sie nicht umgemeldet werden. Die Geschichte, dieses abgedroschene Klischee der kranken Oma, zog auch hier wieder und die Schulleitung winkte den Antrag ohne weiteres durch.

Ich wollte mit Dieter wegen Alessandra sprechen, ihm die ganze Geschichte erzählen, aber irgendwie ergab sich nie der richtige Zeitpunkt. Wir waren einfach zu beschäftigt mit den beiden Projekten, die parallel liefen. Und wenn wir dann endlich mal abends eine Stunde zusammen hatten und ein Glas Wein tranken, war ich meist zu müde, um damit anzufangen. Ich wollte ihm das nicht zwischendurch erzählen und dann einfach zur Tagesordnung übergehen.

So verflogen die Wochen, eine nach der anderen. Wegen der fehlenden Fenster war der ganze Ablaufplan am Borgo durcheinander geraten. Ab Ende November wird auch bei uns das Wetter winterlich. Wir bekommen zwar selten Schnee, aber dafür Regen und Sturm. Eigentlich hatte ich geplant, dass in dieser Zeit mit den Innenarbeiten begonnen würde. Das ging jetzt nicht mehr, nur mit Folien auf den Fenstern bekamen wir die Häuser nicht trocken geheizt. Ich musste den ganzen Ablauf umplanen, um den Zeitverlust so gering wie möglich zu halten. Wir hatten zwar keine Probleme, rechtzeitig fertig zu

werden, unser Zeitpuffer war groß genug, um alle Verträge mit den Käufern sicher zu erfüllen, aber es kostete uns Geld, weil wir immer nur bauabschnittsweise Teile des Kaufpreises bekamen.
Etwas Gutes hatte es allerdings auch. Nachdem das Fundament an unserem Haus in Ordnung gebracht worden war, konnte ich alle Arbeiter für den Innenausbau zu uns holen. Und Mitte Dezember wusste ich, dass ich es geschafft hatte. Wir würden Weihnachten in unserem eigenen Haus feiern.

13.

Dieter hatte nur wenige Möbel in seinem kleinen Stadthäuschen, so dass der Umzug relativ unspektakulär drei Tage vor Weihnachten über die Bühne ging. Das Büro ließen wir vorerst, wo es war, das würden wir erst im Frühjahr in unser Haus verlegen. Irgendwie war es gut, dass wir so knapp vor Weihnachten eingezogen waren, denn so blieb keine Zeit, plötzlich in Langeweile zu verfallen. Ich schmückte das ganze Haus und dann lief der Backofen auf Hochtouren, denn bis jetzt hatte ich überhaupt keine Zeit gehabt, Plätzchen zu backen. Am zweiten Weihnachtsfeiertag fuhr Dieter dann nach Deutschland, um ein paar Freunde zu besuchen. Er wollte unbedingt, dass ich mitkam, aber ich wollte nicht. Ich hatte meine Familie seit dem großen Streit nicht mehr gesehen, was mir auch ganz recht war, aber ich konnte nicht auch Alessandra von ihnen fernhalten. Und so fuhr Dieter alleine und ich besuchte für ein paar Tage meine Eltern.

Ich merkte genau, dass meine Mutter vorher Anweisungen gegeben hatte, denn mein Vater erwähnte nicht ein einziges Mal Stefano oder Dieter. Wir taten so, als sei alles in bester Ordnung. Wie immer zu jedem festlichen Anlass war das Haus ohnehin voll mit allen möglichen Verwandten und irgendwann ließ ich mich einfach in den Rhythmus fallen, von einer unbezwingbaren Mahlzeit zur nächsten zu leben, viel Wein zu trinken und alle Sorgen einfach abzustreifen.

Es war kurz vor Silvester, als wir drei, Dieter, Alessandra und ich, dann wieder in unserem Haus zusammen waren. Es war kalt geworden, nachts fiel das Thermometer auf unter null Grad und es hatte sogar ein paar der seltenen Schneeflocken gegeben. Ich saß gerade bei meinem morgendlichen caffè, als mich das Hupen eines Autos aus den Gedanken riss. Ich war noch nicht angezogen, in alter Gewohnheit saß ich wie früher in meinem zugigen Strandhaus morgens in die Bettdecke eingewickelt am Tisch. Die Hupe ertönte ein zweites Mal und ich sprang auf, um nachzusehen, vergaß die Bettdecke, trat auf den Rand, stürzte filmreif nach vorne und durch den Schwung glitt ich auf der Bettdecke durch die halbe Küche auf dem Fliesenboden dahin. Ich hatte noch einen Rest Kaffee im Mund gehabt und musste so lachen, dass ich mich verschluckte. Dieter, der gerade in die Küche kam, sah nur die Tränen in meinen Augen, dachte ich hätte mich verletzt und kam so hastig auf mich zu, dass er auf der Kaffeepfütze, die ich vor Lachen ausgespuckt hatte, ausrutschte und halb auf mir landete. Bis Dieter merkte, dass ich lachte und nicht heulte, hatte Alessandra schon neugierig die Türe geöffnet und stürmte dann in die

Küche und schrie wie bekloppt: »Ein Pool, ein Pool, es ist ein Pool!«.

Als wir uns entknotet hatten, ich halbwegs angezogen war, und Dieter sich von seinem Schrecken erholt hatte, gingen wir nach draußen. Ich sah fasziniert auf den kleinen Lastwagen, der vor dem Haus gehalten hatte. Auf seiner Ladefläche stand ein Jacuzzi-Pool, verziert mit einer riesigen roten Schleife. Dieter war neben mich getreten und hatte den Arm um mich gelegt.
»Leider hat es nicht ganz bis Weihnachten geklappt, das ist dein Geschenk.«
Ich war noch nie in einem Jacuzzi gewesen, kannte das nur aus dem Fernsehen, wenn irgendwelche Menschen Champagner trinkend ihren Wellnesstag in so einem Ding verbrachten. Und plötzlich wurde mir klar, dass das kleine Fundament, das Dieter mir in Auftrag gegeben hatte und zu dem er auch noch ein Stromkabel verlegt haben wollte, gar nicht für ein Gartenhaus gedacht war, wie er mir erzählt hatte, sondern, dass er die Idee schon vor Monaten gehabt hatte, mich mit dem Jacuzzi zu überraschen.

Unsere Silvester-Party war jedenfalls der Knaller. Zu dritt stiegen wir gegen dreiundzwanzig Uhr in mein Weihnachtsgeschenk. Wir hatten das Wasser geheizt und Getränke und Knabbereien mitgenommen. Das Becken stand etwas abseits vom Haus und man sah von dort bis ins Tal und auf der anderen Seite in die Hügelketten. Und als die ganze Gegend um Mitternacht von all dem Feuerwerk erhellt wurde und überall die Raketen zu wundervollen Sternenfontänen zerplatzen, da lehnte ich meinen Kopf an

Dieters Schulter, umarmte meine Tochter, und hatte das erste Mal das Gefühl, angekommen zu sein.

14.

Nach den Feiertagen fiel ich in ein tiefes Loch. Die Hektik, in der ich monatelang gelebt hatte, war plötzlich vorbei. Die Arbeiten am Borgo waren Routine, unser Haus war fertig und alles schien plötzlich so geordnet. Mein Handy klingelte nicht mehr ständig, ich musste nicht mehr im Minutentakt Entscheidungen treffen. Diese Ruhe lähmte mich völlig. Und ich wusste, ich musste mich nun endlich um Alessandra kümmern. Marias Wunsch, alles richtigzustellen, hatte ich die letzten Wochen einfach verdrängt. Aber Silvio hatte mich wieder daran erinnert, dass wir etwas unternehmen mussten. Dieter hatte ich es immer noch nicht erzählt und all das machte mir schwer zu schaffen.

Als es ein wenig wärmer wurde fuhr ich ans Meer. Das war das Einzige, was mir an unserem neuen Haus fehlte, nicht mehr direkt am Strand zu leben. Meine Bar mit Paolo fehlte mir, der Blick, morgens beim Aufwachen, zuerst in den weiten Horizont zu sehen und den Wellen zu lauschen. Jetzt war ich ein ganzes Stück weit weg von meinen vertrauten Orten und Ritualen. Es war zwar nicht weit ans Meer, eine knappe Viertelstunde, und ich war am Strand, aber das ist nicht dasselbe, wie direkt am Meer zu wohnen. Wir hatten wenig Zeit gehabt, im Sommer und im Herbst, den für mich neuen Strandabschnitt zu erkunden und so war ich neugierig darauf. Ich fuhr die Strandpromenade entlang, etwas aus Fano heraus und hielt Ausschau nach Bars oder Restaurants, die jetzt geöffnet hatten. Wie überall bei uns ist außerhalb der Saison fast alles geschlossen und die Strände liegen in tiefem Winterschlaf. Erst zu Ostern, wenn jeder Italiener versucht, ein Wochenende am Meer zu verbringen, erwacht langsam wieder alles zum Leben für den kommenden Sommer.

Hier, weiter unten im Süden, merkte man zudem deutlich den Unterschied zu meiner Ecke bei Ravenna. So weit runter fuhren schon nicht mehr so viele ausländische Touristen. Und, da wir Italiener eigentlich nur die Augustferien kennen, hat hier noch mehr geschlossen, als weiter oben im Norden. Ich wusste durch meine Arbeit mit deutschen Kunden, dass dort die insgesamt drei Monate Schulferien nicht an einem Stück sind, wie bei uns, sondern in kleine Häppchen aufgeteilt das ganze Jahr über. Ein System, das ich eigentlich ganz gut finde. Aber bei uns ist es im Sommer zu heiß für Unterricht, deswegen haben wir diese lange Pause von Mitte Juni bis Mitte September.

Ich fand schließlich ein Restaurant, das geöffnet hatte. Der riesige Parkplatz, der im Sommer brechend voll sein würde, war bis auf wenige Autos leer. Er war so riesig, dass ich das Gefühl hatte, auf einer Startbahn zu parken. Ich ging zuerst am Eingang vorbei und umrundete das Lokal, um von der Strandseite einen vorsichtigen Blick hineinzuwerfen. Ich bin extrem heikel, was Lokale und Essen angeht, und wenn so wenig los war, würde es schwierig sein, das Restaurant wieder zu verlassen, wenn es mir drinnen nicht gefiel. Die Seite, die zum Meer hin zeigte, bestand aus einer riesigen Glasfront. Die Terrasse davor war natürlich um diese Jahreszeit leer,

aber ich konnte mir das gut im Sommer vorstellen, wenn alle Schiebefenster weit offen standen, sich die weißen Tüllvorhänge träge in der lauen Meeresbrise bewegten und man nachts beim Essen die Lichter der Schiffe beobachten konnte. Ein Mann riss mich aus den Gedanken. Er war auf die Terrasse getreten. Er trug eine schwarze Hose mit Hosenträgern, was aber erstaunlicherweise bei ihm gut aussah. In seiner Glatze spiegelte sich die Deckenbeleuchtung und sein Gesicht war ein einziges Grinsen.
»Salve«, grüßte er mich.
»Buon dì«, erwiderte ich.
»Haben Sie Hunger?«
»Ein wenig.«
»Ich habe frischen Fisch.«
»Ach?«, das war frech, aber wir waren am Meer, und ich wollte ihn testen. Und er enttäuschte mich nicht. Sein Grinsen wurde noch breiter. »Ja«, schmunzelte er.
Ich hatte ganz cool geschaut, bisher, aber dann konnte ich nicht mehr und musste lachen.
»Warum trinken Sie nicht ein Glas Wein und ich zeige Ihnen den Fisch?«, lud er mich ein.
»Ja, warum nicht?«, lächelte ich ihn an.

Er gab mir seinen besten Tisch, einen runden in der Ecke, von dem aus man das ganze Lokal überschauen konnte und zudem einen wundervollen Blick über das Meer hatte. Das Reserviert-Schild verschwand diskret in seiner Hosentasche und ein Fingerschnippsen später hatte ich bereits eine Flasche Wein und Wasser auf dem Tisch. Jetzt war er es, der mich testete, indem er ein bisschen mit mir diskutierte, wie ich mein Essen zubereitet haben wollte. Er war Wirt mit Leib und Seele und ich liebte dieses Lokal schon jetzt. Als er sicher war, dass ich sein Können nicht nur mit einem Salat und ein paar Scheiben Brot verschwenden würde, schnipste er wieder und überbrückte meine Wartezeit bis zum ersten Gang mit ein paar kleinen kalten Vorspeisen, die einer der Kellner auf einem Servierwagen an meinen Tisch rollte. Das Restaurant war eine Offenbarung. Ich ließ mich vertrauensvoll in die Obhut des Wirtes fallen und er dankte mir dieses Vertrauen mit unzähligen Gängen. Ich bekam gegrillten Fisch in verschiedenen Variationen, frittierte Meeresfrüchte, Muscheln, die er grillte, dünstete, kochte. Als ich mich endlich bis zum Dessert durchgearbeitet hatte, bekam ich auch da noch einmal eine Auswahl von allem, immer ein kleines Stückchen, aber in der Summe Unmengen. Zum abschließenden caffè stellte er mir eine ganze Batterie aus Flaschen auf den Tisch. Den Grappa ließ ich weg, da ich noch fahren musste, aber von den selbstgemachten Likören probierte ich, von jedem eine homöopathische Menge. Es gab Orangen-, Bananen- und Zitronenlikör. Letzterer ist der klassische Limoncello, der für mich nach keinem Essen fehlen darf.

Ich hatte fast drei Stunden im Restaurant verbracht, und obwohl ich früh dran gewesen war, ging es schon fast auf vier Uhr zu. Ich lief über den leeren Strand und genoss den Wind, der mir die salzige Luft ins Gesicht drückte. Schließlich setzte ich mich auf einen Felsen und blickte hinaus aufs Meer. Das Wasser war grünlich und unruhig und es würde noch lange dauern, bis es wieder heiß wurde und der Sommer endlich anfing. Erst registrierte ich gar nicht, dass mein Handy klingelte, weil der Wind so laut war, dass ich es kaum hören konnte. Die Nummer

kannte ich nicht und so meldete ich mich mit einem zurückhaltenden »Pronto?«
»Signora Leopardi hier. Frau Ravenna?«
»Ja.«
»Ich bin die Direktorin der Schule Ihrer … Nichte.«
Die Pause, die sie vor "Nichte" gemacht hatte, traf mich wie ein Schlag in den Magen und in meine Adern schoss ein Schwall Adrenalin, der mir fast die Luft nahm.
»Ja?«, sagte ich wieder.
»Ich würde Sie bitten, so bald wie möglich in die Schule zu kommen. Wir haben hier ein Schreiben erhalten, über das wir reden müssen. Es betrifft Alessandra.«
»Ich … ich komme morgen«, hauchte ich fast tonlos in das Telefon.
Als ich das Handy wieder in die Tasche zurückstecken wollte, zitterten meine Hände so stark, das es mir in den Sand fiel. Wütend trat ich danach, leider so fest, dass ich es bis ins Meer schoss, wo es blubbernd versank.

15.

Die Fahrt zurück zum Haus konnte ich keinen klaren Gedanken fassen. Was für ein Brief? Ein offizieller Brief? Waren wir aufgeflogen? Oder hatte Maria geschrieben? Was sollte ich denen erzählen, und Dieter, was sollte ich ihm sagen? Er würde enttäuscht sein, wenn er merkte, dass ich jetzt mit der Geschichte ankam, weil mich äußere Umstände dazu gezwungen hatten, nicht weil ich mich ihm anvertrauen wollte. Ich hätte noch ein paar Stunden gebraucht, alles durchzudenken, aber in den fünfzehn

Minuten, die die Fahrt dauerte, kam ich nicht mal ansatzweise auf einen vernünftigen Plan.

Als ich am Haus ankam, sah ich Dieters Wagen vor dem Haus stehen, mir blieb also tatsächlich keine Zeit mehr, weiter nachzudenken. In der Küche lag ein Stuhl umgeworfen auf dem Boden. Ich stellte ihn mechanisch wieder hin und sah auf dem Tisch einen Haufen Papiere liegen. Es waren amtliche Dokumente mit vielen Stempeln und Siegeln. Ich griff nach dem ersten Papier. Es war eine Verfügung, die mit sofortiger Wirkung einen Baustopp des Borgos verhängte. Ich überflog die Seiten, um die Begründung zu finden, und als ich sie endlich entdeckte, zwischen all den Paragrafen, die uns alles Mögliche androhten, wenn wir uns nicht daran hielten, wurde mir übel. Die untergeschobene Baugenehmigung für unser Haus war entdeckt worden. Das nächste Schreiben bezog sich dann auch darauf. Unser Haus war rechtlich ein kompletter Schwarzbau. Ich musste mich setzen und wühlte weiter in den Unterlagen und fand schließlich noch ein anderes Dokument. Es war von einem Anwalt aus Bologna, Marias Anwalt, der ankündigte, gerichtlich feststellen zu lassen, dass Alessandra nicht das leibliche Kind seiner Mandantin wäre. Auch diesen Brief hatte Dieter wohl geöffnet. Ob absichtlich oder unabsichtlich, spielte keine Rolle mehr. Er wusste es jetzt also. Und auch das mit der Baugenehmigung. Mir war kotzübel und ich war so zittrig, als ich nach oben ging, um ihn zu suchen. Er war nicht im Haus, ich lief das Grundstück ab und fand ihn im Garten. Er stand einfach da und starrte in die Landschaft.

»Dieter?«, sagte ich vorsichtig. Keine Reaktion.

»Dieter?«, wiederholte ich noch mal. »Dieter, ich …«.
Er drehte sich um, in Zeitlupe. Sein Gesicht war weiß und seine Augen starr und kalt.
»Was willst Du? Noch mehr Lügen?«
»Dieter, ich … ich weiß nicht, wie ich dir das alles erklären soll, ich …«
»Du brauchst mir gar nichts erklären.« Seine Stimme war so eisig, dass ich Gänsehaut bekam.
Ich machte einen Schritt auf ihn zu, aber er hob abwehrend beide Hände vor sich.
»Weißt du, was das bedeutet, ein Baustopp? Wir haben Termine einzuhalten!«
»Ja, ich weiß, aber …«
»Und das mit Alessandra, wann wolltest du mir das erzählen?«
Seine Worte taten so weh und ich wollte ihm so gerne alles erklären, aber ich wusste nicht, wie ich anfangen sollte und er deutete mein Schweigen wohl als weiteres Eingeständnis.
»Wenn das Borgo nicht rechtzeitig fertig wird, kann ich die Firma zumachen. Ich habe verbindliche Termine mit den Käufern!«, schrie er mich an.
Ich registrierte, dass er "ich" gesagt hatte, das Borgo war plötzlich wieder sein Projekt, ich war außen vor. Aber ich verstand ihn.
»Dieter«, setzte ich wieder an, »das mit dem Borgo, ich bringe das in Ordnung. Bitte, glaub mir, ich regle das!«
»Du regelst das?«, er klang ganz höhnisch jetzt. »Wie? Wie willst du das regeln? Mit noch mehr Lügen? Darin hast du ja Übung, wie man an der Geschichte mit Alessandra sieht.«
Das saß. Ich hatte versucht, ganz ruhig zu bleiben, ich war bereit gewesen, mir in diesem Gespräch jeden Vorwurf anzuhören, nicht zu widersprechen, denn

ich hatte genug Mist gebaut. Aber sein letzter Satz war zu viel. Er löste ein Feuerwerk an Gefühlen in mir aus. Ich hatte all die Jahre darunter gelitten, niemandem die Wahrheit sagen zu dürfen. Und mir war klar, dass Dieter ja nicht ahnen konnte, wie alles zusammengekommen war, mit Alessandra, damals. Sicher dachte er, sie sei ein Ausrutscher einer frühreifen Dreizehnjährigen. Aber, genau weil ich an diesem Geheimnis so schwer getragen hatte, erschütterte mich sein letzter Satz so sehr, dass mein Herz so kalt wurde, dass ich nichts mehr fühlte. Ich sah ihn plötzlich so hasserfüllt an, dass er erschrocken einen kleinen Schritt zurückwich. Und dann sagte ich nur einen Satz zu ihm, den ich so eisig klingen ließ, wie ich nur konnte: »Leb wohl, Dieter.«
Unsere Augen trafen sich kurz, zwei wie in Stein gemeißelte Gesichter, die sich ein letztes Mal in die Augen sahen, um sich dann, jeder für sich, abzuwenden und aus dem Leben des anderen zu verschwinden.

16.

Bis Alessandra aus der Schule kam, hatte ich bereits fast fertig gepackt. Mich hielt nichts mehr hier, es hatte keinen Sinn mehr. Dieter würde mir nie wieder vertrauen. Und ich ihm seinen letzten Satz nie verzeihen können. Dazu kam die bevorstehende Auseinandersetzung mit Maria, die ich führen musste. Und dem Besuch in Alessandras Gastschule ging ich auch lieber aus dem Weg, was hätte ich dort auch erzählen sollen. Ich hatte keine Ahnung, welche Konsequenzen aus der ganzen Geschichte erwachsen könnten, aber ich war überzeugt, dass ich zusammen mit Alessandra auf dem Hof meiner Eltern im Moment am sichersten aufgehoben war.

Wenn man gerade mit einem Mann, den der Vater ablehnt, zusammen ein Haus gekauft hat, um dort mit ihm zu leben, ist es nicht schön, plötzlich wieder zuhause anzukommen. Es fühlt sich wie eine Niederlage an. Zumindest stellte ich mir auf der Fahrt nach Hause vor, dass es sich so anfühlen würde. Aber, als ich auf unseren Hof kam und mit Kind und Gepäck vor der Türe stand, musste man mir angesehen haben, dass etwas Schlimmes passiert war. Und sofort nahm die italienische Großfamilie Fahrt auf und umsorgte und umhegte uns. Meine Mutter fing umgehend an, Essen zuzubereiten, mein Vater holte zwei Flaschen von seinem besten Wein, meine Oma kümmerte sich um Alessandra und nach einem langen gemeinsamen Essen und einigen Gläsern Wein begann ich, meinen Eltern die ganze Geschichte mit Dieter, unserem Haus, dem Borgo und von Marias Anwalt zu erzählen. An der Stelle mit der erschwindelten Baugenehmigung musste sich mein Vater mehrmals ein Lachen verkneifen. Als ich die Szene im Rathaus nachspielte, platze er vor Vergnügen sogar laut heraus, was ihm einen sehr strafenden Blick meiner Mutter einbrachte, die zumindest versuchte, so zu tun, als fände sie das ganz furchtbar.

Als ich alles erzählte hatte, sah Papa mich ernst an. »Chiara, das mit Maria überlässt du uns. Aber, das mit dem Borgo, das regelst du. Und zwar pronto!«
So sehr er zuvor auch darüber geschmunzelt hatte. Hier ging es nicht um ein privates Haus, hier ging es um ein Geschäft. Noch dazu von einem

Unbeteiligten, der nichts dafür konnte. Und da verstand Papa keinen Spaß. Er hat mir früh beigebracht, dass ich immer darauf achten muss, anderen keinen Schaden zuzufügen. Er ist Geschäftsmann durch und durch, aber was seine Moralvorstellungen dabei anbelangt, ist er fast schon ein Heiliger. Man kann mit ihm bis aufs Blut verhandeln, und er versucht immer, den höchsten Profit zu bekommen. Aber er würde nie jemanden übervorteilen oder gar betrügen.

Es tat wohl, über alles geredet zu haben. Seltsamerweise fühlte ich mich auch ganz gut. Der Schock über die Trennung von Dieter war noch nicht ganz in mir angekommen. Solange ich die Sache mit dem Borgo noch zu klären hatte, fühlte ich mich ihm immer noch irgendwie verbunden.

17.

Ich verbrachte die nächsten beiden Tage damit, die Pläne und Unterlagen für unser eigenes Haus nochmals zu überarbeiten. Sie mussten nun hundertprozentig dem aktuellen Stand entsprechen und jeder Überprüfung, die es zweifelsohne geben würde, standhalten. Kein Fenster durfte vergessen, keine Türe an irgendeiner anderen Stelle sein. Als ich alles noch einmal durchging, musste ich wieder an den Raum denken, den wir erst in der Bauphase entdeckt hatten, und der jetzt ein Gästezimmer war. Ursprünglich hatte ich vorgehabt, die zugemauerte Türe, die unter den Hang führte, aufbrechen zu lassen. Zu neugierig war ich gewesen, was sich dahinter wohl verbergen würde. Der Rundbogen der ehemaligen Türe war so sorgfältig gemauert, ganz unüblich, nur für den Zugang zu einer cantina. Der erste Schritt bei einer Restaurierung ist immer, alle Räume sandzustrahlen. Dabei lösen sich alle Farb- und Putzreste von den Wänden, die Balken werden von ihrer äußersten Schmutzschicht befreit und man sieht danach viel besser, wo marode Stellen an Mauern, Dach oder Balken sind. Als der Arbeiter diesen Raum mit dem Sandstrahler fertig bearbeitet hatte, wartete ich, bis sich der Staub soweit gelegt hatte, das man wieder etwas erkennen konnte. Und als ich dann im Zimmer stand, und auf den Rundbogen sah, war ich fassungslos. Auf der Mauer zeichnete sich die Figur eines Engels ab. Ganz in Weiß. Ein Engel, der waagrecht in der Luft zu schweben schien, die Arme nach vorne ausgestreckt hatte und dort etwas hielt, das mit etwas Phantasie eine Kerze sein konnte. Der Arbeiter war neben mich getreten.

»Ich habe keine Ahnung, was das ist. Ich bin dreimal über die Stelle gegangen, es lässt sich nicht entfernen.«

Ich nickte und trat näher heran. Als ich mit der Hand über die Zeichnung strich, ganz behutsam, konnte ich nicht ausmachen, was es war. Man fühlte keine Farbe, die sich leicht abheben würde. Die Stelle war auch nicht glatter, so dass man an Säure hätte denken können. Es war mir ein absolutes Rätsel. Es schien, als sei das Bild so tief in den Felsen eingebrannt - »als würde es von innen kommen«, ging mir kurz durch den Kopf. Ich weiß bis heute nicht, was das war, aber ich beschloss damals, dass wir den Durchgang zugemauert lassen und das Bild nicht zerstören. Nun würde ich dieses Geheimnis wohl nie mehr lüften.

Als ich die Pläne soweit hatte, fuhr ich früh am Morgen los, um nochmals mit Guiseppe im Rathaus wegen des Borgos zu sprechen.
Als ich sein Büro betrat, sah er mich entgeistert an und dann ging sein Blick hin und her im Raum, als suchte er nach einer Fluchtmöglichkeit.
»Ciao, Guiseppe«, grüßte ich ihn fröhlich.
»Chiara, was machst du hier? Es ist besser, dich sieht hier niemand«, wieder sein gehetzter Blick.
»Guiseppe, ich weiß. Aber …«, ich nahm meine riesige Sonnenbrille ab und setzte mich unaufgefordert in seinen Besucherstuhl, »du bist der Einzige, der mir helfen kann, das wieder in Ordnung zu bringen.«
»In Ordnung bringen? Wie stellst du dir das vor. Sie haben den falschen Plan gefunden, bei einer internen Überprüfung. Ich konnte da nichts tun.«
»Guiseppe, ich will nicht, dass du da was drehst, nur, das Borgo, das ist nicht mein Projekt, und der Besitzer, der wusste nichts davon.«
Ich redete eine Stunde auf ihn ein und bot ihm an, sogar ins Gefängnis zu gehen, wenn nur Dieter nicht mit bestraft würde. Gefängnis war natürlich übertrieben, ich hoffte sogar, aus der ganzen Nummer ohne saftige Geldstrafe herauszukommen, aber irgendwann zeigten meine Worte bei Guiseppe Wirkung. Er griff zum Hörer, diskutierte ein paar Minuten hektisch, und dann nahm er mich ins Schlepptau und zwei Stockwerke höher saßen wir plötzlich am Schreibtisch des Bürgermeisters. Das ist das Schöne an diesen kleinen Orten, hier kann man selbst den Bürgermeister jederzeit persönlich sprechen - wenn man einen wichtigen Grund dazu hat.

Ich erzählte ihm die ganze Geschichte, wie wichtig mir das Haus wegen meiner bevorstehenden Verlobung gewesen ist, dass Dieter keine Ahnung gehabt hatte, was ich da drehte, mir die Tragweite nicht bewusst gewesen sei. Ich redete auf ihn ein und als ich bei ihm auch wieder die Nummer mit den ausgestreckten Händen, verbunden mit einem »verhaften sie mich, aber lassen sie ihn weiterbauen« brachte, lachte er irgendwann vergnügt los, griff wiederum zum Hörer und bestellte seinen Bauamtsleiter zu uns. Dem erzählte ich das Ganze wieder von vorne und als ich an die Stelle kam, wieder theatralisch zu werden, unterbrach der mich kurz und fragte, ob denn unser Haus wenigstens allen Vorschriften entsprechend gebaut worden wäre. Ich hatte die Pläne dabei und breitete sie auf dem Tisch des Bürgermeisters aus. Der Bauamtsleiter sah sich alles genau an, stutzte bei dem Grundriss, der nicht seinem Katasterplan entsprach und daraufhin beschrieb ich ihm, wie wir den Raum entdeckt hatten, nachdem wir alles Gestrüpp abgetragen und den Müll aus der Ruine entfernt hatten. Alle drei Männer lauschten fasziniert meiner ausführlichen Schilderung und als ich von dem Bild mit dem Engel auf der zugemauerten Türe erzählte, bekreuzigte sich der Bürgermeister sogar unauffällig.

Sie ließen mich nochmals bei allem, was mir heilig ist, schwören, dass Dieter mich nicht angestiftet hatte, die Pläne zu vertauschen und waren sich dann einig, dass jemand, der der Gemeinde so einen guten Dienst erwies, das alte Borgo wieder komplett zu restaurieren und damit auch Urlauber in die Gegend bringen würde, nicht bestraft werden müsse, und der

Bürgermeister ordnete an, den Baustopp aufzuheben und das Verfahren einzustellen.

Wegen unseres eigenen Hauses würde ich natürlich alle Genehmigungsgebühren nachbezahlen müssen. Dazu würde der jetzige Zustand nochmals vor Ort überprüft werden, ob auch alles den jetzt vorgelegten Plänen entsprach. Und als kleine Strafe erklärte ich mich bereit, für alle Gebühren, die ich im Sommer hätte entrichten müssen, die Säumniszinsen zu bezahlen.

Als ich auf der Straße stand, ging ich wie im letzten Sommer ein Stück vom Rathaus weg. Aber ich stieß nicht wie damals einen Freudenschrei aus. Diesmal lehnte ich mich müde an eine Hauswand und sah zu, wie meine Tränen langsam auf dem Boden eine kleine Pfütze bildeten. Denn jetzt war hier alles erledigt. Das Borgo, unser Haus, Dieter, meine gemeinsame Zukunft mit ihm, all das war ab diesem Moment Geschichte.

Kapitel 14

1.

Wieder auf unserem Hof zu wohnen, tat mir gut. Ich wache ja, seit ich klein bin, jeden Morgen um sechs Uhr auf, nur die letzten Jahre war das eigentlich eher sinnlos gewesen, weil ich meist nichts anderes gemacht hatte, als morgens am Meer entlang zu laufen oder gleich mit der Arbeit im Büro zu beginnen. Aber jetzt ging ich wieder in die Ställe und versorgte die Tiere, wie es früher meine Aufgabe gewesen war. Die ersten Wochen betäubte ich meinen Kummer über die Trennung von Dieter mit pausenloser Arbeit. Körperlicher Arbeit, nicht im Büro. Ich passte mich ganz dem Rhythmus des Hofs an, stand früh auf und ging früh schlafen. Die Nähe zur Natur und zu unserem Wein gab mir Ruhe und langsam ließ der Schmerz soweit nach, dass es sogar erste Momente gab, wo ich ihn kurzzeitig ganz vergaß.

Für ein paar Wochen lebte ich wie in einem Vakuum. Ich verließ den Hof überhaupt nicht. Mein Handy lag im Meer und ich hatte mir auch kein neues besorgt. Für Sachen wie Emails, Internet oder Fernsehen hatte ich überhaupt keine Zeit übrig - und auch keinerlei Lust. Papa hatte sich mit Maria in Verbindung gesetzt, und typisch für uns Italiener begann nun ein langer Diskussionsmarathon, wie man die Angelegenheit lösen würde. Das konnte ewig dauern und ich hatte das Gefühl, Maria war vorerst einfach nur damit zufrieden, dass wir uns überhaupt damit beschäftigten. Ich war zwar nie so besonders warm mit ihr geworden, aber sie war auch kein gemeiner Mensch, der uns Böses wollte.

Nach und nach normalisierte sich mein Leben wieder und als ich eines Tages beim Einkaufen war, fuhr ich noch das kleine Stück weiter und genoss zum ersten Mal seit ewigen Zeiten wieder einen aperitivo in meiner Bar bei Paolo. Niemand ist besser informiert, was sich so tut, als der Besitzer der Bar und des Frisörladens. Und da Paolos Bruder der Frisör im Ort war, gab es wirklich nichts, was die beiden nicht mitbekamen. Aber Paolo und ich kannten uns so lange und so schwieg er höflich und verkniff sich alle Fragen zu Dieter, Stefano und mir.

Nach zwei Gläsern Weißwein fühlte ich mich auch stark genug, im ehemaligen Büro vorbeizuschauen. Paolo, der andere Paolo, unser Partner hier, der Makler, schloss mich minutenlang in die Arme. Er war ein gutmütiger Kerl und er hatte es mir nie übel genommen, dass ich hier alles hatte stehen und liegen lassen, um den Auftrag für das Borgo anzunehmen. Im Gegenteil, ich glaube, er war sogar ein bisschen froh gewesen, denn was er damals alles versprach, was er an Häusern und Projekten an Land ziehen würde, hatte ihn eher überfordert. Und als ich weg war, war er auch nicht mehr in der Pflicht gewesen, seine ganzen Versprechen einzulösen.

Es tat gut, wieder normale Sachen zu machen und als ich auf dem Rückweg an einer Straßenecke Stefano laufen sah, winkte ich ihm einfach zu und amüsierte mich über sein verdutztes Gesicht im Rückspiegel.

Nachdem ich nun wusste, dass Paolo mir nicht böse war, teilte ich meine Zeit zwischen der Arbeit auf dem Hof und im Büro auf. Es gab nach wie vor nicht wirklich viel zu tun, aber Paolo hatte immer wieder mal ein paar kleinere Aufträge von bestehenden Kunden und ich war ganz froh, ein bisschen planen und zeichnen zu dürfen. Ab und zu kamen auch immer wieder einmal Interessenten aus Deutschland, die ich dann wie früher betreute. Aber unser Angebot an Häusern war einfach zu klein und so verloren wir die meisten an die großen Agenturen, die den Kunden ein viel größeres Portfolio bieten konnten.

Paolo ließ sich von mir haargenau jede Kleinigkeit erzählen, wie wir das Projekt mit dem Borgo abgewickelt hatten. Er wollte wissen, wie wir es restauriert hatten, wie es von uns vermarktet worden war, wie viele Interessenten kamen und alles Mögliche mehr. Ich merkte, wie es ihn wurmte, dass andere es schafften, so viele Käufer aus dem Ausland anzuziehen, während sein Büro eigentlich nur im Leerlauf vor sich hindümpelte.

2.

Nachdem ich immer mehr im Ort unterwegs war, war es natürlich nur eine Frage der Zeit, bis ich auf Stefano traf. Vielleicht hätte ich ihn hassen müssen, für das, was er mit mir gemacht hatte, aber irgendwie war soviel passiert seit unserem großen Streit, dass das alles nur noch eine vage Erinnerung war, bei der ich mich manchmal sogar fragte, ob das wirklich ich gewesen war, die seinen Schlag abbekommen hatte. Unsere ersten Treffen waren belanglos, zufällig, in irgendwelchen Lokalen, wo wir jeweils getrennt mit Freunden unterwegs waren und uns nur über eine größere Distanz kurz sahen. Ich wusste nicht, ob er wieder eine Freundin hatte und es interessierte mich auch nicht besonders - aber unsere Umwelt dafür umso mehr. Wir waren immer das Paar im Ort gewesen, die, die schon immer zusammen waren. Und so merkte ich, dass überall neugierig darauf geachtet wurde, wie wir uns verhielten, seit ich wieder zurück war.

Und irgendwann tauchte Stefano dann bei uns auf dem Hof auf. Zum ersten Mal, seit ich denken konnte, trug er dazu keine weiße Jeans, als hätte er geahnt, wie sehr ich mich darüber immer aufgeregt hatte. Er kam auch nicht wie früher mit seiner protzigen Ducati oder einem seiner Sportwagen, sondern mit einem Lieferwagen aus der Firma seines Vaters. Ich hatte gerade in den Ställen etwas repariert und war verschwitzt und dreckig. Als ich ihn erblickte, blieb ich verwundert stehen. Er hob entschuldigend die Hände.
»Ciao, Chiara, hast du einen Moment?«
Seine tiefe melodische Stimme. Es war ungewohnt, sie wieder einmal zu hören, nach der langen Zeit. Ich hatte auch fast vergessen gehabt, wie unheimlich gut er aussah.
»Stefano, ciao. Was willst du hier?« Ich wollte es abweisend klingen lassen, aber es gelang mir nicht so recht.
»Ich will nur ein paar Minuten mit dir reden, wenn es geht.«
Ich überlegte kurz. Aber, nun, warum nicht?
»Okay, warte hier.«

Ich sprintete in mein Zimmer und riss mir im Hinauflaufen schon die verschwitze Bluse herunter. Als ich keuchend in meinem Bad ankam und in den Spiegel sah, wurde mir plötzlich bewusst, was ich hier tat. Mich hübsch machen. Für Stefano. »Du Idiotin«, sagte ich zu meinem Spiegelbild. Dann suchte ich mir eine alte zerschlissene Arbeitsbluse raus, die zwar frisch war, aber grottenhässlich, setzte mich auf die geschlossene Toilette und rauchte erst einmal in aller Ruhe eine Zigarette. Wie immer blies ich den Rauch sorgfältig aus dem Fenster. Mama kann es nicht leiden, wenn es nach Tabak im Haus riecht. Sogar mein Vater hält sich daran. Als ich fertig geraucht hatte verbrachte ich weitere Minuten damit, ein paar Zeitschriften durchzublättern. Stefano sollte ruhig denken, ich würde mich aufgeregt herausputzen, nur weil er geruhte, hier aufzutauchen. Den Zahn würde ich ihm ziehen. Als ich ihn lange genug hatte warten lassen, schlenderte ich betont langsam zurück nach draußen. Ich hatte vermutet, dass er entnervt mit den Fingern trommelnd in seinem Auto sitzen würde oder die Zeit für seine so wichtigen Telefonate genutzt hätte. Aber nein, er stand immer noch geduldig an der gleichen Stelle und zeigte mit keiner Geste, dass er genervt war.

Wir gingen in Richtung der Pferdekoppeln und weil ich wußte, wie ungern er sich dreckig macht, kletterte ich über das Holzgatter und zwang ihn, es mir gleichzutun. Dann lief ich absichtlich durch einen Teil der Koppel, der fast immer matschig war. Er murrte nicht einmal, und als er sogar noch eines der Pferde streichelte, traute ich meinen Augen kaum.

Auf der anderen Seite der Koppel setzten wir uns unter einen Baum in den Schatten. Es war einer meiner Lieblingsplätze, man konnte von hier bis zum Meer sehen.
Eine Weile saßen wir einfach da, jeder hing seinen Gedanken nach, bis Stefano plötzlich sprach.
»Ich habe mich nie bei dir entschuldigt, für damals.«
»Es ist viel passiert, seitdem«, sagte ich.
»Chiara, ich hätte das nie tun dürfen, ich weiß nicht, wie das geschehen konnte. Ich habe noch nie jemanden geschlagen«, hilflos sah er mich an. »Du hättest mich anzeigen können!«
»Stefano«, ich zögerte kurz, »es ist so lange her. Es ist gut, lass es ruhen.«
Er sah mich wieder an, endlos, mit seinen schwarzen Augen. Und plötzlich vergrub er seinen Kopf an meiner Brust und ich dachte zuerst, ich täusche mich, aber dann war es nicht mehr zu überhören. Stefano weinte. Er weinte in meine Bluse und klammerte sich förmlich an mir fest. Und irgendwann hob er den Kopf, schluckte mehrmals und sagte dann mit noch ganz schwacher Stimme: »Ich liebe dich, Chiara, ich liebe dich, ich habe dich so vermisst.«
Ich weiß heute nicht mehr, was es war, seine Tränen, die Situation an diesem schönen Nachmittag mit dem Blick aufs Meer, die Vertrautheit zwischen uns, die so viele Jahre bestanden hatte, aber ich fiel ihm einfach die Arme und hielt mich an ihm fest und so saßen wir endlos, eng umschlungen und die Zeit stand still.

3.

Ich hatte niemandem erzählt, warum Stefano und ich uns getrennt hatten und so fanden es fast alle gut, dass das "Traumpaar" wieder zusammen war. Und Stefano zog alle Register. Er war lieb, aufmerksam, zuvorkommend und romantisch. Vom Abendessen bei Kerzenlicht über Blumen und kleine Geschenke, er ließ nichts aus. Ich war anfangs misstrauisch, ob er nicht gleich wieder in sein früheres Verhalten zurückfallen würde, aber er hielt sich wacker und blieb konsequent nett. Wir spielten die Rolle des jungen italienischen, frisch verliebten Paares perfekt. Er umwarb mich und ich war die unnahbare, immer leicht zickige, nie ganz zufriedene Partnerin, die ihn in ständiger leichter Aufregung hielt.

Stefano hatte einen ganz großen Bonus bei mir. Er wusste schon lange von Alessandra. Das machte alles so viel einfacher für mich. Und er hatte sein Wissen selbst in unseren größten Auseinandersetzungen nie gegen mich verwendet. Das gab mir ein Gefühl der Sicherheit und des Vertrauens. Ungefähr vier Wochen nach unserer Versöhnung unter dem Baum auf unserem Hof zogen wir zu dritt wieder in mein kleines Strandhaus ein.

4.

Wie schon im Jahr zuvor, hing ich mit meiner Arbeit ziemlich in der Luft. Ich ging ins Büro, um dort meistens nur herumzusitzen, kümmerte mich um Alessandra und fing bald an, mich zu langweilen. Stefano arbeitete wie früher in der Firma seines Vaters und hatte viel zu tun. Im Gegensatz zu mir.
Wahrscheinlich hätte ich das damals einfach genießen sollen, denn jetzt gerade sehne ich mich sehr danach zurück. Aber, wenn man viel Zeit hat,

denkt man viel nach, und meistens redet man dann auch zu viel. So wie ich damals.
Es war an einem stürmischen Nachmittag, an dem ich länger im Büro blieb, als geplant. Draußen goss es in Strömen und ich wollte das Gewitter noch abwarten, bevor ich nach Hause ging. Und da fing Paolo wieder einmal das Gespräch darüber an, was wir nur tun könnten, um mehr Häuser zu verkaufen. Wie immer sagte ich ihm, dass wir, um mehr zu verkaufen, eben auch ein größeres Angebot bräuchten.
»Okay, Chiara, okay. Gut, aber sag mir eins, euer Borgo, wie weit war das noch mal vom Meer weg?« fragte er mich.
»Oh, nun, so ungefähr eine knappe halbe Stunde.«
»Und das hat die Käufer nicht gestört?«
»Nein, Paolo, das war eigentlich nie ein Thema. Die Käufer hatten eher Angst, ob wir auch ordentlich bauen, ob wir nicht zu weit von Deutschland entfernt sind, solche Sachen.«
»Interessant«, er rieb sich das Kinn.
»Was überlegst Du?«
»Nun, ich überlege, vielleicht haben wir das falsch eingeschätzt.«
»Ja, vielleicht haben wir hier immer zu sehr nach Häusern gesucht, die ganz nah am Meer sind. Und davon gibt es nicht viele«. Ich zuckte mit den Schultern, sah, dass der Regen nachgelassen hatte und verabschiedete mich von Paolo. Wir hatten schon viele solcher Gespräche geführt, immer ohne zu irgendeinem Ergebnis zu kommen.

5.

Der Sommer brach langsam an und ich verlegte wie früher mein Büro an den Strand. Stefano war immer noch sehr lieb zu mir. Gut, ein paar Mal hatte er mir wieder kleine Eifersuchtsszenen gemacht, aber kein Vergleich mehr zu damals. Ich hatte meine Tage relativ fest strukturiert, was mir ganz gut gefiel. Drei Tage die Woche fuhr ich morgens, sobald Alessandra in der Schule war, auf unseren Hof und half dort kräftig mit. Die anderen Tage nahm ich dafür locker, ich ging morgens an den Strand, frühstückte bei Mario und erledigte meine Telefonate von seiner Strandbar aus. Am Anfang war es mir schwergefallen, wieder hierher zu kommen, denn ich hatte die erste Zeit immer das Bild von Dieter im Kopf, den ich hier kennengelernt hatte. Fast bildete ich mir ein, seine Stimme zu hören, wie er damals mit dem Krug Wein an meinem Tisch aufgetaucht war. Aber ich schüttelte dann jedesmal den Kopf, um diese Gedanken schnell wieder zu vertreiben. Und mit der Zeit verblasste auch diese Erinnerung immer mehr.

Wie früher, saß ich ganz entspannt an meinem Stammplatz, beobachtete die Touristen, die kamen und gingen und manchmal, wenn ich schläfrig war, spulte ein Film vor meinem inneren Auge ab, der so eine ganze Strandsaison im Zeitraffer vorüberziehen lässt. Unzählige Menschen, die kommen, ihre Sachen ausbreiten, sich setzen, aufstehen, einpacken und wieder verschwinden. Und alle haben ihre eigene Geschichte, ihr eigenes Schicksal. Meine Seele entspannte sich immer mehr in diesen Wochen und irgendwann hatte ich endlich wieder dieses Gefühl, dass mein Leben ein langsamer, ruhiger Fluss war, in dem ich mich wieder gerne treiben ließ.

6.

Ich hatte die Gespräche mit Paolo, auch unser letztes, nie so richtig ernst genommen. Umso erstaunter war ich, als er eines Tages um ein Gespräch mit mir und meinem Vater bat, das er mit den Worten »Chiara hat mich da auf etwas gebracht«, eröffnete.
Ich sah ihn erstaunt an und hatte keine Idee, was er meinen könnte.
»Auf was hat dich Chiara gebracht?«, fragte dann auch mein Vater neugierig.
»Auf die Lösung«, antwortete er triumphierend.
»Paolo, welche Lösung, nun erzähl schon!«
»Passt auf«, er beugte sich ganz weit nach vorne, »wir haben zwei Dinge nicht, wir haben keine Häuser und wir haben keine Käufer. Aber, wir haben das völlig falsch angepackt!« Er lehnte sich zufrieden zurück, während wir immer noch keine Ahnung hatten, worauf er hinauswollte.
»Also«, setzte er wieder an, »also, wir haben immer gedacht, die Deutschen kaufen nur Häuser direkt am Meer. Aber Chiara hat mir erzählt, dass sie an ihrem Projekt gar keine Probleme hatten, etwas weiter entfernt vom Meer zu sein.«
»Paolo, was willst du damit sagen?« Mein Vater hatte sich jetzt auch nach vorne gebeugt. Ich kannte das genau. Er witterte ein Geschäft und wie ein Jagdhund nahm er die Fährte auf.
»Pass auf, Vittorio, Folgendes, ich habe hier alles abgegrast, nach Häusern, nah am Meer. Aber jetzt,

jetzt habe ich das Gebiet erweitert. Chiara hat mir gesagt, sie denkt, alles, was unter einer halben Stunde ist, ist okay für unsere Kunden. Und jetzt ...«, er machte eine Pause, »jetzt habe ich fast hundert Häuser, die wir anbieten können!« Er sah uns mit zusammengekniffenen Augen an.
Eine Weile sagte keiner etwas. Ich spürte, wie es in meinem Vater arbeitete, wie er das Gesagte gedanklich hin und her schob, es analysierte. Schließlich nahm er einen Schluck Wein und sah dann Paolo an.
»Und wie willst du die vermarkten? Es sind Ruinen. Chiaras Borgo, das war ein Projekt. Du weißt doch, die ausländischen Kunden sind vorsichtig, wenn sie keinen Ansprechpartner haben, in ihrem Land?«
»Genau darum geht's!«, schrie Paolo aufgeregt, »genau das ist doch der Punkt. Wir suchen uns eine Firma in Deutschland, die hier bei uns schon Häuser anbietet. Die sollen unsere Häuser vermarkten, zu denen haben die Kunden vertrauen.«
»Paolo, wo willst du so eine Firma hernehmen?«
»Ganz einfach«, er lehnte sich wieder zurück, faltete die Hände über seinem gewaltigen Bauch, lächelte, beugte sich wieder vor, nahm auch einen Schluck Wein, und dann spielte er seinen Trumpf aus.
»Ganz einfach, Vittorio. Ganz einfach. Wir schicken Chiara nach Deutschland. Sie soll die richtige Firma finden, die unsere Häuser dann anbietet.« Er lächelte zufrieden vor sich hin.
Ich hatte gerade noch leicht gelangweilt aus dem Fenster gesehen, als ich das hörte und erstarrte. Ich dachte, nicht richtig verstanden zu haben. Ich, nach Deutschland? Im Leben nicht, nicht jetzt, wo ich mich gerade mit Stefano ausgesöhnt hatte und alles so gut lief. Und mir war klar, dass mein Vater das genauso sehen würde. Dachte ich. Aber dem war nicht so. Im

Gegenteil, er war begeistert, und die beiden redeten sich richtig in Rage ob dieser tollen Idee und vergaßen mich dabei völlig.
Irgendwann hatte ich genug und räusperte mich. Die beiden unterbrachen ihren Redefluss und sahen mich fragend an.
»Ich, ich möchte aber nicht nach Deutschland.« Eigentlich wollte ich es bestimmt sagen, aber ich hatte so weiche Knie, dass es mehr ein Stottern wurde.
»Chiara«, mein Vater sah mich an, »die Frage stellt sich gar nicht! Die Idee ist brillant. Und es ist ja nicht für lange, vielleicht ein, höchstens zwei Monate. Es wird dir gut tun, wenn du hier einmal rauskommst.«
Ich war überhaupt nicht der Meinung, dass mir das gut tun würde, ganz und gar nicht. Aber die beiden redeten so aufgeregt auf mich ein, dass ich überhaupt keinen klaren Gedanken mehr fassen konnte und schließlich presste ich nur noch mühsam heraus: »Und, wo in Deutschland soll ich da hin?«
»Wohin?«, lächelte mein Vater, »nun, das ist einfach. Wir besitzen eine Wohnung dort, in München. Dein Bruder hat sie vor Jahren gekauft, als er dort Geschäfte gemacht hat. Sie steht leer. Dort kannst du wohnen.«
»Und wann soll ich da hin?«, ich hauchte die Frage kraftlos aus.
Mein Vater zuckte mit den Achseln und sah Paolo fragend an. Der überlegte kurz.
»Ich denke bald, jetzt, wenn der August vorbei ist und alle wieder arbeiten. Rechtzeitig vor dem Winter. Der soll in Deutschland ziemlich kalt sein.« Er lachte darüber so, dass ihm die Tränen herunterliefen.

Die beiden hatten mich so überrumpelt, dass ich nach dem Gespräch noch minutenlang wie benommen im Auto saß, bevor ich den Motor starten konnte, um nach Hause zu fahren. Was sollte ich Stefano sagen, und Alessandra? Und überhaupt, Deutschland! Ich beherrschte die Sprache, aber ich wusste quasi nichts über dieses Land. Selbst mit Dieter hatte ich nie groß darüber gesprochen. Er war so versessen auf Italien, dass nur er mich immer wieder gebeten hatte, ihm alles Mögliche über mein Land und unsere Mentalität zu erzählen. War er stellvertretend dafür, wie Deutsche sind? Wenn ja, war das ja ziemlich beruhigend. Aber trotzdem, ich hatte einfach Angst, eine geradezu panische Angst.

Kapitel 15

1.

Ich sitze in der kleinen Bar am Hafen und trinke einen Espresso, rauche, schaue den Schiffen zu, die hinausfahren. Die Sonne steht schon tief und obwohl es noch warm ist, merkt man bereits den kühlen Unterton des bevorstehenden Herbstes. Paolo fragt mich, ob ich noch einen caffè möchte, und ich schüttle nur abwesend den Kopf und starre weiter auf die Schiffe und spiele mit meinem Feuerzeug und versuche zu erkennen, was anders ist, und merke, dass es die Schatten sind, die etwas anders ausfallen als noch im August, als wir noch jeden Tag am Meer verbracht haben und die Nächte am Strand, wo wir Fisch gegrillt, Musik gehört und geredet und gelacht haben.
Ein paar Männer die ich entfernt kenne, weil sie oft bei uns auf dem Hof sind und mit meinem Vater Geschäfte machen, kommen in die Bar und grüßen mich im Vorbeigehen und ich nicke nur und drehe mich weg weil ich nicht reden möchte. Unter der Sonnenbrille füllen sich meine Augen mit Tränen und ich schlucke kräftig und versuche sie zurückzuhalten und bekomme dieses Druckgefühl im Hals, das man immer hat, wenn man heulen muss und eigentlich gar nicht will.
Ich hebe die Hand und versuche mit fester Stimme ein Glas Weißwein zu bestellen, aber meine Stimme ist so leise, dass ich es dreimal sagen muss und als Paolo fragt, ob alles in Ordnung sei, nicke ich wieder und zünde mir noch eine Zigarette an.

Ich will nicht, ich will einfach nicht. Es ist nur für ein oder zwei Monate haben sie mir gesagt, aber ein oder zwei Monate sind lang, sehr lang - und ich weiß, dass ich das nicht überstehen werde und versuche mir einen Plan auszudenken, warum ich es nicht tun werde.

Paolo bringt den Weißwein und alles, was man sonst noch so bekommt, wenn man in Italien in einer Bar gegen Abend oder am späten Nachmittag einen Drink bestellt, kleine Schnittchen, Oliven, Käse, Chips, Erdnüsse. Da ich fast jeden Tag hier bin, bekomme ich seine VIP-Ausstattung, aber ich habe keinen Hunger und rühre nichts an, was ein Fehler ist, denn natürlich kommt Paolo sofort und fragt mich, ob etwas nicht stimmt.

Ich starre ihn durch meine fast schwarze Sonnenbrille nur an und versuche zu lächeln und schüttle den Kopf und sage dann, dass alles in bester Ordnung ist, was er mir nicht glaubt.

Als er in der Bar verschwindet, lege ich schnell etwas Geld auf den Tisch, kippe den Wein runter und flüchte. Ich laufe zum Leuchtturm und das letzte Stück ziehe ich meine Schuhe aus und laufe durch den nassen Sand und genieße die Kühle und die Körner, die sich durch meine Zehen drücken, und am Leuchtturm setze ich mich auf den Felsen und lehne mich an die dicken Mauern und schließe die Augen.

Ich weiß nicht, wie lange ich so sitze, aber es wird kalt und die Sonne wirft jetzt so lange Schatten und bis auf ein kleines Schiff am Horizont ist das Meer leer und ich bin allein mit ihm und ich greife in den Sand, nehme eine Handvoll, die ich durch die Finger rieseln lasse und sage ganz leise: »Ich liebe Dich.«

2.

Ich wache auf, weil mir jemand pausenlos auf den Kopf schlägt, und merke erst nach einer ganzen Weile, dass es dröhnende Kopfschmerzen sind, und kann mich an nichts erinnern, außer an diese Schwärze in der Nacht, als ich versucht hatte, Konturen im Zimmer zu erkennen, was ich immer versuche, wenn ich im Dunkeln aufwache, um sicherzustellen, dass ich nicht wieder unter Wasser gefangen bin - wie damals, bei meinem Unfall.

Mich überkommt kurz Panik und ich sehe mich um, aber ich bin allein und wanke in das kleine Bad neben meinem Schlafzimmer und vermeide es, in den Spiegel zu sehen. Das Meer ist grau und trüb und das bedeutet, dass es Sturm geben wird heute und ich klettere in die Dusche und sehne mich nach kaltem Wasser, aber mir wird so schwindlig, dass ich doch lieber heiß dusche und danach muss ich mich erst ein paar Minuten setzen, bevor ich mir ein Handtuch nehme, in das ich mich einwickle, und nach unten gehe, um Kaffee zu kochen.

Ich sitze in der Küche und rauche und schenke mir immer wieder Espresso nach aus der Caffettiera und rauche und starre aus dem Fenster. Ich erinnere mich noch, dass ich vom Leuchtturm zur Piazza gelaufen bin wo ich ein paar Freunde traf, die mich mitgenommen haben in ein Lokal. Auch dort konnte ich nichts essen und habe Wein bestellt, den der Wirt in einem Glaskrug gebracht hat, der so kalt war, dass er außen ganz nass wurde, und ich hatte meine Stirn kurz dagegen gedrückt und mich nach etwas gesehnt, das ich nicht beschreiben konnte. Danach waren wir in einem Club und ich hatte immer mehr getrunken und getanzt und schließlich wird die Erinnerung ein immer dichterer Nebel aus Wortfetzen und Bildern, die sich aber nicht zusammensetzen lassen und ich gebe auf und starre wieder aus dem Fenster aufs Meer, das mittlerweile fast grün ist, und die ersten Wellen zerbersten an den vorgelagerten Felsen und schießen als weiße Schaumfontänen in den Himmel.

Dann laufe ich durch das kleine Haus und bleibe immer wieder stehen und überlege verschiedene Sachen, ohne eigentlich zu begreifen, was ich denke, und verliere mich in der Vorstellung, es sei erst Frühling und der Sommer würde noch kommen und alles wäre wie immer und ich müsste es nicht tun und könnte einfach so weitermachen wie bisher.

Gleichzeitig mit dem Beginn des Klingelns des Telefons schlägt der erste Vorbote des heranziehenden Sturms mit lautem Knall ein Fenster zu und mir wird in diesem Moment bewusst, dass der Sommer vorbei ist und vielleicht nie wieder so sein wird wie er war und ich lasse es endlos klingeln, bis ich endlich abhebe, und es ist Stefano und ich sage lange nichts, während sich meine Augen wieder mit Tränen füllen und ich den Hörer kraftlos sinken lasse.

3.

Es nieselt leicht, als ich am Meer entlang laufe und die Wellen lecken gierig am Strand und versuchen, ihm Sand abzunehmen, den sie mit ins Meer tragen - der immer gleiche Kampf. Noch sind die Dünen nicht aufgeschüttet und die Mauern nicht aufgerichtet, die den Strand den Winter über schützen werden. Aber die Strandbäder sind schon verlassen und leer und die ersten haben bereits die Fenster mit Balken vernagelt. Ich starre lange zum Horizont und sehe Bilder des Sommers, die wie die Wellen vor und zurück tanzen, und mir wird wieder etwas schwindlig. Ich bin allein am Strand, und ohne lange zu überlegen, ziehe ich meine Kleider aus und laufe ins Meer. Das Wasser ist so kalt, dass mir kurz die Luft wegbleibt, aber dann schmecke ich das vertraute Salz des Meeres auf meinen Lippen und beginne zu lächeln und schwimme mit kräftigen Zügen weiter raus. Der Wind wird immer stärker und ich merke, wie langsam die Ebbe einsetzt, und mich wie an einem Gummiband mit aller Kraft immer weiter nach draußen zieht - ein Zug Richtung Strand und zwei Längen sofort wieder zurück. So lege ich den Kopf aufs Wasser, mache mich ganz lang und beginne, ohne abzusetzen zu kraulen, wie mein Vater es mir beigebracht hat. Immer drei Längen, Luft holen, drei Längen, Luft holen. Dann liege ich im Sand und pumpe wie ein Maikäfer und mir laufen Tränen übers Gesicht und ich schaue in den Himmel und lache und bin glücklich.

Stefano wartet in einer kleinen Bar auf mich. Er sieht fantastisch aus mit seinen schwarzen glänzenden Locken und den dunklen Augen. Er hat eine Flasche Wein auf dem Tisch, die schon fast zur Hälfte geleert ist, und ein paar kleine Snacks. Ich küsse ihn auf den Mund und setze mich ihm gegenüber.

Es passt ihm nicht, dass ich alleine nach Deutschland gehen werde, es passt ihm nicht, weil er sagt, es mache ihn lächerlich, wenn seine zukünftige Frau ganz alleine in ein anderes Land geht, wo sie Versuchungen ausgesetzt sein wird und sie jeder anmachen will.
Noch bevor ich bestellen kann, streiten wir bereits und obwohl ich gar nicht gehen will, und obwohl ich so traurig bin, und obwohl ich eigentlich reden möchte, was ich tun kann, um zu bleiben, obwohl ich ihn jetzt so dringend bräuchte, und obwohl ich ihm das alles sagen möchte, lasse ich mich in die Defensive drängen und fange an, mich zu verteidigen, ihm zu widersprechen, ihm zu erklären - was ich eigentlich selbst nicht glaube.

Wir zahlen und gehen aus der Bar und ich habe wieder Kopfschmerzen, wie am Morgen, aber als wir zuhause sind, schlafe ich trotzdem mit ihm. Er ist voller Wut und hart und brutal und auf einmal steigt in mir so ein Gefühl von Trotz und Trauer hoch, so intensiv, und ich kratze seinen Rücken blutig und will ihm einfach weh tun. Plötzlich verändert sich sein Blick und er nimmt meine beiden Hände in seine Hand und zieht sie nach oben, so dass ich ausgestreckt bin, als wäre ich mit den Armen am Kopfende des Bettes gefesselt und er stößt wild in mich und irgendwie macht es mich geil, aber plötzlich wird mir klar, was er vorhat, dass er mich schwängern will, bevor ich gehe und ich fange an, mich aufzubäumen, aber er drückt sein ganzes Gewicht auf mich und ich winde mich und kann mich im letzten Moment unter ihm herausdrehen und er ergießt sich über meine Schenkel und mein Knie. Dann steht er wortlos auf, zieht seine Hose und

sein T-Shirt an und verlässt das Haus, und als die Türe mit lautem Krach ins Schloss fällt, krümme ich mich zusammen wie ein Baby und weine lautlos in mein Kissen und rieche lange seinen Geruch im Zimmer und an mir, während ich regungslos daliege und sich alles in meinem Kopf dreht.
Ich muss eingeschlafen sein, denn mir ist plötzlich kalt und draußen zucken Blitze und die Donner lassen jedes Mal das Haus beben und ich ziehe die Decke über mich, die noch feucht ist und nach Liebe riecht, und ich halte sie im Arm und murmle seinen Namen - immer wieder, bis ich endlich schlafen darf.

4.

Ich fahre eine Woche früher los, so kann ich die ganzen Einladungen umgehen, die Abschiedspartys, die Umarmungen, all die Dinge, nach denen mir so gar nicht ist. Ich schaue ein letztes Mal aufs Meer und setze dann meine tiefschwarze Dior-Brille auf.
Die vertraute Straße weg vom Meer, vorbei an den weiten Feldern mit Blick auf die im Morgendunst liegenden Hügel, dann die Superstrada entlang, in Richtung Autobahn. Ich fühle nichts, ich denke nichts, ich fahre einfach und habe nicht einmal das Radio an.
Ich schaffe diesen Zustand bis Bologna, das ich nach etwa einer Dreiviertelstunde erreiche, und dort biege ich an einem Autogrill ab. In der Bar trinke ich einen caffè und dann noch eine Cola und kaufe eine Stange italienischer Marlboros, Zeitschriften, Tageszeitungen und einen Sixpack Wasser mit den großen Zwei-Liter-Flaschen.

Über der Kasse hängt ein Spiegel und ich sehe darin aus wie ausgespuckt, und ich schiebe die Sonnenbrille schnell nach unten, vor mein Gesicht, und zahle.
Kurz nach Modena bin ich am letzten großen Autobahnkreuz, wenn ich einfach weiterfahre, komme ich auf die Autobahn nach Mailand und Turin, dort leben Freunde von mir, die mich aufnehmen und meiner Familie nie verraten würden, dass ich dort bin. Aber ich biege ab in Richtung Brenner und das übergroße "D" auf dem Schild hat etwas Bedrohliches und mir wird langsam bewusst, dass ich nicht mehr lange hier zuhause sein werde.

Etwas später fahre ich wieder ab und sitze im Auto und starre aus dem Fenster ins Nichts, und irgendwann raffe ich mich auf, tanke und fahre durch die monotone Po-Ebene, bis die ersten Hügel auftauchen, die den Talkessel für den Gardasee bilden.
Dann erscheinen plötzlich die Alpen am Horizont und die weißen Schneefelder beginnen mich höhnisch auszulachen und als ich dann bei Trento langsam höher und höher in die Berge komme, signalisiert mein Handy eine SMS und ich fahre beim Versuch, sie zu lesen, fast in einen LKW. Ich habe keine Lust, schon wieder anzuhalten, aber der Gedanke, von wem die Nachricht sein könnte, macht mich fast verrückt und ich drehe das Radio an, bekomme aber keinen italienischen Sender mehr richtig rein, und irgendwann bin ich am Brenner, und dort fahre ich auf einen Parkplatz und lese mit zitternden Händen die Nachricht von Stefano. Meine Tränen verschmieren das Display und der Text verschwimmt vor meinen Augen und einen Moment denke ich, ich könnte damit die Nachricht

auslöschen, in der er mir mitteilt, dass es aus ist und er mir alles Gute wünscht, aber nicht mehr da sein wird für mich. Ich steige aus und die kalte Luft gibt mir den Rest, ich lehne mich mit schwachen Beinen an mein Auto und stehe so, bis ich am ganzen Körper vor Kälte zittere.
Durch Österreich rase ich ohne Rücksicht auf irgendwelche Tempolimits, ich will nur raus aus diesem Auto und verpasse die Hinweise auf die Staatsgrenze und merke nur an den blauen Schildern irgendwann, dass ich in Deutschland angekommen bin.

Das Navi lotst mich bis zur Wohnung meines Bruders, die ich nutzen werde, und die für Leute wie mich gekauft wurde, Leute aus unserer Familie, die für irgendetwas eine Weile nach Deutschland kommen. Ich drücke auf den Sender und fahre in die Tiefgarage und auf den Platz, den er mir gesagt hat. Der Wohnungsschlüssel liegt unter einem Stapel Reifen und der Abdruck des Schlüssels am Boden lässt vermuten, dass er wohl schon immer hier hinterlegt ist. Im Lift finde ich den Knopf für den dritten Stock nicht, bis ich kapiere, dass es keinen Knopf gibt, sondern ich den Schlüssel nehmen muss und der Lift bringt mich nach oben direkt in die Wohnung.
Ein Penthouse kenne ich nur aus Filmen, ich war vorher noch nie in einem - mir sind Wohnungen fremd, bis auf die eine Woche in Ravenna, habe ich noch nie in einer gelebt. Das Wohnzimmer ist riesig und die untergehende Sonne scheint durch die Fenster, die an allen Seiten sind, überhaupt scheint diese Wohnung gar keine Wände zu haben, sondern nur aus Glas zu bestehen. Ich ziehe meine Schuhe aus

und der Holzboden fühlt sich gut an. In einem Teil des Wohnzimmers steht ein riesiger Fernseher, ich sehe zwei Receiver und noch einige Geräte, und als Erstes mache ich den Fernseher an, denn die Stille erdrückt mich. Der große Landhaustisch auf der anderen Seite des Zimmers gefällt mir und die riesige Küche zieht mich magisch an, aber dann sehe ich den Elektroherd und der Hauch eines Lächelns, der sich in mein Gesicht gekämpft hatte, verfliegt, denn ich hasse es, ohne Gas zu kochen und denke ohnehin, dass ich nie wieder etwas essen werde.
Ich laufe weiter durch die Wohnung und zähle drei Schlafzimmer und zwei Bäder. Eine Treppe führt eine Etage tiefer, hier ist ein weiteres Schlafzimmer und ein großes Arbeitszimmer und scheinbar noch ein Zugang zur Wohnung.
In der Küche öffne ich den Kühlschrank, aber er ist leer und nicht in Betrieb und ich suche mechanisch alle Schränke ab, bis ich die Caffettiera finde und eine frische Packung Espresso und koche mir einen caffè. Die Dachterrasse führt um die ganze Wohnung herum und ich klammere mich an der Kaffeetasse fest und rauche, und als die Dämmerung in Dunkelheit übergeht und ich mich kurz bewege, flammen unzählige Halogenfluter auf, die von Sensoren gesteuert werden, und ich erschrecke und habe plötzlich das Bild vor mir, wie ich vor drei Tagen aufgewacht bin, nachdem Stefano gegangen war und die Blitze durchs Fenster gezuckt sind.

Die Nacht ist stockdunkel und ich wache immerzu auf und finde mich nicht zurecht und vergesse, ein Licht anzumachen, und als ich das nächste Mal aufwache, kann ich überhaupt nichts erkennen und ich bekomme Panik, weil ich nicht weiß, ob ich träume oder ob ich zurück bin, gefangen, bei meinem Tauchunfall und ich beginne, um mich zu schlagen und nach Luft zu schnappen, bis ich wirklich sicher bin, dass ich nicht im Wasser bin und atmen kann, und dann weiß ich, dass meine Albträume wieder da sind.

Kapitel 16 - Briefe an Stefano

1.

München, 14. Oktober 2010

Caro Stefano,

ich bin jetzt seit vier Tagen hier und habe Dich seitdem nicht erreichen können. Ich habe Deine SMS bekommen, als ich auf der Fahrt war. Ich weiß nicht, wie oft ich Deine Nummer gewählt habe, wie viele Nachrichten ich schon geschickt habe. Ich habe seit vier Tagen nicht geschlafen und nichts gegessen. Bitte, antworte mir endlich! Du weißt, dass ich nicht hier bin, um Dich zu ärgern, dass ich nicht gerne gegangen bin! Was hättest Du an meiner Stelle getan, wenn Deine Familie Dich gebeten hätte? Es ist doch auch nicht für lange. Ich bin hier in einer großen Wohnung und werde nicht viel draußen sein, Du musst Dir also keine Sorgen machen. Es wird sich doch nichts ändern für uns. Es ist so ungewohnt, hier zu sein. Wenn ich aus dem Fenster schaue, sehe ich nur kahle Bäume und Häuser. Alles ist so fremd. Ich weiß nichts von diesem Land, ich spreche die Sprache, aber ich habe das Gefühl, nichts, aber auch gar nichts, zu verstehen. Und es ist kalt hier, Du kannst Dir nicht vorstellen, wie sehr.

Ich war einkaufen, es gibt nur Dinge, die mir nicht vertraut sind, die Leute sind alle sehr beschäftigt, keiner hat Zeit, sich zu unterhalten oder für ein Lächeln. Es kommt mir vor, dass alles hier erstarrt ist.

Nachts fühle ich mich so einsam und alleine, meine Albträume sind wieder gekommen, so dass ich versuche, erst gar nicht ins Bett zu gehen, sondern tagsüber etwas auszuruhen. Und ich habe diese lange Liste an Anrufen, die ich erledigen muss, davor graut mir auch.
Bitte, gib mir eine kurze Nachricht, nur ein Wort, einen Satz, irgendetwas. Ich komme so schnell wie möglich zurück, und dann wird alles wieder, wie es war.

Du kannst meine Tränen jetzt nicht sehen, aber ich sende Sie Dir mit.

Ich liebe und vermisse Dich

Deine Chiara

2.

München, 21. Oktober 2010

Caro Stefano,

ich bin jetzt eine gute Woche hier und habe noch immer nichts von Dir gehört. Du kannst Dir nicht vorstellen, wie das ist. Ich weiß, Du bist verletzt, weil ich mich Deinem Willen widersetzt habe und hierher gegangen bin. Es tut mir so leid. Du weißt, das Letzte, was ich möchte, ist, Dir weh zu tun.
Dabei ist alles ganz harmlos, Du darfst nicht denken, dass ich hier durch die Stadt ziehe und eine schöne Zeit habe. Es ist schrecklich. Noch immer kann ich so gut wie nicht schlafen. Ich bin so müde, so unendlich müde. Manchmal nicke ich ein, wenn ich auf der Couch sitze. Dann träume ich vom Sommer, vom Meer, vom Strand und von Dir, erinnere mich an die Tage im Juli und im August, an diesen nie enden wollenden Sommer, an die langen Tage und die warmen Nächte, die wir so oft am Strand verbracht haben. Dann schrecke ich hoch und merke wieder, wo ich gerade bin. Ich habe auch keine Lust mehr am Essen. Ich! Ich ernähre mich momentan nur von caffè und Zigaretten.

Ich habe versucht, die ersten Termine mit Immobilien-Agenturen zu vereinbaren. Der Rhythmus hier ist ganz anders als bei uns. Scheinbar ist jeder hier in Deutschland am Vormittag immer in einem Meeting. Wenn ich anrufe, sagt man mir meist, ich solle es gegen Mittag(!) noch mal versuchen, oder gleich morgens um acht Uhr. Die Menschen fangen hier sehr früh an zu arbeiten und essen scheinbar mittags gar nichts. Dafür läuft in den meisten Büros ab siebzehn Uhr nur noch der Anrufbeantworter. Ich blicke nicht wirklich durch.

Ich war auch schon bei ein paar Firmen, ich habe so gehofft, schnell jemanden zu finden, aber bisher war das alles nichts. Die meisten vertreiben Häuser nicht nur aus ein oder zwei Regionen, sondern haben wahllos Angebote aus ganz Italien, ein Haus in der Toskana, eines auf Sardinien, eine Wohnung am Gardasee. Und, wenn ich ein bisschen mit ihnen spreche, dann stellt sich heraus, dass sie meist gar nicht selbst vor Ort waren, die Häuser gar nicht selbst kennen. Dafür wird man von fast jedem gleich zum Essen eingeladen, für abends. Aber, Du weißt, dass ich sowas nicht mache, ich habe natürlich immer abgelehnt.

Eine Firma war ganz gut, der Inhaber war verreist, aber ich habe sehr lange mit einer Mitarbeiterin telefoniert, sie war sehr nett und wir haben lange auch über Italien geredet, das tat richtig gut.

Vorgestern wollte ich abends etwas essen gehen, es gibt hier in der Nähe ein italienisches Lokal. Es war schon ein klein bisschen später, so knapp zehn Uhr. Die Gäste saßen alle bei Dessert und großen Tassen Kaffee. Man hat mir erklärt, ich sei zu spät, die Küche würde gerade schließen. Unglaublich! Um zehn Uhr abends!

Stefano, ich bin sicher, ich bin in Kürze wieder zurück, Du musst mir glauben, ich mache hier nur meine Arbeit, ich gehe nicht aus, ich denke an nichts anderes als an Dich. Bitte, melde Dich, bitte, ganz kurz. Es tut mir so weh und mein Herz ist so schwer. Ich weiß nicht, wie ich das hier noch aushalten soll.

Oder sprich mit Papa und hol mich ab, egal was, aber so kann ich es nicht aushalten. Bitte!

Ich küsse Dich, Amore,

Deine

Chiara

Epilog

Aus den geplanten ein bis zwei Monaten in Deutschland sind nun bereits drei Jahre geworden, die ich in München lebe. Nach und nach, als Schmerz, Heimweh und Traurigkeit ihre Umklammerung etwas lösten, begann ich, mich umzusehen, hier. Dabei kollidierte mein südländisches Temperament und meine Auffassung von Organisation sehr häufig mit meinem Umfeld. Ausgestattet mit einem Wortschatz, der fast komplett auf dem Stand der sechziger Jahre war, völlig unerfahren was Dinge wie Schnee und Kälte anbelangt, Rotwein und leichte italienische Küche liebend, war es eine aufregende, harte, lehrreiche, aber auch wunderbare Zeit, die ich hier verbracht habe. Ursprünglich dachte ich, meinen Aufenthalt hier auch noch in die Geschichte von Il Tedesco mit aufzunehmen. Aber dann habe ich gemerkt, dass in diesen drei Jahren so viel passiert ist, ich so viel erlebt habe, dass es den Rahmen gesprengt hätte. Eine Firmenübernahme, ein betrügerischer Geschäftsführer, meine Erlebnisse im ersten Winter, Restaurantbesuche, neue Freunde, fremde Bräuche, meine Heimaturlaube. So viele Gedanken, Gefühle, Erlebnisse, die ich in der Fortsetzung von Il Tedesco zusammenfassen möchte. Der Titel steht bereits fest: "La Tedesca - die Deutsche".

Weitere Informationen zum zweiten Teil meiner Biografie finden Sie auf der nächsten Seite.

Die **Fortsetzung** von "iL Tedesco - Der Deutsche" ist unter dem Titel

"**La Tedesca - Die Deutsche**" erschienen:

Chiara Ravenna, Rotweinliebhaberin, Verfechterin des "dolce far niente", des süßen Nichtstuns, Genießerin der italienischen Küche, kommt nach Deutschland! In ihrem Roman erzählt sie von ihren Jahren fern der Heimat. Der ursprünglich nur auf ein bis zwei Monate angelegte Aufenthalt entpuppt sich für sie zunächst als Albtraum und einige aufregende Geschehnisse verhindern ihre baldige Rückkehr nach Italien.

Chiara, aufgewachsen auf einem Weingut in der Emilia Romagna, hat durch ihre deutsche Mutter die Sprache gelernt. Das kommt ihr in ihrem Beruf als Architektin zugute. Sie restauriert alte Landhäuser in Italien, die meist von Deutschen gekauft werden.

Für ein Arbeitsprojekt wird sie von ihrer Familie nach Deutschland geschickt. Ausgestattet mit einem Wortschatz, der fast komplett auf dem Stand der sechziger Jahre ist, völlig unerfahren, was Dinge wie Schnee und Kälte anbelangt, Rotwein und leichte italienische Küche liebend und gewohnt, recht entspannt auch mal ihr Büro einfach an den Strand zu verlegen, kollidiert ihr südländisches Temperament und ihre Auffassung von Organisation schnell mit ihrem neuen Umfeld.

Aber Chiara wäre nicht Chiara, würde sie nicht bald damit beginnen, ihre ganz eigenen Strategien gegen das Heimweh und die anfängliche Traurigkeit zu entwickeln. Und so fängt sie an, sich umzusehen, im Land ihrer Mutter, entdeckt plötzlich auch ihre eigene deutsche Seite an sich und kämpft sich mit einer guten Portion Humor durch alle Widrigkeiten. Ein betrügerischer Geschäftsführer, ein alter Mann, von dem sie nicht weiß, ob er mit der geheimnisvollen Vergangenheit ihrer Mutter zu tun hat, neue Freunde und fremde Bräuche. Zudem landet sie ausgerechnet in der Stadt, aus der ihre große Liebe, Dieter, den in Italien alle nur "il Tedesco" - den Deutschen - nennen, stammt.

Verschnaufpausen bieten die kurzen Urlaube zuhause in Italien, in denen Chiara versucht, in wenigen Tagen all das nachzuholen, was ihr in Deutschland so fehlt. So läßt sie auch diesmal den Leser wieder teilhaben an ihrer Heimat, lauen Sommerabenden, Tagen am Meer, einem Drink auf der Piazza und ihren schon legendären Restaurantbesuchen.

Spannend bleibt es bis zum Schluß, denn Chiara verfolgt wie immer ihre ganz eigenen Pläne und ist auch bereit, sich gegen die Wünsche ihrer Familie zu behaupten.

"Sizilianisches Blut trifft seine deutschen Wurzeln". Oft heiter, zuweilen lustig, charmant, nachdenklich und spannend. Die Geschichte bietet alle Facetten, denn wenn Chiara eines besonders gut kann, dann auch einfach mal über sich selbst zu lachen und die Welt mit einem guten Glas Rotwein wieder gerade zu rücken.

- Das Buch "La Tedesca - Die Deutsche" ist erhältlich als Taschenbuch bei amazon und als ebook für KINDLE sowie als ibook im apple itunes Store

"Brandneu und heiß wie ein italienischer Sommertag", so liest sich die Geschichte, die ich gerade unter dem Titel **"Chiara und die alte Abtei"** veröffentlicht habe:

Über das Buch

Es ist einer der heißesten Sommer, als sich Chiara bei der Arbeit auf dem Weingut ihrer Eltern nach Abkühlung sehnt. Ein vermeintlich einfacher Auftrag für sie als Architektin scheint genau das zu versprechen. Eine alte Abtei, ganz im Süden Italiens, soll unter Denkmalschutz gestellt werden. Lorenzo, ihr ehemaliger Professor, bittet sie, die alten Pläne zu überarbeiten. So reist Chiara in das kleine Dorf Coresi in den Hügeln über dem Meer, ganz unten am Ende des Stiefels. Doch weder die alte Abtei noch der versprochene kleine See dort, entpuppen sich als leichte Herausforderung. Viele alte Geschichten, die sich um die Ruine ranken, skurrile Begegnungen aller Art mit den Dorfbewohnern, versteckte Warnungen, dubiose Bauunternehmer, zwielichtige Gemeinderatsmitglieder, all das verschleiert das eigentliche Geheimnis der alten Abtei. Chiara benötigt ihre gesamte Kombinationsgabe, um die einzelnen Handlungsstränge zu entwirren und den alten Mauern Schritt für Schritt die wahre Geschichte zu entlocken.
Wie immer hilft ihr dabei ihre Gabe, sich, egal wo, schnell ein Netzwerk an Freunden aufzubauen, nebenbei die besten Lokale der Region aufzuspüren und bei dem einen oder anderen Glas Rotwein einen kühlen Kopf zu bewahren.
Und auch wenn ihr Temperament sie so manches Mal die Abtei verdammen läßt, so setzt sie doch

schließlich alles daran, die historischen Mauern vor dem drohenden Abriss zu retten.
Mal spannend, gelegentlich leicht gruselig, aber überwiegend heiter und unbeschwert, will dieses Buch einfach ein charmanter Begleiter für ein paar sehr vergnügliche Lesestunden sein. Denn Chiaras größtes Ziel bei der ganzen Unternehmung ist es, rechtzeitig zu den Augustferien wieder zurück an "ihrem" Strand zu sein.
Heiße Tage, laue Nächte, kühler Wein. Lassen Sie sich einfangen, egal wo Sie das Buch lesen, der unbeschwerte Genuss eines südlichen Sommers ist auf jeden Fall garantiert.

- Das Buch "Chiara und die alte Abtei" ist erhältlich als Taschenbuch bei amazon und als ebook für KINDLE sowie in Kürze als ibook im apple itunes Store

Anhang 1:

Ich wurde in Deutschland immer wieder gefragt, wie Italiener so viel essen können. Diese verschiedenen Gänge einer Mahlzeit und deren Reihenfolge war immer wieder Thema in vielen Gesprächen. Daher möchte ich dem interessierten Leser gerne einen Leitfaden bieten, mit dem jeder Restaurantbesuch zum Genuss wird.

Beim Betreten eines Lokals:

Es ist unüblich, sich seinen Platz selber zu suchen. Einfach warten, bis ein Kellner kommt, der euch einen Tisch vorschlägt. Diesen muss man natürlich nicht sofort akzeptieren. Ein kurzes Zögern und dabei den Wunschtisch ins Auge fassen, genügt fast immer.

Italiener essen VIEL:

Ja, aber nicht immer! Nur weil im Reiseführer steht, dass ein vernünftiges Menü aus einer großen Nudelvorspeise, gefolgt von einem Hauptgang und davor am besten noch ein paar antipasti besteht, erwartet niemand, dass man mehr isst, als man kann. Es ist absolut üblich, sich zum Beispiel ein Nudelgericht zu zweit als Vorspeise zu teilen. Oder auch das Hauptgericht, oder auch nur aus der Rubrik Vorspeisen etwas auszuwählen. Kein Stress, da meckert niemand.

Die Weinkarte:

Du bist Weinkenner und möchtest gerne gute Weine probieren. Ja, mach das! Auf dem Weingut um die Ecke. Im Lokal ignoriere ich die Weinkarte prinzipiell. Man bestellt 1/4 Liter (un quarto) oder 1/2 Liter (un mezzo). Diese offenen Weine sind vom Weinbauern in der Nähe, ehrlich, gut und entsprechend preisgünstig. Im Fischlokal nimmt man immer Weißwein, hier wird die Frage kommen "frizzante oder fermo" (leicht mit Kohlensäure versetzt oder still).
Die Flasche Wasser zum Essen ist obligatorisch, es wird auch nicht lange gefragt, ob man eine möchte, sondern nur, wie man sie haben will - still oder sprudelnd (naturale oder frizzante).

Und in der Pizzeria?

Die gute Pizzeria auf dem Land wird nur abends Pizza anbieten, da der Steinofen nicht zweimal am Tag angeschürt wird. Zur Pizza trinkt man in Italien übrigens Bier, Rotwein dazu ist eine deutsche Erfindung und in Italien absolut unüblich. Bier bekommt man (zu horrenden Preisen) in drei Größen: klein (piccola) 0,2 Liter, mittel (media) 0,4 Liter oder, aber bitte nur, wenn man zu mehreren ist, groß (grande) 1 Liter. Der Liter wird nicht, wie in Bayern üblich, im Maßkrug für einen Gast gebracht, sondern im Krug mit entsprechend vielen Gläsern, so dass sich alle am Tisch aus diesem Krug nachschenken können (das ist übrigens der Grund für die alkoholischen Ausfälle meiner Landsleute auf dem Münchner Oktoberfest, die sich nie vorstellen konnten, bei der Bestellung von einem Liter Bier dieses in EINEM Glas für EINE Person serviert zu bekommen).

Die Beilagen:

Anders als in Nordeuropa üblich, gibt es standardmäßig keine Beilagen zum Essen. Man kann diese, je nach Laune, separat bestellen, muss das aber nicht. Darin liegt auch das Geheimnis, nicht völlig überfressen aus dem Lokal zu wanken. Fisch und Fleisch alleine, ohne brutale Sättigungsbeilagen, sind viel leichter zu verdauen und machen auch nicht dick.

Die Speisenfolge:

Klingt blöd, aber die Speisenfolge ist nicht variabel. Zuerst Antipasti, kalt oder warm. Dann der erste Gang (il primo), normalerweise diverse Nudelgerichte. Zu Nudeln mit Fleisch oder Gemüse gehört Parmesan, der in der Regel unaufgefordert gebracht wird. Nudelgerichte mit Fisch bitte niemals damit bestreuen. Der zweite Gang (il secondo) - der Beilagen zulässt. Geheimtipp ist hier Salat, oder Gemüse vom Grill, Pommes kann man schließlich in den diversen Schnellrestaurantketten essen. Nach dem Hauptgang kommt das Dessert (dolce). Kein Schnaps, kein Kaffee. Kein Dessert MIT Kaffee. Ich habe einen Wirt erlebt, da hatte ich schon den Espresso vor mir, sah am Nachbartisch ein Tiramisu, das ich einfach haben musste. Er brachte es und nahm den Kaffee wieder mit. Nach dem Süßen gibt's dann endlich Koffein. BITTE, und das meine ich ernst, keinen Cappuccino bestellen. Jedem Italiener dreht sich beim Gedanken daran der Magen um. Und

zudem gilt es als grobe Beleidigung für den Wirt. Der Cappuccino ist ein Frühstückskaffee. Er macht satt. Ihn nach dem Essen zu ordern, signalisiert dem Koch, sein Essen war entweder zu wenig oder zu schlecht. Man bestellt einen caffè (= Espresso). Danach kommt dann zur Belohnung und zur Abrundung ein kleiner Grappa, Limoncello oder Likör.
Wichtig, die Reihenfolge ist einzuhalten, einen oder mehrere Gänge wegzulassen aber üblich.

Die Speisekarte:

Richtig gute Lokale haben gar keine. Weil sich der Koch nicht festlegen lässt, was ihm morgens auf dem Markt gefallen wird. Gibt es eine Karte, hat sie informativen Charakter. Ich habe schon Ausländer schier verzweifeln sehen, als sie versuchten, eine Übersetzung zu finden in ihren Wörterbüchern. Es gibt unzählige Namen für Gerichte, die sind nicht übersetzbar. Die sind regional. Ich muss selbst immerzu nachfragen, was was ist. "Fenchel nach Omas Art" oder "Wildschweinragout des Chefs" kann alles bedeuten. Wichtig vielleicht, vorher die Begriffe für Schwein, Rind, Lamm und Huhn nachschlagen. Dann hat man eine grobe Orientierung.

Die Rechnung:

In den meisten Lokalen geht man mit der Rechnung an die Kasse und zahlt dort, ganz selten direkt am Tisch. Die Rechnung beläuft sich auf 56 € und ihr sagt, wie in Deutschland gewohnt, »mach 60«, ihr werdet dennoch Wechselgeld auf 56 zurück bekommen. Warum? Ganz einfach. Trinkgeld ist völlig unüblich. Auch wenn das immer wieder pauschal im Reiseführer steht. In Touristenzentren ist das Trinkgeld über das "Gedeck" (coperto) bezahlt, in Lokalen, in denen üblicherweise nur Einheimische verkehren, wird keines gegeben. Wer damit nicht leben mag, lässt beim Gehen sein Trinkgeld auf dem Tisch liegen oder gibt es direkt seinem Kellner. Übrigens, Italiener in einer Gruppe zahlen gemeinsam, das heißt, die Rechnung wird einfach durch die Anzahl der Gruppe geteilt, ohne viel herumzurechnen.

Kleine Extras:

Rauchen ist in Italien überall verboten, es gibt auch keine Raucherlokale. Aber jeder Wirt hat irgendwo draußen eine gemütliche Lounge dafür bereitgestellt. Wenn ihr die Toilette sucht, einfach nach dem "Bagno" (sprich banjo) fragen.

So, bestens gerüstet, wird es Zeit, ein paar Lokale auszuprobieren. Sie sind neugierig auf meine Lieblingslokale in Italien? Auf meinem Blog und bei foursquare aktualisiere ich regelmäßig meine Restaurantlisten. Die Adressen stehen am Anfang des Buchs.

Anhang 2:

Personen im Buch:

Chiara Ravenna: Verfasserin
Dieter: il Tedesco, der Deutsche
Vittorio: Chiaras Vater
Bärbel: Chiaras Mutter
Stefano: Chiaras Verlobter
Silvio: Chiaras Bruder
Maria: Silvios Frau
Paolo: Inhaber der Bar
Paolo 2: Immobilienmakler und Geschäftspartner
Alessandra: Chiaras Nichte
Zia (= Tante) Roberta: Verwandte der Familie auf Sizilien
Claudia: Sekretärin
Carlos Inzigniano: Sizilianer
Mario: Besitzer der Strandbar
Pietro: Polizist
Sig. Leopardi: Direktorin
Guiseppe: Rathaus-Angestellter

Hinweis:

Trotz der autobiografischen Erzählung habe ich Orte und Namen von Personen, gerade auch außerhalb meiner Familie, abgeändert. Sollte dabei bei Namen oder Beschreibungen eine Übereinstimmung mit einer realen Person bestehen, so ist diese Übereinstimmung rein zufällig und nicht beabsichtigt.

15514429R00148

Printed in Poland
by Amazon Fulfillment
Poland Sp. z o.o., Wrocław